帝國下的權力與親密

殖民地台灣小說中的種族關係

朱惠足——著

Power and Intimacy under the Japanese Empire

Race and Ethnic Relations in Colonial Literature from Taiwan

目錄

序章

「翻譯」帝國／國族主體

關於歐洲帝國殖民統治的研究，除了政治、法律、軍事、宗教與社會制度的層面，種族接觸也成為關注的重點。殖民統治建立在繁複的殖民體制與行政組織之上，但各項制度與措施的制定與推動，還是要透過不同階層的帝國代理人，才能維持殖民政權的運作。因此，歐洲殖民統治基本上可說是一群西方白人遠渡重洋到美洲、非洲、大洋洲、亞洲等地，統治另一群非西方種族原住民，進行自然與人力資源的掠奪與剝削之歷史過程。在這過程中，不同的種族與文化在不平等的殖民權力之下，進行各種接觸、壓迫、協商與交混，產生各種不同形式的種族關係。

一九四八年法屬殖民地情報官員奧克塔夫．瑪諾尼（Octave Mannoni）出版的《普羅士佩羅與卡利班：殖民心理學》（*Prospero and Caliban: The Psychology of Colonization*）一書，便已針對關於歐洲帝國下的種族關係提出理論。在這本書當中，瑪諾尼基於幼兒成長階段性人格發展理論，將殖民地心理學視為兩種扭曲人格的交會：殖民者的「自卑情結」（inferiority complex）與被殖民者的「依賴情結」（dependency complex）。在人格發展的過程中，依賴父母的孩童害怕受到父母遺棄，因而先發制人主動進行父母的遺棄，潛意識的罪惡感使其產生自卑情結。同樣地，殖民者離開本國到殖民地，也產生了遺棄的罪惡感與自卑情結。相對地，原始未開社會中的被殖民者則一直停留在孩童依賴父母的階段，維持部落中擬親子關係式的長老或祖先崇拜，沒有真正發展為獨立自主的個體。殖民者因而藉由支配被殖民者，彌補其罪惡感與自卑情結，與依賴的被殖民者形成共生關係。[1]一九五二年，法屬馬達加斯加島出身的精神科醫師法農（Franz Fanon）在《黑皮膚，白面具》（*Peau Noire, Masques Blancs*）一書當中，反駁馬諾尼的說法。他指出，歐洲人殖民者根本沒有自卑情結，他們雖然身為殖民地社會的少數，卻帶著優越感君臨大多數的被殖民者。同樣地，黑人被殖民者的自卑情結也並非如馬諾尼所言是一種先驗性的本質，而是在殖民地的社會與經濟結構下，受到歐洲白人的種族歧視，因而產生認同殖民者、自我否定的殖民地精神病徵。[2]

一九九〇年代薩伊德的《東方主義》帶動後殖民研究熱潮，許多研究藉由歐洲帝國的歷史史料與文化生產，呈現超越殖民者／被殖民者、黑人／白人等二元對立的糾結複雜種族關係。瑪莉·普拉特（Mary Louise Pratt）的《帝國之眼：旅行書寫與跨文化》（*Imperial Eyes: Travel Writing and Transculturation*）透過十八世紀中期歐洲人在非洲與南美洲的旅行文學與探險書寫，探討殖民地如何成為原本在地理、歷史上隔離的不同種族與文化之「接觸領域」（contact zone），在不平等的權力關係下，透過並存、互動、相互理解等實踐，建立各種關係。她以跨種

---

1 Octave Mannoni, *Prospero and Caliban: The Psychology of Colonization* (Ann Arbor: University of Michigan Press, 1990 [1948]), pp. 39-48. 瑪諾尼透過這樣的共生關係，說明前一年法國殖民地馬達加斯加發生暴動，是因為二次世界大戰後，法國開始允許馬達加斯加某種程度的自治權，帶來被殖民者的被遺棄感而引發的。

2 弗朗茲·法農著，陳瑞樺譯，《黑皮膚，白面具》（台北：心靈工坊，二〇〇五年），一六二－一七一頁。

族的商業活動與愛情故事為例，說明歐洲殖民統治過程中除了征服、改宗、領土占有與奴役等毫不掩飾的帝國敘事，還出現了基於當時歐洲平等主義（egalitarian）價值觀的「反征服」（anti-conquest）敘事，標榜歐洲人與當地原住民之間在經濟與感情上的互惠性（reciprocity），但最後都導向白人優越性與殖民地層序的再確認。[3]

後殖民研究者羅伯特・楊（Robert J. C. Young）的《殖民欲望：理論、文化與種族的混雜性》（*Colonial Desire: Hybridity in Theory, Culture and Race*）探討種族主義、性與欲望之間的相互建構關係。從他的探討可知，從十九世紀維多利亞時期以來，歐美種族主義的建構便是奠基於對於「混雜性」的過度意識，尤其是對於跨種族性關係的跨界幻想。英國人提倡種族交混，以生產出能夠適應殖民地熱帶氣候的混血兒，卻又擔心這樣的交混會造成白人在種族上退化為土著種族。獎勵混血的主張看似開明，但真正的目的還是為了有效率地進行殖民統治。[4]

殖民史研究者安・史托蕾（Ann Stoler）針對歐洲帝國下不同殖民地的種族與性的互相建構性，提出先驅性的觀點。她在一九九五年出版的《種族與欲望的教育：傅柯〈性的歷史〉與事物的殖民秩序》（*Race and the Education of Desire: Foucault's History of Sexuality and the Colonial Order of Things*）中，從殖民研究的角度重新閱讀傅柯的名著《性的歷史》。她批判傅柯的十九世紀歐洲中產階級自我系譜學將歐洲帝國邊緣化，進而提出，歐洲的性的歷史同時也是帝國下的種族主義歷史。她以荷屬印尼為例，援用傅柯的社會建構論觀點，分析歐洲本國中產階級男性如何透過被殖民者原住民、在殖民地出身的混血歐洲人、下層階級的歐洲人等國內外他者，生產出種族、性與階級的殖民論述與實踐，以建構其文明、道德與自律的自我認同。[5]

史托蕾二〇〇二年出版的《身體知識與帝國權力：種族與殖民統治下的親近關係》（*Carnal Knowledge and Imperial Power: Race and the Intimate in Colonial Rule*）以法屬越南與荷屬印尼為例，說明性的管理作為歐洲帝國殖民統治的重要環節，如何呈現殖民論述與實踐的內在矛盾。一直到一九三〇年代以前，殖民政府與荷蘭東印度公司採取禁止歐洲女性移民，也不鼓勵歐洲人與被殖民者結婚，甚至禁止低層級的官吏或員工結婚。結果造成殖民地的歐洲人男女比例懸殊，與當地女性同居（**concubinage**）成為最普遍的兩性關係模式。由於同居對象的當地女性仍是僕人身分，可同時提供家事與性的服務，不僅減少這些低薪歐洲人的支出，也可協助他們在熱帶氣候與

---

3 Mary Louise Pratt, *Imperial Eyes: Travel Writing and Transculturation* (London: New York: Routledge, 1992), pp. 78-97.

4 Robert J. C. Young, "White Power, White Desire: the Political Economy of Miscegenation," in *Colonial Desire: Hybridity in Theory, Culture and Race* (Routledge: London and New York, 1995), pp. 142-150.

5 Ann Laura Stoler, *Race and the Education of Desire: Foucault's History of Sexuality and the Colonial Order of Things* (Durham and London: Duke UP, 1995).

異國風俗下生存。這樣的異種族性關係在強化既有殖民階層的同時，也讓殖民地界線產生了不明確之處。尤其是，因而產生的混血兒在身體、文化感性與政治傾向三方面的混雜性，更對殖民地的種族二元劃分造成威脅。[6]在這樣的狀況下，歐洲人男性對女性被殖民者的性侵指控，通常會被視為出於雙方同意。相對地，男性被殖民者則被建構為具有侵略性，對歐洲人女性造成威脅，常遭受性侵的不實指控與處罰。然而，當事者的歐洲人女性也受到責怪，認為她們誘發被殖民者的欲望，沒有善盡守護歐洲家庭與中產階級形象的責任。[7]此外，歐洲人與家中僕人在生活起居上的密切互動，也成為受到關注的異種族關係。殖民政府認為當地人的奶媽、僕役對歐洲人或混血歐洲人孩童容易造成不良影響，必須透過「感性教育」（sentimental education）培養孩童對於歐洲國族的認同。[8]

歷史學者朱莉亞．克蘭西—史密斯（Julia Clancy-Smith）與弗蘭西斯．豪達（Frances Gouda）編輯的論文集《教化／家居化帝國：法國與荷蘭殖民主義中的種族、性別與家庭生活》（*Domesticating the Empire: Race, Gender, and Family Life in French and Dutch Colonialism*）當中，也以十九至二十世紀法國與荷蘭帝國的殖民地統治下的家庭生活場域為分析對象，藉由遊記、口述歷史、法庭紀錄、照片等歷史素材，探討種族論述如何透過家庭生活空間，與性別、親職等概念形成共構關係。這些研究顯示出，歐洲帝國透過不同種族的日常生活互動，將家長的溫和專制主義（paternalism）、母性主義（maternalism）等具有男性性與女性性（masculinity and feminity）性別意涵的意象，傳播到歐洲本國與海外殖民地，合理化其對於本國國民與殖民地被殖民者的支配。[9]論文集當中，莉塔・基普（Rita Smith Kipp）的文章〈解放彼此：荷蘭傳教士與卡羅族女性的相遇，一九〇〇—一九四二〉（"Emancipating Each Other: Dutch Missionaries' Encounter with Karo Women in Sumantra, 1900-1942"）討論在印尼蘇門達臘島傳教的歐洲人新教徒試圖透過教會的教育活動，灌輸女性在家庭中的從屬地位與任務之西方觀念，卻發現在當地的卡羅族家庭與社會中女性具有崇高地位，男主外女主內的性別分工也並非絕對。[10]佩妮・愛德華茲（Penny

---

6 Ann Laura Stoler, *Carnal Knowledge and Imperial Power: Race and the Intimate in Colonial Rule* (California: University of California Press, 2002), pp. 41-51.

7 Ibid, pp. 58-61.

8 Ibid, pp. 137-139.

9 Julia Clancy-Smith and Frances Gouda ed., *Domesticating the Empire: Race, Gender, and Family Life in French and Dutch Colonialism* (Charlottesville and London: University of Virginia, 1998).

10 Rita Smith Kipp, "Emancipating Each Other: Dutch Missionaries' Encounter with Karo Women in Sumantra, 1900-1942," in Julia Clancy-Smith and Frances Gouda ed., *Domesticating the Empire: Race, Gender, and Family Life in French and Dutch Colonialism*, pp. 211-235.

Edwards）的〈女性化柬埔寨：一八九〇年到一九三〇年殖民地柬埔寨的小說、國族與同居〉（"Womanizing Indochina: Fiction, Nation, and Cohabitation in Colonial Cambodia, 1890-1930"）一文則透過二十世紀初期兩個柬埔寨的法國學者官吏的小說創作，討論殖民論述如何將柬埔寨女性建構為在地國族本質，避免法國男性與柬埔寨女性的通婚，以防止法國與柬埔寨雙方的民族血統與文化本質彼此污染而「墮落」。然而，將柬埔寨女性化的浪漫想像，部分來自於白人男性對於歐洲女性主義的厭惡，並與法國殖民母國本身的女性形象有所矛盾。[11]艾爾斯貝特・羅赫—施赫恩（Elsbeth Locher-Scholten）的〈雖近猶遠：一九〇〇年至一九四二年荷蘭的爪哇僕役殖民論述之曖昧性〉（"So Close and Yet So Far: The Ambivalence of Dutch Colonial Rhetoric on Javanese Servants in Indonesia, 1900-1942"）一文，則透過純種或混種歐洲人女性為了旅行者、剛來到印尼的歐洲人書寫的在地居家指引（household manual）與兒童文學，探討荷屬爪哇的歐洲女主人與爪哇人僕役之間既親近又遠隔的複雜關係。一方面，歐洲人殖民者在日常生活所有層面都需要依賴家中爪哇人僕役的服侍與照顧，並藉由這樣的物理與心理上的親近關係，掌控當地人僕役的他者性。然而，歐洲人同時又必須與家中僕役保持一定的距離，以維持白人的優越地位。這樣的矛盾心理不但使得爪哇人僕役每天都要面對歐洲人女性雇主在態度上的反覆無常，看似親善的「家庭」修辭，其實將在地人僕役貶抑為需要歐洲人雇主教導的孩童，遮掩了殖民統治下的種族、性別與階級不平等。[12]

綜觀以上，九〇年代以降歐洲帝國種族接觸的歷史、文學與文化研究，試圖超越殖民者／被殖民者、白人／有色人種、西方／東方、傳統／現代等既有的殖民地二元對立，探討現代中產階級種族、性別與階級的自我認同與價值觀，如何在帝國首都與殖民地的雙向互動下同時受到建構。這些研究具體顯示出，現代歐洲國家的國族認同建構除了受到歐洲國家間的競合與相互定位之影響，各國在海外殖民統治過程中與被殖民者的種族接觸經驗，也產生重要影響。[13]印度後殖民研究學者查特杰（Partha Chatterjee）主張，殖民地的權力整編目的在於殖民地「差異的支配」，與同時代歐洲本國民族國家式的「標準化的使命」有所不同。[14]然而，上述先行研究顯示

---

11 Penny Edwards, "Womanizing Indochina: Fiction, Nation, and Cohabitation in Colonial Cambodia, 1890-1930," in Julia Clancy-Smith and Frances Gouda ed., *Domesticating the Empire: Race, Gender, and Family Life in French and Dutch Colonialism*, pp. 108-130.

12 Elsbeth Locher-Scholten, "So Close and Yet So Far: The Ambivalence of Dutch Colonial Rhetoric on Javanese Servants in Indonesia, 1900-1942," in Julia Clancy-Smith and Frances Gouda ed., *Domesticating the Empire: Race, Gender, and Family Life in French and Dutch Colonialism*, pp. 131-153.

13 Martin Daunton and Rick Halpern ed, *Empire and Others: British Encounters with Indigenous Peoples, 1600-1850* (Philadelphia: University of Pennsylvania Press, 1999).

14 Partha Chatterjee, *The Nation and Its Fragments: Colonial and Postcolonial Histories* (Princeton University Press, 1993), pp. 16-18.

出，歐洲帝國是在本國與殖民地之間縫合「差異的支配」與「標準化的使命」這兩種知識／權力形態，進行國族與帝國認同與主體的共構。基於這樣的認知，上述相關研究具有以下幾個特點：第一、關注到歐洲的國族、父權、性別與階級等制度、價值觀與權力關係如何透過殖民地統治移植到海外，歷經殖民地異質交混的過程後，再回流到歐洲。第二、考察的範圍從殖民地的學校、法庭等社會公共領域，擴大到通婚、孩童教養、僕役、奶媽等家庭私領域當中的種族接觸。第三、將殖民地種族關係視為殖民者與被殖民者的雙向主體建構，釐清殖民地種族接觸下膚色、血統、語言、文化如何作為「差異」，被轉化為進化論的種族論述與權力關係。第四，藉由前殖民地時期的歷史、在地階層、階級與性別及殖民地權力之間的交錯，致力呈現從前殖民時期、殖民時期到後殖民時期，殖民主體建構與在地國族主義之間拮抗又共謀的複雜關係。

羅伯特．楊曾指出，雖然殖民論述是由歐洲或歐洲衍生出來的勢力所造成，但這並不意味著所有地方的殖民論述都以類似的方式進行。我們在留意到殖民論述的內部衝突之同時，也不能忽略殖民論述在地理上與歷史上具有外部紛歧，無法以普遍的理論加以均質化。同時，為了抵抗殖民統治「分而治之」（divide-and-rule）的政策，並與其他地區的反殖民獨立運動進行連帶，關於殖民論述的討論必須同時兼顧理論的普遍性與地理歷史的特殊性。[15]

本書討論的對象為日本帝國殖民統治下的台灣（一八九五—一九四五）。相較於遠渡重洋到其他區域進行殖民統治的西方白人帝國，日本帝國為黃種人國家對鄰近國家進行殖民統治，在種族論述、種族政策、歷史發展、互動型態等各方面，具有其特殊性。明治日本透過與西方、亞洲其他國家的種族關係，建立其現代國族與帝國認同，與歐洲帝國也有所不同。日本透過明治維新全面導入模仿西方的制度、思想與文化，以避免成為西方帝國的殖民地，並在取得台灣等海外殖民地之後，強調自身作為亞洲國家，對其他亞洲國家的殖民統治比歐洲白人帝國更具有優越性與合法性。同時，日本透過大眾傳播媒體與新成立的人類學學科，建構海外被殖民者為落後種族的刻板印象，以建構自身為現代「文明」國族的認同。

舉例來說，一九〇三年在日本發生的「學術人類館事件」，充分顯示日本現代種族論述建構的內在矛盾。十九世紀末期在歐洲國家舉辦的世界博覽會當中，日本的工藝品、服飾、建築等作為具有異國風情的展示品，滿足歐洲人的東方主義視線。不久之後的世紀轉換期間，日本歷經明治維新的富國強兵，先後打敗中國（一八九四）與俄國（一九〇四—一九〇五），成為與西方帝國並駕齊驅的強國後，也開始舉辦博覽會。一九〇三年三月一日至七月三一日，日本在大阪舉辦第五屆「內國勸業博覽會」，由日本人類學創始者坪井正五郎（一八六三—一九一三）規畫設置

---

15 Robert J. C. Young, "Colonialism and the Desiring Machine," in *Colonial Desire*, pp. 163-166.

「學術人類館」，展示愛奴人、琉球人、朝鮮人、台灣生蕃與熟蕃、台灣土人（即漢人）、馬來人、爪哇人、印度人、土耳其人等穿著傳統服飾的亞洲與非洲民族及其生活習慣。後來，這個展示在日本的沖繩出身者與朝鮮人、中國人留學生抗議下遭到取消。[16]由此可窺見，歷經西化的日本同時抗拒與複製西方種族論述，以西方帝國的種族歧視視線，看待其他亞洲或非洲種族（第一個人類展示出現在一八八九年法國巴黎的世界博覽會），將自身從被觀看的對象轉化為觀看的主體，以建構亞洲其他民族「他者」與自身的現代文明國族認同。

羅伯特・蒂爾尼（Robert Tierney）的《野蠻的熱帶：比較框架下的日本帝國文化》（*Tropics of Savagery: The Culture of Japanese Empire in Comparative Frame*）探討日本人作家的台灣、南洋原住民書寫中的野蠻論述，序章中指出明治日本作為一個後進的、跟隨者帝國，除了模仿西方帝國的制度與文化系統，並模仿西方的帝國主義實踐。一八七六年日本派遣軍艦迫使朝鮮王朝簽訂不平等的江華條約，模仿一八五三年培里黑船迫使江戶幕府開國簽約。日本並宣稱其有資格分擔「白人的負擔」，遂行西方的文明化使命，試圖藉由對亞洲其他國家的歧視與侵略，擺脫來自西方白人帝國的種族歧視。尤其是，日本在日俄戰爭（一九〇四—一九〇五）中打敗俄國，躋身世界強國之列，卻隨即面對美國對日裔移民的歧視與排除政策。第一次世界大戰後，日本以戰勝國身分參與巴黎和會，提議在新成立的國際聯盟憲章中列入種族平等條款，卻受到西方白人國家的拒絕。這些歧視與排除強化了日本自認為是西方帝國主義受害者的認知，自居為反西方、反帝國的帝國主義，以種族的相同性合理化對於鄰近亞洲國家的殖民統治或入侵。也就是說，日本作為後進的有色人種帝國，在西方／亞洲、加害者／被害者、有色／帝國等西方種族論述與權力關係的二元對立夾縫中，建構出充滿自我矛盾與曖昧性的中間位置（middle ground）與國族認同。[17]

尤其是，日本人與被殖民者的台灣漢人、朝鮮人同為蒙古利亞人種，彼此之間為民族的差異而非人種的差異。不僅如此，日本在語言與文化上深受漢文化影響，與亞洲其他民族具有共通的漢文化遺產。因此，領台初期日本訴諸日台間的「同文同種」，對漢人士紳階級加以懷柔，同時建構台灣漢人與原住民為落後種族之論述，以合理化不平等的殖民地民族權力關係。一九三〇年代日本為了解決一九二九年世界經濟不景氣帶來的農村解體、糧食危機等國內經濟問題，加速對中國侵略的腳步，邁向軍國主義之路。日本與中國之間的軍事衝突，帶來殖民地異種族統合與軍事動員的需求，直接影響日本帝國的種族論述與政策。從一九三一年的九一八事變、一九三二

---

16 松田京子，〈第四章　パビリオン学術人類館〉，《帝国の視線：博覧会と異文化表象》（東京：弘文館，二〇〇三年），頁一一九—一四一。

17 Robert Thomas Tierney, *Tropics of Savagery: The Culture of Japanese Empire in Comparative Frame* (Berkeley, Los Angeles, London: University of California Press, 2010), pp.14-35.

年的一二八事變、滿洲國建國等，隨著中日關係日趨緊張，台灣總督府開始提倡「日台親善」，並在一九三七年中日戰爭爆發後，積極推行「皇民化」運動，以消弭台灣漢人的「敵性」中國文化，使其支持協助日本的軍事侵略行動。一九四一年日本偷襲珍珠港引發太平洋戰爭後，又提出「日中親善」、「大東亞共榮圈」的口號，呼籲亞洲不同民族與文化彼此融合，共同抵抗英美帝國入侵，以合理化日本對香港、新加坡、東南亞等歐美前殖民地的軍事占領，及其對於殖民地異民族的軍事動員。

再加上，日本進行現代國家內部統合時採取「家族國家觀」，發展出有異於西方帝國的異民族統合論述與政策。根據橫路啟子的研究，在明治維新的現代化、西化過程當中，以忠孝為中心的封建儒教理念受到否定。然而，一八八〇年代末期封建儒教理念重新復活，透過教育敕語、國定修身教科書等宣導家族國家觀，以天皇為國家的大家長，國民必須絕對服從其命令。一九二〇年代中期進入昭和時期之後，這樣的家族國家觀隨著「八紘一宇」（四海一家）的口號，擴展到日本的殖民地。一九四〇年提出的「大東亞共榮圈」，進而試圖將亞洲各民族與國家收編於以日本天皇為「父」的儒教上下階層關係當中，建構新的共同體。[18]日本帝國的家族國家觀不但具體影響日本帝國下的種族論述、政策與關係，也使得兩性關係、婚姻、混血等與家族制度密切相關的生命政治（biopolitics），在日本的異民族統治中扮演重要的角色。

也就是說，面對台灣漢人與朝鮮人等被殖民者，日本不像歐洲帝國可藉由膚色、髮色、體型等可視的外表上的差異，或是歷史與文化的差異，建構種族與文明論述，直接合理化殖民地支配與暴力。一九三〇年代以後日本與中國的軍事衝突、四〇年代太平洋戰爭的發生，也使得日本帝國必須融合殖民地與占領地居民，以因應其戰爭動員需求，並協商帝國的多民族組成與家族國家觀之間的矛盾。在這樣的歷史背景下，日本帝國不能只是以殖民者／被殖民者、日本人／其他亞洲民族等截然對立的殖民或種族主義二元對立，來合理化其殖民統治，而是必須同時進行複雜的「認同」與「差異」建構與操作。

更重要的是，正如荊子馨指出的，日本人殖民者與其殖民地人民之間的文化與種族類同性，並非不證自明的先驗性本質，而是在日本對於「西方」同時無條件接受與無條件拒斥的矛盾下，以及全球殖民現代性的脈絡下，將「日本」與其「他者」之間既定的差異，接合或定位成「認同」與「差異」之產物。由於種族與文化的差異並非與生俱來的內在屬性，而是西方帝國主義與殖民統治時期的歷史建構與現代發明，我們必須將日本帝國內的認同建構視為「在一個已經被區分成『白

---

18 横路啟子，《抵抗のメタファー：植民地台湾戦争期の文学》（奈良：東洋思想研究所，二〇一三年），頁三—五。

人』與其他人的二元種族世界中，所浮現出來的某種殖民論述的面向之一」。[19]前述「學術人類館事件」即例示了日本帝國作為後進非西方帝國，如何在與西方帝國主義的敵對與競爭關係下，透過「認同」與「差異」的操作，建構出「西方」、「日本」與「其他」（the rest）等本質化想像。

酒井直樹曾以「翻譯機制」（regime of translation）的概念，說明語言與國族主體建構的過程。酒井指出，一般認為翻譯是在兩個均質的語言統一體之間進行透明的傳達，並在翻譯之後，回溯性地將原本就存在的不可化約性，認知為這兩個封閉實體之間的鴻溝、裂痕或界線，進而製造出「語言」、「民族」、「國家」等集團式主體想像。然而，這些被視為是均質統一的共同體內部具有異質性，從一開始便註定了傳達的不完全與失敗，翻譯者因而產生內部分裂與多重性，缺乏安定的位置，只能作為「渡越主體」（subject in transit）而獲得主體性，將社會編制當中的非連續性加以連續化。他以明治時期日本「國語」的出現為例，說明日本現代民族國家如何將德川期同時並存的各種書寫文體（漢文、書信文）、各地的方言等概念的差異，收納在一個音聲中心主義的「國語」之下，並加以層序化，透過「翻譯機制」建構單一均質的日本語、日本國族與日本文化之本質化主體想像。[20]

酒井直樹的理論促使我們留意到，在國族主體認同建構的過程當中，語言、民族、國家等集團內部的異質性、不可化約性、非連續性受到排除與化約。然而，這些異質分子不斷造成內部的分裂與多重性，阻礙、擾亂單一均質的本質化主體之建構。從這樣的觀點出發，本書以日治時期小說中日本人與台灣漢人或台灣原住民之間警民、抗爭、通婚、友情、混血等種族關係為對象，探討日本人與台灣人作家如何呈現日本在帝國的殖民地統治、中日戰爭與「大東亞共榮圈」等歷史脈絡下，所進行的國族主體「翻譯」。在這些種族關係再現當中，日本帝國如何透過「認同」與「差異」的政治操作建構種族論述，在維持民族差異與不平等權力關係的前提下，達到帝國統合與戰爭動員之目的？此一過程如何牽涉到日本作為黃種人帝國，在西方、日本本國與海外殖民地、其他亞洲國家之間進行的多重主體「翻譯」？在不同的歷史階段，日本人作家如何在殖民地種族論述與本國國族認同相互建構的過程中，將日本國內外的階級、性別、區域等差異，「翻譯」為日本國族、帝國或「大東亞」區域主體想像？台灣人作家又如何在帝國的種族知識／權力網絡下，將階級與性別差異「翻譯」為台灣民族主體？文學再現如何以其虛構性與想像力，揭露日本帝國下國族主體「翻譯」過程中受到排除與化約的異質性與混雜性，凸顯日本人與台灣人知識分子作為「渡越主體」進行多重「翻譯」實踐的心理機制、操作過程與內在矛盾？

---

19 荊子馨，〈殖民台灣〉，《成為「日本人」：殖民地台灣與認同政治》（台北：麥田，二〇〇六年），頁四六—四九。

20 Naoki Sakai, *Translation and Subjectivity: On "Japan" and Cultural Nationalism* (Minneapolis, London: University of Minnesota Press, 2008), pp. 12-17.

本書序章（本章）首先回顧英語圈學界對於歐洲帝國殖民地種族關係的討論，聚焦於殖民地種族關係與相關論述，如何透過帝國本國與海外殖民地的權力關係與互動，成為跨越公私領域的現代主體建構之歷史過程。進而提示日本帝國與其殖民地統治之歷史脈絡，如何生產出有異於歐洲帝國的種族論述與國族「翻譯機制」。

第一章〈「文明」的規訓與教化：殖民地台灣小說中的警民關係〉，以賴和〈不如意的過年〉（一九二八）與陳虛谷〈放炮〉（一九三〇）兩篇漢文小說、呂赫若〈牛車〉（一九三五）與新田淳〈池畔之家〉（一九四一）兩篇日文小說中日本人警察與台灣漢人的民族關係為對象，探討警民關係的文學再現，如何呈現殖民地「文明」論述將暴力壓制轉化為現代統治技術之過程。進而討論在同化、皇民化等不同的歷史階段下，「文明」論述如何將日本或台灣內部的階級與性別差異，同時「翻譯」為殖民者／被殖民者的均質民族主體。

第二章〈異種族「仇恨」與「親密」：日治時期日本人作家的台灣原住民抗日事件再現〉，討論佐藤春夫〈霧社〉（一九二五）、山部歌津子《蕃人來薩》（一九三一）、大鹿卓〈野蠻人〉（一九三五）、中村地平〈霧之蕃社〉（一九三九）等四個日本人作家，分別取材於台灣泰雅族原住民的薩拉茅事件（一九二〇）與霧社事件（一九三〇）等抗日事件的文學創作，討論種族對決「仇恨」與異種族通婚「親密」關係這兩個極端的種族關係之間複雜的交錯與辯證。本章將聚焦於日本人作家的種族書寫如何在殖民地種族、性與自然等三種論述的交錯中，凸顯「野蠻」與「文明」二元分類的建構性，以及日本人知識分子奠基於此二元對立的種族與文化認同之內在矛盾。

第三章〈左翼人道主義、南方想像與幻象顯影：「大東亞共榮圈」下的殖民地台灣友情〉，以濱田隼雄〈扁食〉（一九四二）、龍瑛宗〈蓮霧的庭院〉（一九四三）與呂赫若〈玉蘭花〉（一九四三）三篇小說為對象，探討小說中的跨民族友情超越殖民地民族差異與權力關係之可能性與局限性。主要討論民族關係、個人發展的殖民論述、戰爭時期的區域想像互相交錯下，日本人與台灣人知識分子如何透過「大東亞」的政治理念、普世性的情感、殖民地人際互動等既呼應又抗拮的複雜關係，進行具有民族與階級意涵的「自我」與「他者」之辯證，並在此過程中翻譯帝國與民族主體。

第四章〈國族與性別的邊界協商：殖民地台灣小說中的台日通婚〉，以朱點人的漢文小說〈脫穎〉（一九三六）、真杉靜枝〈南方的語言〉（一九四一）、庄司總一的《陳夫人》（一九四〇／一九四二）、川崎傳二的〈十二月九日〉（一九四四）等日文小說為對象，探討小說中的台灣漢人與日本人異族通婚書寫如何呈現日本帝國下國族與性別的邊界協商。主要聚焦於不同民族與性別身分的作者如何回應時代需求，藉由血緣、語言、情感、精神等「差異」的收編與排除，重新劃定帝國內部的國族與性別邊界。進而分析在此過程中，民族、性別、本國內部區域等日本帝國、「大東亞」的內在異質性，如何凸顯「純正」日本帝國主體的建構性與內在矛盾。

第五章〈性別化的國族「血統」想像：殖民地台灣小說中的台日混血兒〉，以黃氏寶桃〈感情〉（一九三六）、庄司總一《陳夫人》（一九四〇／一九四二）與〈月來香〉（一九四二）、小林井津志〈蓖麻的成長〉（一九四四）等小說中台灣漢人與日本人的混血兒，以及坂口䙥子的〈時計草〉（一九四二）中台灣原住民女性與日本人警察的混血兒，討論不同種族的台日混血兒書寫分別呈現何種國族與性別認同的相互建構。主要關注台日混血兒威脅殖民地二元對立與國族認同的「不純粹」性，如何被「翻譯」為性別化的「純正」國族與帝國主體，進而分析殖民地台灣的混血兒協商其血統混雜性與認同分裂的過程，如何揭露種族、國族與性別認同的建構性與本質化過程。

終章〈未進行的去帝國與去殖民〉首先將本書的發現進行統整，釐清本書對於殖民地台灣小說中種族關係的討論，如何將西方「現代主體」的概念加以多重化、問題化。進而概述本書所釐清的日本帝國種族論述與現代主體形構過程及其遺產，如何持續在戰後至今日本與台灣的種族關係與現代主體想像中發揮作用。[21]

21　在格式方面，本書之引文皆改為新式標點與現代漢字。本書當中所有日文的小說文本與相關文獻之引用，均由筆者自譯，已有中譯本者，則在書目註釋後面附上既有中譯本頁數，以便讀者參照。

第一章

「文明」的規訓與教化

殖民地台灣小說中的警民關係

在日本殖民統治下的台灣，代表並行使殖民權威與政策，與被殖民者進行最直接接觸的，不外乎為日本人警察。日本在台灣的統治進入民政時代後，仍然沒有擺脫軍政時期遺風，軍隊、憲兵與警察同時發揮威力，時而互相衝突。直到第四任總督兒玉源太郎的時代（一八九八－一九〇六），才在民政長官後藤新平的推動下修訂官制，以民政部門主導總督府施政，排除軍隊與憲兵的勢力。一九〇一年在民政部下設置警察本署，警察本署長在警察事務上直接指揮各廳長，建立警察制度從中央到地方的一條鞭體系。[1]同時進行廢縣置廳，便於總督府指揮全島行政事務。廳長在總督府許可下得設置支廳，支廳長由警部擔任，支廳內主要雇員皆為警察，由警察掌理一般行政事務，後人因而將支廳制度稱為「警察政治」。[2]《台灣總督府警察沿革誌》（以下簡稱《警察沿革誌》）編撰者鷲巢敦哉曾回顧，在大正九年（一九二〇年）台灣的地方行政組織改革之前，支廳長與警察具有至高無上的威權，甚至稱為「警察王國」也不為過。[3]殖民地台灣的警察除了警務工作之外，還擔負戶籍、造橋鋪路、水利、納稅、政令宣達、衛生管理、農會、郵局等，幾乎包辦所有殖民地民政與行政工作。

實際上賦予殖民地台灣警察執法權力的法理依據，則是一九〇四年公布的《犯罪即決例》與一九一八年修訂的《台灣違警例》。早在領台隔年一八九六年十月律令第七號公布施行的「犯罪即決例」，就已比照日本本國的法令，規定拘留十日內、罰鍰一圓九五錢以下的輕微犯罪案件，可以不經司法審判程序，僅透過警察或憲兵的舉發，便可由警察署署長與憲兵隊分隊長等人逕行裁決與執行。一九〇四年正式發布的《犯罪即決例》更將適用範圍擴大為拘留三個月、罰鍰一佰圓以下的案件，同時規定支廳長與廳警部亦可代理廳長職務進行裁決。[4]也就是說，一般的警官即可逕行犯罪即決，行使司法權力。一九一八年修訂的《台灣違警例》更列舉妨害秩序、風俗、交通、公務、衛生、他人身體財產等一二二項違警事項，作為違警處罰之依據，至於執行機關及

1 台湾総督府警務局，《台湾総督府警察沿革誌》第一卷（一九三三年），頁九五—一〇四。複刻版：台湾総督府警務局，《台湾総督府警察沿革誌》第一卷（台北：南天，一九九五年）。此一中央制度改革意味著警察機關的擴張，受到日本國內官員的反對，歷經後藤民政長官與日本本國法制局、內閣會議努力交涉後，才順利通過。

2 同前註，頁五二一—五二二。

3 鷲巣敦哉，《警察生活の打明け物語》（台北：自費出版，一九三四年；複刻版：中島利郎、吉原丈司編，《鷲巣敦哉著作集I》〔東京：緑蔭書房，二〇〇〇年〕），頁四四—四七。大正九年的地方行政組織改革，廢除原有的十二廳，改設五州二廳，繼而施行州市街庄制，由原先總督府直轄各支廳的中央集權主義，改為各州知事的地方分權制度。對於警察組織權限的主要影響在於將行政事務與警務分開，交付市郡負責行政事務者，不像以前集中於支廳長與警察官手上。台湾総督府警務局，《台湾総督府警察沿革誌》第一卷，頁六一二—六二七。

4 台湾総督府警務局，〈犯罪即決の制度〉，《台湾総督府警察沿革誌》第四卷，頁三二五—三三一。

處罰程序，則依《犯罪即決例》之規定。[5]

不僅如此，從明治三七年（一九〇四年）到大正十年（一九二一年）為止的近二十年當中，日本一直在殖民地台灣實行鞭打身體的笞刑。[6]根據《警察沿革誌》中〈罰金及笞刑處分例的存廢〉一章記載，台灣人服刑者對於住在乾淨牢房、供給三餐，每天只要勞動八、九個小時的短期自由刑（禁錮）絲毫不感到苦痛，要處以罰金又拿不出來，因此，清領時期已在台灣施行的笞刑，成為最有效遏止再犯的懲戒方式。[7]以一九一三年到一九一五年的統計為例，每年平均有二、二〇九人受到笞刑處罰，占總受刑者數六、四三一人的三四．四%，可見得笞刑施行比例之高。[8]

在這樣的歷史與社會背景下，日本人警察濫權與暴力壓迫的殖民地現實，成為日治時期台灣的小說當中頻繁出現的主題之一。[9]在這些小說當中，台灣人知識分子藉由日本人警察壓迫台灣人百姓的情節，對殖民壓迫與民族歧視進行控訴。已有許多先行研究討論當時的小說，如何將日治時期的警察暴力作為殖民暴力的代表，批判殖民法制的不公不義與階級性。[10]然而，以日本人／台灣人、殖民者／被殖民者、壓迫者／被壓迫者等二元對立分析殖民地台灣警民關係，可能會複製了論者所欲批判的殖民地二元對立與種族論述。正如西方殖民主義研究者馮檢基．庫珀（Frederick Cooper）指出的，與其側重殖民主義如何對殖民者／被殖民者等差異進行「統治」，

5 台湾総督府警務局，《台湾総督府警察沿革誌》第四卷，頁二六五—二八四。日本統治台灣初期，首先由各縣廳制定公布「違警罪目」，到明治四十一年（一九〇八年），發布《台灣違警例》，公布三十三項違警事項，一九一八年進行修訂。

6 除了法令本身，還公布「施行細則」等詳細規定笞刑執行的方式。此一刑罰僅適用於「本島人及清國人」當中十六歲以上六十歲以下的男子，執刑前，由醫師判斷其身體狀況是否可以受刑。執行的方式為，令受刑者趴在一個平台上露出臀部，以繩子綁縛固定，接著以纏繞麻繩的竹片交互鞭打。台湾総督府警務局，〈罰金及笞刑処分例の存廃〉，《台湾総督府警察沿革誌》第四卷，頁九〇三—九〇七。吳濁流戰後初期發表的漢文小說〈陳大人〉當中，巨細靡遺地描寫笞刑的現場。不過，小說中為了爭奪對方妻子而捏造罪名加以笞刑的警察大人為台灣人。吳濁流，〈陳大人〉，《吳濁流集》（台北：前衛，一九九一年），頁五九—六〇。

7 台湾総督府警務局，〈罰金及笞刑処分例の存廃〉，頁九〇一—九〇二。之後，笞行制度並擴大施行於關東州（中國遼東半島西南部）、朝鮮等日本殖民地與勢力圈。梅森直之，〈変奏する統治——二〇世紀初頭における台湾と韓国の刑罰・治安機構〉，《「帝国」日本の学知　第一卷「帝国」編成の系譜》（東京：岩波書店，二〇〇六年），頁五八。

8 梅森直之，〈変奏する統治——二〇世紀初頭における台湾と韓国の刑罰・治安機構〉，頁五九。

9 許俊雅，〈日據時代台灣小說蘊含的思想內容〉，《日據時期台灣小說研究》（台北：文史哲，一九九五年），頁四二三—四三六。

10 例如，林瑞明，〈賴和與台灣新文學運動〉，《台灣文學與時代精神》（台北：允晨，一九九三年），頁一〇四—一一一。陳建忠，〈賴和文學的思想特質（一）：反殖民主義思想〉，《書寫台灣・台灣書寫：賴和的文學與思想研究》（台北：春暉，二〇〇四年），頁三五六。

「強調**差異**的政治學可能更為有效，因為差異的意涵總是處於競合的狀態，鮮少是穩定的」。[11] 本章將以日本本國警察制度成立過程中的「差異」生產過程為背景，探討殖民地台灣的警民關係書寫，如何呈現傅柯式的「文明」的規訓在日本國內與海外殖民地生產現代主體之過程。

根據日本政治學者梅森直之的研究，明治初期警察制度的形成並非如先行研究[12]所言，以歐洲大陸（尤其是法國）為模仿對象，而是受到英國殖民地制度很大影響。明治初期日本的海外使節團首先接觸到的西洋與西洋人為西洋殖民地、日本與中國居留地的殖民地官僚，橫濱等外國人居留地、香港、新加坡等英國殖民地，成為日本政府建構現代警察與監獄制度時主要視察與參照的對象。尤其是，明治政府是以薩摩（鹿兒島縣西部）、長州（山口縣）、土佐（高知縣）、肥前佐賀（佐賀縣）等日本九州、四國、中國地區的四藩為主力，推翻江戶（現在的東京）德川幕府而建立，在關東地區權力基盤之脆弱性，使其將民眾視為潛在的反抗者。因此，日本現代警察制度從一開始便具有過度規訓之傾向，以殖民者統治異民族的方式來統治本國國民。這造成了明治初期日本本國與歐洲的東亞殖民地之間，在警察制度的軍事性格、不尊重市民自由、文明化代理人之任務等方面，呈現高度的相似性。[13]日本歷史學者大日方純夫也指出，日本在明治初期創設的現代警察制度，除了刑事犯罪搜查、逮捕犯人等一般警務之外，並帶有強烈的「文明開化」意涵。日本的傳統生活習慣被視為需要改革的陋習，以外在的現代化、西化為首要目標，透過警察權力，急速且徹底地強制灌輸到民眾生活當中。從明治維新時期旅遊日本鄉下地方的英國人女性之紀錄，可以看到當時的日本勞動階級等庶民表面上服從於警察權力推動的「文明開化」，實際上仍然維持原有生活習慣之狀況。[14]

梅森直之另外一篇論文進而探討進入二十世紀之後，日本國內的警察制度與行政如何在西方國家與殖民地的警察制度、日本在台灣與韓國的殖民統治實踐之影響下，將具有軍事性格的暴力壓制，轉化為新的現代統治技術。根據傅柯的研究，從十七世紀到十八世紀，歐陸的統治技術產生巨大變革，從打擊國家內部或外部敵人的「否定的實踐」之前現代暴力壓制（police），轉化為發展市民生活福祉與國家活力的「肯定的實踐」之新型知識／權力型態的現代統治

---

11 Frederick Cooper, *Colonialism in Question: Theory, Knowledge, History* (Berkeley: University of California Press, 2005), p. 23.

12 先行研究以同時期歐洲的兩種警察制度模式為前提：將警察視為共同體之公僕的「英國」模式，以及將警察視為支配階層強力武器的「歐陸」模式。一般認為日本模仿後者的「歐陸」模式，尤其是法國的制度。

13 梅森直之，〈規律の旅程——明治初期警察制度の形成と植民地——〉，《早稲田政治経済学雑誌》三五四號（二〇〇四年），頁四四—六二。

14 大日方純夫，〈「開化」と警察〉，《日本近代国家の成立と警察》（東京：校倉書房，一九九二年），頁一六五—一八三。尤其是一八七四年以後，「行政警察」成為警察制度的中心，透過權利、健康、風俗、國事四個領域的職務內容，介入一般行政領域。

（politics）。[15]日本在明治後期與大正前期的一九一〇年代前後，因應急速的工業化與都市化，其統治實踐從「絕對的他者之撲滅」之暴力壓制，轉化為「理解可能的他者之社會同化」之現代統治。[16]以日本現代警察改革的主要推動者松井茂為例，他在一九〇五年日比谷暴動[17]後，辭去東京警視廳第一部長兼消防本部長的職務，前往韓國擔任內部警務局長。他參照英國的埃及統治經驗，提出韓國警察改革的意見書，主張將警察與憲兵的職務加以區別，以警察作為鎮壓韓國反抗民眾的主力。然而，一九一〇年日本在韓國成立憲兵警察制度，失勢的松井辭職回到日本，一九一九年再次擔任日本國內警察行政官僚。因應前一年米價暴漲引起的全國暴動，日本的治安維持方針走向「警察的民眾化、民眾的警察化」路線，松井以警察為中心的「現代統治」主張終於獲得實現。該路線表面上順應大正民主主義浪潮，進行警務改革，實際上則深入民眾內部進行秩序維持，從根柢動搖民主的基盤。[18]

也就是說，日本警察制度作為現代統治技術，是在歐洲帝國、日本帝國本國與海外殖民地之間統治技術的相互影響下成立。在這樣的過程中，警察制度的目的從增進居民福祉，轉化為鎮壓與消滅反政府勢力，不管是韓國或日本國內的暴動群眾，都跟英國人統治者眼中不知感恩的「黑皮膚東洋人」埃及人一樣，成為需要透過現代統治技術加以「文明化」的對象。同樣地，在殖民地台灣，一八九八年至一九〇六年擔任台灣總督府民政局長的後藤新平，也對大英帝國的埃及統治相當感興趣，曾實際調查當地的刑罰制度，據此進行台灣的司法刑政制度改革，產生暴力壓制與現代統治的融合與變奏。[19]

從上述的歷史與社會背景出發，本章以賴和〈不如意的過年〉（一九二八）與陳虛谷〈放炮〉（一九三〇）兩篇漢文小說、呂赫若〈牛車〉（一九三五）與新田淳〈池畔之家〉（一九四一）兩篇日文小說當中日本人警察與台灣漢人的民族關係為對象，探討以下問題：小說中的警民關係再現，如何呈現殖民地文明化論述將暴力壓制轉化為現代統治技術之過程？在同化、皇民化等不同的歷史階段下，文明化論述如何將日本或台灣內部的階級與性別差異，同時「翻譯」為殖民者或被殖民者的均質民族主體？

---

15 Michel Foucault, "Omnes et Singulatim: Toward a Critique of Political Reason," in J.D. Faubion ed., *Power/Michel Foucault* (New York: New Press, 2000), pp. 298-325.

16 梅森直之，〈変奏する統治——二〇世紀初頭における台湾と韓国の刑罰・治安機構〉，頁四九—五七。

17 反對日俄談和條約的民眾攻擊警察局與官方報社，日本政府宣布緊急戒嚴並加以鎮壓。

18 同前註，頁六一—七二。

19 梅森直之，〈変奏する統治——二〇世紀初頭における台湾と韓国の刑罰・治安機構〉，頁四四。

一、殖民者與被殖民者的相互建構：賴和〈不如意的過年〉與陳虛谷〈放炮〉

賴和〈不如意的過年〉[20]發表於一九二八年，描寫查大人（巡查大人）因為「御歲暮」[21]的減少而不滿，上街向長官拜年，又不悅於人們沒有歡慶新年，[22]命令路人喚保正[23]來。在十字街道開賭的人們聽了便一哄而散，捉不到犯人的查大人最後捉了一個旁觀的兒童盤問。無辜的兒童受到查大人問話，大吃一驚開始啼哭，招致厭惡哭聲的查大人打他一巴掌，將他帶回衙門，命令他在一旁罰跪。小說中查大人恣意逮捕、體罰無辜兒童的情節，批判前述殖民地台灣《犯罪即決例》與體罰制度等依據殖民地法制進行的暴力。查大人與台灣人兒童在民族、年齡、社會位階上具有極端差距，呈現殖民者與被殖民者之間一面倒、不容反抗的權力關係。[24]

在西方帝國種族論述中，也常將被殖民者建構為未成年的孩童形象。本書序章中提到奧克塔夫．瑪諾尼《普羅士佩羅與卡利班：殖民心理學》（一九四八）當中，將殖民地心理學視為殖民者的「自卑情結」與被殖民者之「依賴情結」的交會，強調殖民者如何藉由支配被殖民者，彌補其罪惡感與自卑情結，並與依賴的被殖民者形成共生關係。[25]誠如陳光興的批判，瑪諾尼雖然將殖民者拉下水，指出殖民者的「病態」心理，並提出殖民者與被殖民者的相互建構性，但他藉由父母引領子女走向成熟的故事合理化殖民主義，「無法更為後設地解釋這兩種心態存在的歷史條件」。[26]以下將透過台灣警察制度的相關殖民地民族論述，討論〈不如意的過年〉如何再現被殖民者「孩童」與殖民者「家長」形象相互建構的歷史過程。

首先，孩童的形象將台灣人被殖民者建構為「未開幼稚」的民族，以合理化殖民地的民族歧視與暴力。根據《警察沿革誌》的記載，《犯罪即決例》公布實施的背景在於台灣人對法律生活

20 懶雲（賴和），〈不如意的過年〉，《台灣民報》一八九號（一九二八年一月一日）。

21 日本人在年底時，拜訪這一年當中受到照顧的上司親友，餽贈禮品之習慣。

22 一九一五、一九一六年左右，開始有人批判台灣已經受到日本殖民統治二十年，卻依然使用中國曆法、慶祝農曆新年。一九一七年前後，殖民政府透過全島各廳警告保正，讓轄下台灣人與日本內地同樣慶祝新曆新年，一九一八年開始有具體成果。然而在一九一九、一九二〇年以後，隨著民權思想的高漲，又回復到慶祝舊曆新年。直到一九三八年左右，才隨著皇民化運動，逐漸施行新曆新年。鷲巣敦哉，《台湾保甲皇民化読本》（台北：台湾警察協会，一九四一年；複刻版：中島利郎、吉原丈司編，《鷲巣敦哉著作集Ⅲ》（東京：緑蔭書房，二〇〇〇年）），頁三〇九—三一〇。

23 台灣總督府沿用清朝時期台灣的保甲制度，以十戶為一甲設有甲長，十甲為一保設有保正，任用台灣的地主或有權人士擔任甲長與保正以進行懷柔，使其負責戶籍調查、居民監視、傳染病防治、勞動服務等任務。

24 賴和〈不幸之賣油炸粿的〉（一九二三年）亦描寫窮苦台灣人小孩因為清晨的叫賣吵醒警察而遭受體罰。

25 Octave Mannoni, *Prospero and Caliban: The Psychology of Colonization* (Ann Arbor: University of Michigan Press, 1990 [1948]), pp. 39-48.

26 陳光興，〈去殖民〉，《去帝國：亞洲作為方法》（台北：行人，二〇〇七年），頁一一八。

的不熟悉，造成諸多輕微事件，司法警察與監獄無法對應，此一制度可大幅減少人力與金錢的耗費。台灣法務當局對日本本國內務大臣報告的立法理由則為：第一，台灣人因為「未開幼稚，缺乏人權觀念」，犯罪後交付司法官衙裁判，並不比交付行政官廳感到痛癢。第二，台灣人習慣於中國法制，不了解行政司法分立的精神，對於地方廳行政單位不具處罰轄下人民之權能，反而感到訝異。[27]也就是說，此一殖民論述以是否熟悉西方法治觀念作為「開化」程度的基準，主張處於前現代中國法制的台灣人「未開幼稚，缺乏人權觀念」，警察就地執行司法權為有效率的治理方式。

殖民地民族論述中的台灣人的孩童形象，進一步延伸出殖民者與被殖民者的擬親子關係。以前述笞刑體罰為例，該刑罰的實施在日本本國與台灣引起諸多批評，日本人反對者認為此「蠻刑」有損日本作為文明國的形象，在殖民地施行日本本國已廢除的笞刑，也違反了法律的一致性。[28]台灣人反對者除了笞刑的野蠻性，並指出此一刑罰不適用於日本人犯罪者，有違公平原則。針對這些反對的聲音，當時的台灣覆審法院長指出，日本在台灣施行的笞刑法有別於前現代的野蠻刑罰，執行時以不危害受刑者的健康為原則，並在監獄中祕密執行，而非在大眾面前公開展示，就像父母親鞭打小孩一樣，是「文明」的刑罰。藉由這樣的方式，笞刑從前現代的暴力蠻刑，被轉化為以寬容的方式改造犯罪者精神的現代統治技術。[29]當時的法務課長也以笞刑在台灣行之有年、台灣人「品格賤劣」等殖民地特殊性為由，並舉外國法制學者的說法，合理化犯罪即決制的體罰：「國家在懲罰犯人時，就像父母親鞭打小孩一樣，犯行一結束馬上給予懲戒的方法，是最有效的刑罰」。[30]

「父母親鞭打小孩」的譬喻藉由擬親子關係，將殖民地法制與警察制度暴力，轉化為家庭內的規訓與教化。一九〇三年政治家竹越與三郎視察殖民地台灣時便指出，殖民地台灣處於「幼稚」的社會狀態，無法將吏務與警務截然劃分，警察制度必須「透過家長的政治恩威並施，讓長

27 台湾総督府警務局，〈犯罪即決の制度〉，頁三二八—三二九。另一個合理化犯罪即決令的理由，則是以這些特殊法律與中國法制具有連續性，可實際因應台灣在地風俗民情為由（後面會提到的笞刑體罰亦援用此一修辭）。正如〈不如意的過年〉小說中將派出所稱為「衙門」，以清領時期尊稱官吏的「大人」來稱呼日本人警察，顯示出兩者之間雖有封建官僚制度與殖民法制的名目上差異，實際上卻都是以高高在上的統治者心態，恣意對台灣人民行使言語與身體上的羞辱與處罰。對台灣民眾而言，日本殖民統治所標榜的現代文明「法治」，與清領時期官尊民卑的前現代「人治」，具有實質上的連續性。

28 在一八八二年開始實施的日本刑法當中，依照一八七二年的決議，廢除有千年歷史的笞刑，以符合「開化」政體的形象。

29 梅森直之，〈変奏する統治——二〇世紀初頭における台湾と韓国の刑罰・治安機構〉，頁五一—五七。

30 台湾総督府警務局，〈罰金及笞刑処分例の存廃〉，頁九一〇—九一五。

官個人的勢力可以無所不在地為人民感知」[31]。不僅止於法制上的笞刑體罰，日本人警察執法時動輒對台灣人居民掌摑或拳打腳踢的體罰行為，也都藉由擬親子關係中家長的「恩威並施」受到合理化。

〈不如意的過年〉中描述查大人「輕輕地」打了孩童一掌，但從挨打的兒童「偷偷地用手來摩擦著印有指痕紅腫的嘴吧」[32]來看，「輕輕地」當然是一種反諷的手法。作者藉由指痕、紅腫等身體遭受暴力後的物質性痕跡，揭露殖民地警民關係的暴力本質。敘事者進而針對查大人對兒童的恣意體罰，穿插以下評述：

> 這真是意外，世間的男子女人，不曾打過孩子的，怕一個也沒有。打的意義雖有不同，打過總是實在。孩子原是弱者，誰都可以任意打他，他是不能抵抗的。在被打的兒童，使他自己感覺著是在挨打，也沒有不啼哭，這是誰都經驗過的事實。現在這兒童大約不感覺著是挨過打，在他的神經末梢，一定感到一種愛的撫摩。所以對著查大人，只微々漏出感恩的抽咽，忘卻回答他的所問。[33]

引文中作者挪用父母打小孩的擬親子關係修辭，讓台灣人孩童／被殖民者對殖民者「愛的撫摩」發出「感恩的抽咽」，反諷日本人以家長對小孩的規訓與教化，合理化殖民地暴力的殖民論述。小說結尾，受罰的台灣人兒童跪著啜泣，查大人則沉醉在酒後睡夢中，「電光映在臉上，分明寫出一個典型的優勝者得意的面容」。[34]查大人「典型的優勝者得意的面容」必須建立在跪著啜泣的台灣人兒童身上，只有當被殖民者成為需要保護教養的「未開」幼稚孩童，殖民者才能建構其作為「文明」規訓教化者之自我認同。

如果我們考慮到殖民地時期在台日本人受到的歧視，更能理解殖民者建構其作為文明代理人的自我認同之必要性與內在矛盾。戰前日本國內普遍對於到台灣、朝鮮等殖民地工作的官吏有所歧視，批評他們大多為「劣等庸材」，為了大撈一筆才到殖民地任職，甚至將殖民地貶抑為低劣人物聚集的「垃圾堆」。[35]以警察為例，一九二七年的《台灣民報》曾有文章批評台灣的下級

31 竹越與三郎，《台湾統治志》（東京：博文館，一九〇五年；複刻版：南天，一九九七年），頁二四五—二四六。

32 同前註，頁一二。

33 懶雲（賴和），〈不如意的過年〉，頁一二。

34 同前註，頁三四。

35 小熊英二，《「日本人」の境界——沖縄・アイヌ・台湾・朝鮮　植民地支配から復帰運動まで——》（東京：新曜社，一九九八年），頁七三—七四。一九三〇年代的經濟不景氣、戰爭爆發造成日本國內物資短缺，殖民地的日本人被認為在海外持續過著優渥的生活，使得這些日本人戰後從殖民地回到日本本國後受到排擠。

警吏「不但少有學問與見識，而且多是素質不良之輩」，「若將台灣的警吏的素質比於日本內地的，實在低下很多，但是所付與的權限反倒過大」。[36]尤其是，殖民地台灣的日本人之出身地除了東京、大阪都會之外，以距離台灣較近的九州與沖繩、[37]經濟條件不佳的東北、四國農村地區的人最多。擔任警察等下級官吏者，有不少是這些地區的農家、勞動階級家庭出身，或是必須謀求自立的次男以下的男性，[38]受到殖民地六成加給之吸引，遠離家鄉到殖民地台灣尋求出路。從現代化與西化的程度來看，這些鄉下地區出身者在日本國內原本可能是需要接受警察「文明開化」的對象，但來到殖民地之後，他們反而必須扮演作為文明代理人的殖民者角色，以維持殖民地權力關係。再加上，因出身區域、階級屬性或排行順序而受到本國與家族拋棄，淪落到「落後蠻荒」的殖民地造成的自卑情結，使得在台日本人警察更需要將被殖民者轉化為規訓與教化對象，以強化自身作為殖民者的文明身分認同。[39]

陳虛谷〈放炮〉[40]中的警民關係書寫，同樣揭露日本人警察藉由文明論述合理化殖民地暴力，建構自身文明認同之過程。小說描寫日本人警察真川大人一家每天都等著台灣人民眾邀請他們去吃「御馳走」（日語，豐盛菜餚之意），某日聽到放鞭炮的聲音，等候半天卻不見人來邀請，憤而以戶口調查的名義逐戶檢查，看到居民劉天正在吃紅龜粿，予以體罰並帶回派出所審問。經過這次事件之後，台灣人居民都互相警戒著盡量不要放鞭炮，遇到非放鞭炮不可的狀況時，務必要宴請警察大人。

日本人警察無故體罰、逮捕台灣人民眾的情節，具體呈現殖民者基於民族歧視的權威與暴力。真川對無辜的居民劉天掌摑、拳打腳踢後，拿出繩子將他綑綁起來，押到派出所罰跪。在此過程中，劉天不斷喊冤，問日本人警察他究竟犯了什麼罪，但真川完全不予理會。等到書記替劉天求情，真川才發現自己誤會了，「然而為要保持他的尊嚴，表面上還裝得強硬的」，[41]指責

---

36 〈警察制度改革的必要：提高警吏素質　縮小警務權限〉，《台灣民報》一七二號（一九二七年九月四日），頁二。

37 以一九四〇年為例，在台日本人以鹿兒島、熊本與福岡（以上均為九州縣市）以及沖繩出身者最多。水田憲志，〈沖縄県から台湾への移住：第二次世界大戦前における八重山郡出身者を中心として〉，收於関西大学文学部地理学教室編，《地理学の諸相：「実証」の地平》（東京：大明堂，一九九八年），頁三八二。

38 日本的家族制度由長男繼承所有家產與田地，有異於中國將家產分給所有男性子嗣的分家制度。

39 筆者曾透過沖繩八重山諸島與殖民地台灣之間人員與物資的移動，探討位處日本邊陲的沖繩八重山出身者在日本帝國現代化的不均等發展下，試圖透過殖民地經驗，建構自身「文明人」身分認同之過程。朱惠足，〈做為交界場域的「現代性」——往返於沖繩八重山諸島與殖民地台灣之間〉，《文化研究》五期（二〇〇七年十月），頁四九—八六。

40 一村（陳虛谷），〈放炮〉（上），《台灣新民報》三三六號（一九三〇年十月二十五日）。一村（陳虛谷），〈放炮〉（中），《台灣新民報》三三七號（一九三〇年十一月一日）。一村（陳虛谷），〈放炮〉（下），《台灣新民報》三三八號（一九三〇年十一月八日）。

41 一村（陳虛谷），〈放炮〉（下），頁一一。

劉天傲慢、看不起警察，威脅要以侮辱官吏罪名舉發他。百般求情下獲得釋放的劉天「跪得雙膝痛了，渾身也都痲痺了。他好幾次掙扎不起。他眼淚汪汪的。他像跛足的一樣，一擺一擺的出去了」。[42]與賴和〈不如意的過年〉當中「偷偷地用手來摩擦著印有指痕紅腫的嘴吧」的孩童一樣，〈放炮〉當中台灣人居民受到的身體傷害作為物質性痕跡，揭露日本人警察現代統治之暴力本質。

小說開頭真川大人一家接受台灣人居民宴請的場景，則藉由多語言混用與翻譯的書寫策略，挑戰日本人警察建構殖民者認同的「文明」論述。居民老牛恭敬宴請警察大人夫婦，對真川夫婦五、六歲的小孩也不敢怠慢。然而，真川的小孩卻展現目中無人的跋扈態度：

> 他真是刁頑不過的，尤其是在這弱小民族的跟前，他特別發揮其無拘天真爛漫的大和魂的本能來，他把龍眼子一粒一粒向空中亂擲，滾落到神明公媽的卓頂（桌上的台語表記——引用者註），跳入筵席的碟仔內，碰到保正的頭殼。在他以為是極其有趣的玩意，在大人和奧サン，也以為是無知小孩尋常的遊戲，土人的跟前，原不要甚麼管束。老牛勿論是一味笑容可掬的，保正卻是敢怒而不敢言。[43]

相對於〈不如意的過年〉中無辜遭到體罰的台灣人孩童，〈放炮〉當中的日本人孩童仗著警察父親的權勢為所欲為，「尤其是在這弱小民族的跟前，他特別發揮其無拘天真爛漫的大和魂的本能」。他亂丟的龍眼子不但跳到筵席的碟子中，打到台灣人保正的頭，甚至毫不客氣地「滾落到神明公媽的卓頂」，肆無忌憚地入侵台灣人最尊敬的神明之地盤，呈現民族權力關係的不平等。台灣人保正批判該孩童平日的仗勢欺人，真川還自豪於日本人從小培養孩童勇敢好戰，才會打贏中日戰爭、日俄戰爭，不像中國因為羸弱而受到世界各國輕視。藉此，作者一方面批判日本「官民親善」修辭背後的殖民地剝削，同時也批判日本人藉由軍國教育建構的國族認同。

如前所述，日本人與台灣漢人、朝鮮人同屬北方蒙古人種與漢文化圈，彼此之間為民族差異而非人種差異，膚色、髮色、體型等一般用來區別種族的差異並不明顯，必須透過語言、生活習慣、文化等差異來進行區分。在這樣的狀況下，「文明開化」的程度成為界定民族差異與優劣的重要基準。前述《台灣違警例》中，妨害秩序、風俗、交通、公務、衛生、他人身體財產的六大類違警事項中，有半數以上均針對國民日常生活與身體的規訓。《台灣新民報》當中就有文章批

42　同前註。
43　一村（陳虛谷），〈放炮〉（上），頁一〇。

判，現行的《台灣違警例》在警察的濫用下，民眾幾乎每天都有受罰的可能。譬如第一條第一號規定，無定職四處遊蕩者觸犯違警例，若依照此法，所有失業中四處找工作的人民都要受罰。[44]從工作性質與相關法規來看，殖民地台灣警察制度除了犯罪搜查與逮捕犯人的傳統警務之外，對被殖民者進行規訓與教化，使其成為現代法治社會的「文明人」，亦為重要任務。

〈放炮〉當中藉由多語言的使用與翻譯（錯譯），揭露文明論述中的殖民者自我建構過程。聽到鞭炮聲卻不見居民來邀請，真川的老婆開始抱怨台灣人：「又野蠻、又腌臢，無禮無數，厝內像豬椆，身軀汗酸真要格死人。給他們請實在失我們做官人大國民的威風，實在是他們土人無上的光榮，料不到竟有這麼一個不知好歹的東西」[45]。真川夫婦認為，他們願意放下身段到骯髒落後的台灣人家中接受宴請，對台灣人來說是一種「光榮」，將殖民地日常生活的剝削美化為對於被殖民者的恩賜。真川的老婆列舉台灣人居家環境與身體的骯髒，批評台灣人為野蠻骯髒的「土人」，以建構自身作為「做官人」、「大國民」的文明者認同。小說中更藉由日語與台語的偶然諧音，對殖民者的文明論述進行戲謔性的顛覆。與父母親一同享用完桌上豐盛的台灣菜餚之後，小孩子開始跟母親要汽水喝：

他時叫著カーチャン！又念著サイダー、サイダー。

要放屎嗎？我抱你下來。老牛一面說一面伸手要去抱他。大人和奧サン都哈々的笑了，小孩子擺著身軀道：イヤーイヤー！バカ！チンコロ！於是放聲哭了起來。[46]

小說當中大部分的對話以台灣話文表現，但部分夾雜日語片假名，或以漢字表示日語發音。與其他翻譯成台語的日語台詞相較，這些「原音重現」的部分有其特別意涵。在這個場景中，不懂日語的老牛，將「サイダー」（汽水）誤解為小孩要「放屎」，藉由日語的汽水「サイダー」（saidā）與台語的「屎」（sai）之諧音消遣日本人。尤其是，「サイダー」（saidā）為以片假名表音的英文外來語，標示著汽水作為來自西方的飲料，在日本象徵著文明與階級，與骯髒的人體排泄物「屎」（sai）的台語之間的偶然諧音，對日本殖民者的文明論述進行諷刺性的顛覆。同時具有日文、台語與漢文多重語言與文字能力的作者，藉由不諳日語的台灣人民眾老牛與日本人小孩之間的無法溝通，達到以錯譯效／笑果造成的文明批判。

然而，此一詼諧戲謔只能造成暫時性的情緒發洩，引文後半的日語使用，馬上揭露殖民

44 台湾総督府警務局，《台湾総督府警察沿革誌》第四卷，二八三—二八四頁。
45 一村（陳虛谷），〈放炮〉（中），《台灣新民報》三三七號，一九三〇年十一月一日，頁一一。
46 同前註，頁一一。

地民族權力關係的現實。日本人警察的小孩生氣地咒罵聽不懂日文的老牛：「イヤーイヤー！バカ！チンコロ！」（不要不要！笨蛋！清國奴！）。「チンコロ」一詞普通稱「チャンコロ」（chankoro），為「清國人」、「清國佬」北京話發音「qingguoren」、「qingguolao」的日語轉訛，為戰前日本人蔑稱中國人的稱呼。警察的小孩不過是個五、六歲的孩童，卻使用這充滿民族歧視的蔑稱責罵台灣人，無疑是模仿父母親平日建構殖民者認同的歧視性用語。此一日語原音重現，凸顯了日本人警察一家與台灣人保正、民眾之間看似充滿人情味的跨民族互動，如何成為殖民者在民族不平等關係下，建構自身殖民者認同之過程。

不管是賴和〈不如意的過年〉或是陳虛谷的〈放炮〉，都對日本人警察藉由「落後」的台灣人，建構自身「文明」國族認同之民族論述提出批判。兩篇小說均出現在一九二〇年代後半到一九三〇年代初期的《台灣民報》、《台灣新民報》上。作為第一份爭取台灣人人權的白話文報紙，批判象徵殖民地權力的日本人警察暴力之小說發表於此，並不令人感到意外。兩篇小說以漢文作為書寫語言，也呼應著其創作動機背後強烈的漢人民族意識。然而，兩篇漢文小說挪用孩童與下層庶民的形象進行殖民與文明論述批判，不可避免地複製了殖民者／被殖民者、壓迫者／被壓迫者、文明／落後的二元對立框架，將無力抵抗的弱者（〈不如意的過年〉）或是不諳日語、下層階級的庶民百姓（〈放炮〉）「翻譯」為被壓迫的台灣人「民族」。在下一節，我將透過呂赫若具有左翼意涵的日文小說〈牛車〉，討論其警民關係書寫如何呈更具多重性的「翻譯」實踐。

二、被「翻譯」為民族主體的階級差異：呂赫若〈牛車〉

〈牛車〉於一九三五年發表在日本的左翼雜誌《文學評論》，內容描寫牛車車伕楊添丁因為汽車的普及而陷入生活困頓，又因違規坐在牛車上被警察逮到，為了繳納罰金鋌而走險進行偷盜，再次被警察逮捕。小說前半強調，楊添丁在日本殖民統治下無法生活，主要是因為他的無產階級屬性。楊添丁原本靠著以牛車載送農產品到市場謀生，但日本殖民統治引進碾米機、汽車等現代事物，取代了水車、牛車與轎子等台灣傳統的交通與生產工具，使他完全失去工作機會。楊添丁跟他的車伕同伴雖然陷入生活困境，但鎮上的鳳梨工廠、木材廠、米廠、中盤商等工廠與商店的台灣人經營者生意興盛，村裡的大地主保正伯的豪宅燈火通明，連家犬都養得肥肥胖胖。也就是說，日本引進的殖民現代化過程加深了台灣人內部的階級差異，將在地無產農工階級逼上絕境。

無法維生養家的楊添丁跟他的牛車，連走在路上都受到階級的差別待遇。在汽車通行的六間寬的新道路上，立著寫有「道路中央四間牛車不可通行」的石標，鋪著小石頭的道路中央整修完備，牛車行走的路旁卻凹凸不平，屢屢陷在深溝中寸步難行。小說中牛車車伕趁著半夜「占領」道路，進行無產階級的象徵性反撲。楊添丁與車伕伙伴好不容易有工作上門，半夜組隊前往市場。趁著半夜，車伕們終於能夠大搖大擺地走在道路中央，推倒那可憎的石標。楊添丁恣意割下路邊甘蔗餵食黃牛，對著擔心被警查取締的伙伴豪邁地說：「此時為我們的世界！」[48]牛車車伕聯手推倒石標的場景，與前一年（一九三四）入選《文學評論》小說徵文，成為第一篇打入日本文壇的台灣人作品的楊逵〈送報伕〉當中，受壓榨的日台送報伕共同打倒派報社店主的情節，同樣具有無產階級團結起來打倒壓迫者的象徵意義。可以想見地，殖民地台灣階級議題的呈現，以及無產階級團結奪回「世界」的英雄式場景，正是〈牛車〉繼〈送報伕〉之後獲得日本左翼雜誌青睞的主要原因。[47]

然而，小說後半日本人警察的登場，使得台灣人勞動者楊添丁承受的階級壓迫，被轉化為殖民地的民族壓迫。楊添丁坐在牛車上打盹，被日本人警察逮到的場景如下：

> 在他的眼前——大人以可怕的表情站著瞪視此方。
> 「喂！幹你老母！」（「こらッ。カンニンラウブ！」）

才見大人粗壯的手臂揮動，他的臉頰隨即受到掌摑。

感受到臉上一陣火熱上升，楊添丁哆嗦地顫抖起來。

「你不知道不能乘坐在車上嗎？」大人漲紅著臉怒斥著。

「嗯，我……」（「え、俺は——」）不知道該說什麼吞吐著，楊添丁的臉頰再一次響起啪擦的聲音。

「這牛車，是你的嗎？」大人從口袋抽出記事本與鉛筆，蹲下身迅速抄下牛車車牌。

「大……大人。一次，饒了我，好嗎」（「大、大人。一回、赦す、よろしい——」）楊添丁哭喪著臉向大人拱手做揖。

因為他清楚知道，被抄下車牌號碼之後，會受到什麼樣的處罰。

「幹你老母！清國奴！」（「カンニンラウブ、チャンコロ奴」）

大人收起記事本與鉛筆，俯視著拱手做揖的楊添丁嚴厲怒聲責罵，然後騎上腳踏車離去。

---

47 日本的長度單位，一間為六尺（約一．八二公尺）。

48 呂赫若，〈牛車〉，《文学評論》第二卷第一號（一九三五年一月），頁一一二；中譯本：呂赫若著，林至潔譯，〈牛車〉，《呂赫若小說全集》（台北：聯合文學，一九九五年），頁四九—八六。

> 「啊！運氣真不好！該怎麼辦？」（「あ、運が悪い。どうしようか！」）
> 目送大人離去後，處罰的事湧上楊添丁心頭，他擔心得不知如何是好。[49]

除了日本人警察的蠻橫態度與無情辱罵、體罰，兩者的對話本身呈現的語言政治力學，也成為殖民地民族權力關係的具體表現。首先，對話當中「大人」用以怒罵台灣人楊添丁的兩個詞彙「カンニンラウブ」（幹你老母）與「チャンコロ奴」（清國奴），均充斥強烈民族歧視意涵。後者的「チャンコロ奴」為〈放炮〉中真川大人的小孩咒罵台灣人的「チャンコロ」加上歧視接尾語「奴（め）」，更加強其歧視味道。「カンニンラウブ」則為台語咒罵語「幹你老母」的日語拼音，同樣也是殖民時期日本人常用來咒罵台灣人的辭彙，因而在小說中不需附上日語翻譯，而直接以日語片假名呈現。同樣是片假名的表音外來語，「カンニンラウブ」的台語髒話與象徵「文明」與階級的西方外來語「サイダー」（汽水）形成極端對比，成為標示台灣人「粗俗」文化的表徵。當日本人警察使用這個在地髒話來咒罵台灣人時，該用語標示出殖民統治的民族權力關係，與掌摑的任意體罰一同揭露日本人以「文明化」之名掩飾的殖民地暴力。[50]

相對地，被取締的台灣人楊添丁則是惶恐不已地吞吐半天，連續挨巴掌之後，只能冒出一句欠缺助詞的斷片式日語「大、大人。一回、赦す、よろしいー」。這並非因為他過於緊張，而

是因為他不會說日語。到此，讀者才意識到，小說從一開頭以流暢的日語記錄楊添丁與家人、其他台灣人之間的對話，其實已歷經從台語翻譯為日語的程序，只有在楊添丁面對日本人警察時的「え、俺は！」與「大、大人。一回、赦す、よろしい！」這兩句話，是未經翻譯、直接「原音重現」的日語台詞。日本人警察離去後，楊添丁的自言自語「あ、運が悪い。どうしようか！」

49 呂赫若，〈牛車〉，頁一三二—一三三；中譯本：呂赫若著，林至潔譯，〈牛車〉，《呂赫若小說全集》，頁八一—八二。粗體字部分的日文原文為筆者所加，強調則為日文原文。

50 此一場景在後續的中文翻譯實踐中，無意間展現了另一種扞格無產階級世界團結理念的文化差異。〈牛車〉刊載於《文學評論》的隔年（一九三六年），與楊逵的〈送報伕〉一同由留日的大陸作家胡風（曾任中國左翼作家聯盟東京分盟負責人之一）翻譯為中文，收錄於胡風編輯的《山靈——朝鮮台灣短篇小說集》（上海文化生活出版社）。胡風譯文中，前述引文中出現的兩次「カンニンラウブ」分別被譯為「你好舒服」與「有你底」。從胡風在翻譯「鳳梨」時，原文以漢字「鳳梨」表記處（例如原文頁一一一）直接譯出，小說結尾以片假名表現鳳梨台語發音的「オンライ」（原文頁一三六）卻被略過不譯，可以推測「カンニンラウブ」被替換為其他中文詞彙並非出於翻譯技法，而是因為譯者不懂台語。胡風選編、翻譯朝鮮與台灣的左翼小說，顯然希望受到日本帝國入侵的中國與朝鮮、台灣產生階級的跨國連帶。然而，胡風雖然能透過日文的中介，理解朝鮮與台灣的日文左翼文學，對於源於中國閩南方言的台語卻缺乏知識，使得其左翼翻譯實踐追求的跨國階級連帶產生一道裂痕。相對地，一九九五年聯合文學出版社《呂赫若小說全集》的林至潔中譯本（頁八一—八二）中，則正確譯為「幹你老母」。

又回到標準的日語句子，因為是從他的台語原音翻譯成日語。[51]

不管是殖民者口中接二連三的台語咒罵，或是被殖民者斷片式的日語，這些異質的雜音干擾了〈牛車〉流暢的日文文本，拖曳著複數的聲音與翻譯彼此交錯碰撞，使得此一場景不管在內容上或形式上，均成為「民族」權力關係的具體「再現」。楊添丁與日本人警察突如其然的異民族接觸，導入了民族與殖民地地位的差異及權力關係，造成「民族」屬性瞬間凌駕於小說前半強調的楊添丁之「階級」屬性。因此，日本人警察的出現，使得小說當中牛車車伕受到的殖民現代性「階級」壓迫，同時帶有「民族」壓迫的性質。正如小說中的台灣農民們認為「文明的利器均為日本特有之物」，機器等現代物質作為「日本東西」進行階級壓迫的同時，也意味著民族的壓迫。施淑在討論呂赫若的〈牛車〉時表示，小說人物「對於日本統治者的措施——如繳稅、不准牛車在道路中央走，及對殖民統治代理人的警察的憎恨——與其說是基於被統治的事實，不如說是把它們和機器混同起來，把它們看作那『視而不見的壓迫』的『日本東西』的整體」，「因而他們實際憎恨的目標，除了『大人』的有形的人身壓迫，寧可說是他們作為機器的護法者的身分」。[52]

日本人警察象徵的「民族」壓迫，使得〈牛車〉與楊逵的〈送報伕〉產生關鍵性的差異。〈送報伕〉自始至終都著眼於台灣人苦學生楊君如何與日本人勞動者透過階級的連帶，共同打倒日本人資本家。對於楊君來說，在日本東京並肩從事階級鬥爭的日本人田中，比起在故鄉台灣協助日本人欺負村人的台灣人保正、或是擔任警察的親哥哥，更令人感到親近，超越了地理空間、民族與殖民地關係等差異，具體呼應日本左翼雜誌《文學評論》的無產階級世界團結理念。相對地，〈牛車〉後半，日本人警察作為不容挑戰的殖民地權力象徵，揭示世界無產階級內部無法消弭的民族差異與權力關係，使得這篇小說作為殖民地出身者的日語創作，刊載於《文學評論》雜誌象徵的無產階級世界連帶圖像，產生一道明顯的裂痕。

同時，民族權力關係的浮現，也使得小說當中楊添丁的無產「階級」屬性被「翻譯」為受壓迫的台灣人「民族」。不僅止於〈牛車〉，日治時期台灣人作家批判日本殖民統治的漢文或日文小說當中，有不少是以農工階級作為受壓迫的台灣人被殖民者之代表。一九二五年的《台灣民報》曾有文章指出，日本人警察「視台灣人為低級的民族，以征服者君臨被征服者的態度對待人民，故其亂暴無禮，實在無話可以形容」，連台灣人警察也「狐藉虎威，凌辱自家的同胞」。殖民地警察濫權與壓迫的狀況在農村尤其嚴重：

51 楊添丁斷片式日語的原音重現，胡風譯為「大、大人，一次，饒過，求您——」（一四七頁）的斷片句子，比林至潔譯文中「大、大人！請饒我一次！拜託……」（八一頁）的完整句子更為適切。

52 施淑，〈最後的牛車〉，《兩岸文學論集》（台北：新地，一九九七年），頁一三四—一三五。

台灣的地雖說不大，而警察之數頗多，況其權限過大，又兼民智未開，故警察在都市尚敢逞威，至於農村呢，則更甚至極了。「田舍皇帝」這就是台灣警察的代名詞。他們在鄉村裡，監督的眼光難得照及，又其對象就是那無智識的農民，這般的農民不但不知警察的職權為何物，而且不曉得自己為人的地位與人格，一任警察的呼喚和蹧躂。警察不但不為他們的指導者，反乘他們的無智，靠著佩劍的權威，凌辱毆打、拷問等，無不任意等蹂躪，而一般的人民只是敢怒而不敢言。[53]

作者在文章最後進而指出，即使某些「有智識的人」同情這些「無智識的農民」，想要出面控訴警察的不法行為，卻因法律的制定與執行均為殖民者所掌控，完全投訴無門。作者一方面批判日本人警察「視台灣人為低級的民族」加以蹂躪，一方面又歸究於台灣民眾缺乏法律與人權知識，使得日本人警察得以濫權。

相較於賴和〈不如意的過年〉或是陳虛谷〈放炮〉的漢文小說中強烈的漢人民族意識，呂赫若〈牛車〉當中的警民關係書寫同時具有民族與階級的雙重意涵，因而更為凸顯台灣人作家將殖民現代性下的階級差異「翻譯」為被壓迫的台灣「民族」主體之過程。日本人殖民者在面對台灣人仕紳階級、地主等地方有力人士時，以「同文同種」論述與保甲制度加以籠絡，面對台灣人百姓，則將其建構為骯髒、落後、無智的民族，以建立自身的「文明」國族認同。同樣地，當台灣人作者控訴殖民地民族歧視與暴力時，他們站在知識分子的角度，為農工階級等台灣人百姓「代言」，挪用了台灣人民眾「民智未開」與「無智」的殖民地民族論述，以建構自身為啟蒙無知大眾的「文明」知識分子之自我認同。就在小說再現語言與民族主體建構的「翻譯」過程中，他們的警民關係再現不可避免地複製了日本殖民與文明化論述的二元對立框架。[54]

三、差異的消弭與維持：新田淳〈池畔之家〉中皇民化時期的警民關係

相較於上述台灣人作家的小說作品，日本人作家新田淳[55]的〈池畔之家〉呈現了截然不同的警察形象與民族互動模式。這篇小說發表於一九四一年五月的總督府官方雜誌《台灣時報》，內容描述日本人敘事者不時造訪在台灣北部模範農村擔任警察的好友和田浩一，目睹和田為了繁

53 〈對警察的不法行為要嚴重究辦了〉，《台灣民報》三卷一〇號（一九二五年四月一日），頁三。

54 關於日治時期的劇場如何呈現台灣人知識分子透過殖民現代性，建構台灣人的「群眾」想像，請參照汪俊彥，〈另一種群眾想像：現代性與殖民時期的劇場〉，《台灣文學學報》二二期，二〇一三年六月。

55 台北帝國大學國文科畢業，任職於總督府文教局編修課，《文藝台灣》同人。

雜的地方事務而忙碌。小說主要透過老人邱阿鐘的角色，呈現和田與台灣人村民的良善互動。當年日軍征伐台灣時，邱阿鐘的祖先曾為日軍帶路，阿鐘雖然年事已高，卻是村裡最「進步」的人士，村裡聚會從不缺席，也不像一般台灣人貪於私利私欲。敘事者隨即目睹兩人的互動情形，兩人「看似熟稔」的交談方式、台灣人的「純樸笑容」與日本人警察的「懇切慰問」，都與台灣人作家小說中蠻橫行使暴力或濫用權勢的日本人警察形象截然不同。赴任此地已有三年時間的和田已經「充分在地化」，「得到農民的信賴」，是個為村落居民盡心盡力的好警察，「為了讓他們能成為更優良的日本人」，從早到晚都不得休息。[56]此處兩人的交談以簡單的日語進行，但和田平常多使用台語與其他不諳日語的村落居民交談。日本人警察習得並使用在地語言與被殖民者溝通，與呂赫若小說中只學習台語咒罵語的「大人」完全不同。

然而，小說中沒有否認日本人警察與台灣人村民之間，仍然有著民族與身分位階上的差異。敘事者不諱言地表示，他從和田探聽適合垂釣的魚池資訊，卻不喜歡和田與他同行：「若是一般的情形，養魚池附近的內地人垂釣者，通常會不露痕跡地受到在附近田地勞動的人或路過的人監視。然而，看到我跟和田走在一起，大家就會認為，我的任何不道德的行為都會受到所有人默許。因此，我不喜歡他與我同行到現場」。[57]敘事者的這段話透露出，當日本人進入在地居民生活空間時，會受到居民「監視」。實際上，小說中也描寫敘事者釣到魚時，馬上以「小偷般的好奇心」留意四周，注意到洗衣的婦女停下動作「銳利地看著我的手」。[58]然而，若有日本人警察同行，則能不受在地居民的約束而為所欲為。敘事者不喜歡被監視的感覺，但對於自己依仗和田的警察權力更是抗拒，因此選擇單獨前往垂釣。由此可窺見，日本人警察比一般日本人享有更大的權力，完全不受在地居民的約束，「任何不道德的行為都會受到所有人默許」。正因警察的工作是檢舉、糾正不當的行為，他可以決定什麼人、什麼樣的行為該受到制裁。不管和田走到哪裡，居民都可以聽到他制服佩劍鏗鏘作響的聲音，正是此一權力的聽覺式表現。[59]

小說中和田替敘事者詢問阿鐘是否可以在他的魚池釣魚之場景，不管在內容或語言形式上也都呈現民族不平等的權力關係。事實上在徵詢之前，敘事者已經在洗衣婦人的「監視下」垂釣並捕獲一條魚，但事後還是透過和田，徵詢邱阿鐘的同意。和田混著台語問道：「可以釣莫要

56 新田淳，〈池畔の家〉，《台灣時報》一九四一年五月，頁一二九。
57 同前註，頁一三〇。
58 同前註。
59 一八九九年公布的台灣總督府文官服制即包含佩劍在內，佩劍的原因在於：「官吏端肅儀容，維持其威嚴與風紀，且土民一目即能辨識其為官吏，而燃起尊敬之念，為本島統治上特別需要之事」。台湾総督府警務局，《台湾総督府警察沿革誌》第五卷，頁九七三。日本人殖民者與台灣人被殖民者同為黃種人，有必要以服裝作為外在的區辨與權力象徵。

緊吧！」（釣ってもボヤキン〔かまはん〕だろうー），直接預設對方的回答應該是「ボヤキン」（「莫要緊」，沒關係的台語）。邱阿鐘先皺著眉望向遠處的山，然後才說：「好、好，這是大人的朋友呢。……都好」（よろし、よろし。これ大人の朋友ね。……みなよろしい）。微笑後繼續表示，他今年在池子裡放了兩千條魚，如果只是釣少量的魚無妨，但若是「沒說，拿很多，我傷腦筋呢」（話ない、たっさんとる、ゴワ（私）困るね）。面對和田的要求，位處被殖民者低下地位的邱阿鐘從一開始就沒有拒絕的選項，但他還是努力以不標準的片斷式日語，在不冒犯日本人警察的前提下，努力將自己的損失降到最低。〈池畔之家〉中的日本人警察雖以夾雜台語的日語禮貌上徵詢台灣人同意，但邱阿鐘文法不正確（「話ない」）、發音不精確（「たっさん」）並混雜台語（「ゴワ」）的日語發言，不但顯示兩人間的民族權力關係，同時也複製了需要殖民者教化的「未開幼稚」被殖民者之民族形象。

小說中的警民親善關係書寫，目的在於展現日本人警察因應戰時體制推動「皇民化」運動之辛勞與成效。一九三六年海軍退役大將小林躋造就任第十七任台灣總督，提出工業化、皇民化與南進三大重點施政方針。一九三七年中日戰爭爆發後，皇民化運動正式展開，主要內容包含日語的普及、國家觀念的養成、神社參拜、寺廟整理、廢止中國式風俗、實行日本式生活、以及改姓名等，以鍛造台灣人為「天皇子民」。[60]〈池畔之家〉以皇民化時期為時代背景，小說當中對於當時的大麻奉納、國語家庭、改姓名等皇民化政策均有所著墨。和田派駐的派出所位處鄉下，工作分量相當吃重，不但要兼顧鄉公所業務、受邀出席居民的喜宴或祖先祭典，還要負責公學校的社會教育、稅金、保甲、政策宣導、青年團、國語講習所等皇民化運動相關業務，每日疲於奔命。尤其是，要讓頑固的老人理解相關制度與規則，或在農忙時期讓農民配合青年團練習、勞動服務、國語講習等皇民化政策與戰時體制，具有相當的難度。《警察沿革誌》編撰者鷲巢敦哉在《台灣保甲皇民化讀本》當中，也以台日民族的提攜融合，作為台灣人改善陋習的重要途徑。[61]在日常生活各個層面與台灣人被殖民者密切接觸的日本人警察，成為推動台灣人皇民化的重要代理人。

透過日本人警察的努力，小說中的台灣人不再是受壓迫的被殖民者，而成為皇民化運動的積極協力者。地主邱老人一家積極進行皇民化，邱的長男甚至主動捐獻三仟圓的國防獻金。值得留意的是，小說中設定邱阿鐘的家系並非一般的漢人，而是「領台前左右下到平地的平埔蕃子孫」，「因為跟本島人雜婚的結果，不管是在精神上或是在肉體上都顯現出混血的痕跡。這麼

60 鷲巢敦哉，《台湾保甲皇民化読本》（台北：台湾警察協会，一九四一年），頁二四三。
61 鷲巢敦哉，《台湾保甲皇民化読本》，頁二〇七—二一〇。

一說，仔細觀察的話，可以感覺到混血兒帶有的特殊之美，以及與其銳利眼光不一致的純樸個性」。[62]邱阿鐘一家在外表上與一般漢人沒有太大差異，但平埔族血統使得他們容易接受外來文化，積極配合日本的殖民統治與皇民化政策，成為村裡的指導者階級，率先申請改為日本姓氏。受過新式教育的邱家年輕一代，甚至比日本人敘事者更急於擺脫「落後」的台灣傳統文化。敘事者對於古色古香的邱家傳統住居與年代悠久的家具相當欣賞，認為沒有必要全面否定台灣的傳統文化，反而是邱阿鐘的孫子松啟覺得「像豬一樣在這種日照不佳的房子裡生活，是很愚蠢的」，為了孩子的教育，想要搬到台北。[63]松啟並認為，台灣人的思想與宗教都是迷信，邱家在改姓氏之後，一定要整個改成日本式的生活。

然而，作者一方面宣傳台灣人邁向皇民「認同」的成效，一方面又強調在地民族與文化「差異」的根深蒂固。即使是像邱家這樣先進的家庭，也無法完全擺脫台灣傳統陋習的束縛。小說中提到，邱家的女性與小孩纏足赤腳、終日喧鬧，無法擺脫迷信陋習，男性亦加入紛爭，受新教育的年輕人與舊派家族成員之間屢有衝突，整體仍處於一種新舊之間的「過渡期」。小說中留學東京後發瘋的孫女雪梅為具體例子。雪梅從女學校畢業後，因為成績優良，好不容易獲得長輩同意，赴東京留學，卻在兩年後，罹患精神疾病而休學歸鄉，原因據說是與某大學生的戀愛關係。歸鄉後的雪梅被關在家裡，家族成員求助於乩童、不知名的草藥，卻不見成效，某日硬是將雪梅拖出來，將她的頭浸到門口的池子裡，引發一陣騷動，直到邱阿鐘的長子歸來制止為止。作為一個傳統台灣家庭出身的女性，雪梅接受女學校教育、留學東京、甚至自由戀愛，接受日本殖民統治導入的現代性。相對地，其他家族成員「醫治」雪梅的方法卻停留在乩童、藥草等台灣傳統民間信仰與藥方，甚至施予不人道的暴力行為。也就是說，台灣家庭依然是個新舊文化衝突與拉鋸的場域，需要日本人警察居中調停與指引，使其「文明化」。這篇小說發表後，《台灣時事新報》記者藤野雄士在《台灣時報》的評論中給予盛讚，他指出，這篇小說在描寫村落的光明面的同時，瘋女的角色投下的陰影，更襯托出村落邁向「開化」的光彩。[64]

小說最後的戲劇性轉折，更將皇民化運動的民族「差異」與「認同」切換推向最高點。在和田的感染下，日本人敘事者也開始熱心關切邱老人一家，試圖遊說邱阿鐘的孫子松啟將妹妹雪梅送往現代醫院治療。此時，外面突然傳來騷動的聲響：

62　同前註，頁一三六—一三七。
63　同前註，頁一四三。
64　藤野雄士，〈最近に於ける一つのプラス——新田淳『池畔の家』その他——〉，《台灣時報》二五八號（一九四一年六月），頁五〇。

就在那時，從旁邊內側的房間響起女人的高亢聲音。緊接著遠處傳來男人聽似驚訝的答話聲，隨即便看到幾個男女足音紊亂地衝來隔壁房間，這模樣讓我預期雪梅狂亂的姿態與形象將出現於眼前，迅速站起身來。

可是！啊，結果卻是意料之外的、值得慶賀的事件。帶頭的男人推門進來後，在阿鍾與松啟面前遞出的白色紙片，是軍伕召集的通知書。[65]

聽到屋內傳來男女的喧鬧聲，敘事者無法判斷引起騷動的原因為何，首先聯想到的，就是長久以來造成邱家內部紛爭的雪梅。敘事者對於雪梅狂亂的姿態與形象之想像，來自於邱家將病人囚禁家中，以非科學的方法處置不名譽疾病所象徵的前現代性殘存。然而，與敘事者的預期完全相反地，眾人的喧鬧來自於邱家成員邱乞食接獲軍伕召集通知書的消息。也就是說，敘事者原先預期和田作為村落警察無力解決的台灣傳統陋習出現眼前，結果卻是戲劇式地目睹和田推行皇民化等教化工作的具體成果——台灣人受到日本帝國軍事徵召之「光榮」時刻。

小說最後，邱阿鐘家族改姓名為小林，成員之一的年輕男子接獲軍伕召集通知書。雖然邱家其他成員對軍伕召集的意義不甚了解，但眾人高唱出征與愛國歌曲，寫著甫獲許可的新姓氏「小林」的旗幟飄揚，庄長帶頭歡呼萬歲，歡送邱乞食等四名台灣青年光榮出征。小說前半將日本人警察的皇民化實踐，定位為教化台灣人被殖民者改善落後陋習之「文明化」，但最後的軍伕出征場景，揭露出皇民化運動的真正目的：鍛造台灣人被殖民者為效忠日本帝國的戰爭人力資源。一九三七年盧溝橋事變爆發後，台灣總督府在日本軍部要求下，從台灣各地募集台灣人軍伕、軍農伕、農業指導員與通譯等，前往大陸協助日軍。[66]日本在兵力不足的狀況下，必須動員台灣人，但又不信任台灣人，因而以「軍伕」名義對其進行徵召。實際在戰場上，台灣人軍伕必須視軍隊任務的需要，從事各種機動任務，戰地任務之繁重與危險程度，不亞於正式的日本人軍人。[67]由於台灣漢人與日本戰爭敵國的中國人同為漢人，對日本的忠誠度受到懷疑，台灣總督府試圖藉由皇民化運動，以日本的語言文化取代台灣漢人根源於中國的語言文化，改造台灣人被殖民者為效忠日本帝國的優良臣民。藉此，除了防止台灣人私下進行通敵行為，並讓台灣人成為日本帝國戰

---

65 新田淳，〈池畔の家〉，頁一四四。

66 李國生，《戰爭與台灣人：殖民政府對台灣的軍事人力動員（一九三七—一九四五）》（台北：台灣大學歷史學研究所碩士論文，一九九七年），頁五三。具體而言，台灣守衛隊司令部訓練日籍預備役兵員兩萬人編成「台灣混成旅團」，前往大陸增援，動員台灣人民眾以軍伕的身分，擔任後勤支援任務。徵調的過程中，由當地巡查協助庄役場（鄉公所）職員進行，以參加青年團、日語程度佳的台灣人青年為主要對象（頁六八—七四）。

67 李國生，《戰爭與台灣人：殖民政府對台灣的軍事人力動員（一九三七—一九四五）》，頁六六—七〇。

時經濟活動、南進政策與軍事動員所需的人力資源。[68]一九三九年，小林躋造總督針對皇民化、工業化與南進政策的施政方針之談話，便提到皇民化運動在中日戰爭爆發後的軍伕召集上，發揮了顯著的效果。[69]

〈池畔之家〉作者新田淳任職於總督府文教局編修課，藉由文明化論述美化殖民地警民關係以及異民族軍事動員，並不令人意外。然而，值得留意的是，皇民化運動的對象不僅止於台灣人漢人與原住民的被殖民者，還包含了日本人殖民者。竹內清在一九四〇年出版的《事變與台灣人》當中，針對皇民化的目標與對象，提出以下看法：「『皇民化』的意思就是『日本人化』，但是本島人早在四三年前就已經成為日本人了，如果只是要他們成為日本人，內容上顯得單薄。因為是要『成為優良的日本人』，這就不只是本島人的問題，而是日本人整體的問題。內地人不一定都已經成為完全的日本人，可以想像地，新附之民的本島人當中，有很多都還是不完全的。在這樣的狀況下，如何成為『優良的日本人』，如何使其成為『優良的日本人』，就是皇民化運動」。[70]如前所述，不少來自日本鄉下地區的在台日本人因其出身區域與階級，在日本本國受到歧視。再加上，長期在殖民地生活，使得他們的本國認同與文化被認為不夠「純正」，必須透過皇民化運動，才能成為「真正的」日本人。從這樣的角度來看，〈池畔之家〉當中的警民關係書寫呈現出，殖民地台灣的文明化論述如何因應「皇民化」運動戰爭動員的目的，在維持民族「差異」與權力關係的前提下，同時改造日本人殖民者與台灣人被殖民者成為優良的日本人，也就是效忠皇國的跨民族戰爭人力資源。

結語：「文明」規訓與教化下的現代主體「翻譯」

荊子馨曾指出，日本帝國以「同化」之名，標榜自身以天皇為中心進行同質統治與自然擴張，與西方帝國藉由武力征服的暴力統治有所差異，並以此為理由，鎮壓台灣的自由派力量。進一步地，為了解決同化論述與殖民政經不平等之間的矛盾，日本殖民政府採取「差別性的同化」，藉由日本人的優越性，合理化對於台灣人被殖民者的人為同化。[71]本章討論的台灣人作家

---

68 伊原吉之助，〈台湾の皇民化運動〉，中村孝志編《日本の南方関与と台湾》（奈良：天理教道友社），頁三〇二—三〇三。

69 《台灣日日新報》一九三九年五月二〇日。

70 竹内清，《事変と台湾人》（東京：日満新興文化協会），頁八二—八三。引文中的「本島人」指的是台灣人，「內地人」指的是來自日本本國的日本人。

71 荊子馨，〈同化與皇民化之間〉，《成為「日本人」：殖民地台灣與認同政治》，頁一四四—一四九。

之小說顯示出，在此一「差別性的同化」之邏輯與運作當中，文明化論述與實踐發揮了重要的功能，藉由「文明」的規訓與教化，生產出民族、階級與性別的差異，同時建構殖民者與被殖民者的身分認同。

相對地，日本人作家〈池畔之家〉小說背景的皇民化運動，則呈現日本帝國殖民統治從「同化」到「皇民化」的主體性與認同建構方式之轉換。小說中的警民關係再現同樣提示「文明」日本人／「落後」台灣人的二元對立，然而，被殖民者「主動」因應戰爭體制的皇民化運動，改造自身為協助戰爭的皇民。正如荊子馨指出的，皇民化既非同化的邏輯延伸，亦非其突然斷裂，而是將客觀的殖民對立關係「內化」為主觀的殖民認同的掙扎，讓「成為日本人」這項義務的執行者，從殖民地政府轉移到殖民地人民身上。[72]本章的討論顯示出，殖民地文明化論述與戰時體制之銜接，可定義為日本人殖民者與台灣人被殖民者主動投入皇民鍛造工程，共同建構自身作為「優良日本臣民」國族認同的不可或缺過程。

在本章討論的小說裡，台灣人百姓被日本人警察取締的違法行為當中，只有〈牛車〉的楊添丁最後在市場的偷盜行為屬於妨礙社會治安之刑事犯罪，其他諸如賭博、侮辱官吏、牛車不准行走道路中央、不准坐在牛車上、投票規則等取締名目，均屬於現代法治社會規範制約人民日常生活行為的制度與規則，具有顯著的「文明化」意涵。殖民者與被殖民者在文明化論述下的認同共構過程中，民族與階級的因素以多重決定的形式發揮作用，但在殖民對立與論述下，階級的因素通常被轉化為殖民者或被殖民者的民族主體。同樣地，殖民統治與文明論述下的性別權力關係也是如此。呂赫若〈牛車〉中日本人警察的台語咒罵語「カンニンラウブ」不經意顯示在地父權結構下的性別歧視，呼應無法維生的楊添丁要求妻子賣春的小說情節。在殖民統治的民族與階級壓迫下，楊添丁所代表的在地父權受到去勢（展現在他的拱手做揖與斷片式日語），但在家庭私領域中，他仍然持續行使父權，進行性別壓迫。在新田淳〈池畔之家〉中，日本人警察與敘事者試圖出面干預邱家對孫女雪梅的處置，試圖以現代醫學「文明」，教化民間在地「陋習」。

由以上的討論可知，這些殖民地警民關係的文學再現，呈現了日本人殖民者與台灣在地父權之間，對於勞動階級與女性的教化權與代言權之爭奪，兩者看似互相對立，但其實都複製了文明化論述，以及支撐該論述的殖民者／被殖民者、日本／台灣、進步／落後、現代／傳統、知識分子／民眾等二元對立。如同本章前言所述，日本警察制度所代表的現代文明教化與規訓，是在西方國家的殖民統治制度、日本的海外殖民統治實踐、日本本國的民眾暴動之交錯重疊下受到制度化。也就是說，殖民地台灣的「殖民者」與「被殖民者」並非相互對立的先驗性存在，而是台灣

---

[72] 同前註，頁一三七。

人與日本人知識分子在文明化論述下，將日本本國、日台之間、台灣內部的城鄉、階級與性別差異及權力關係，進行多重「翻譯」產生的民族主體。小說中日文、漢文、外來語、台語等多語言的使用與翻譯（錯譯），凸顯文明化論述背後西方、日本、台灣之間或是內部的重層權力關係。本章探討對象為日本人警察與台灣漢人的異民族關係，下一章將探討日本人與台灣原住民的種族組合之文學再現如何呈現西方「文明」陰影下日本種族論述的內在矛盾。

第二章

異種族「仇恨」與「親密」

日治時期日本人作家的台灣原住民抗日事件再現

一九三〇年霧社事件的發生震驚日本本國，當時日本人統治台灣已經三十五年，卻在原本被認為相當有治績的霧社，發生這樣大規模且具有種族滅絕意圖的抗日事件，使得耗費無數人員與財力的「理蕃」政策與事務，甚至整個殖民統治方針的適切性受到質疑。為了否認殖民統治的缺失，總督府警務局的官方報告書中歸結認為，除了霧社小學宿舍建築木材搬運之導火線，還有大大小小十一個事件遠因，其中「蕃人的本性」被列為首要原因：

> 蕃人在吾等官憲不厭倦的撫育教化之下，近年來雖然呈現大幅進化，但其血液中潛在的傳統性，並非短期間內就可以煙消雲散。平日像貓一樣的他們，一看到流血慘事的剎那便會失去理性，潛意識瞬間燃起，其外貌的粗暴變身以及行動的敏捷，實在不是普通人所能想像的。[1]

官方報告書首先表示，原住民在「撫育教化」下已有「大幅進化」，以宣傳「理蕃」政策與事業的成果，但繼而將原住民的突擊，歸因為其「血液中潛在的傳統性」，也就是難以根除的種族粗暴「本性」。

事實上，早在日本統治台灣二十年前發生的牡丹社事件（一八七一年）與台灣出兵（一八七四年）當中，[2]台灣原住民的「獵人頭族」（首狩り族）、「野蠻民族」（蛮族）種族刻板印象，早已經透過《風俗畫報》等日本新興的報紙雜誌大眾媒體，滲透到一般日本民眾之間。日本開始殖民統治台灣的一八九五年，伊能嘉矩、田代安定創立台灣人類學會，沿襲馬偕等十九世紀以來西方自然史文化演化論的知識論基礎，「將地方社會紛雜的人類社群現象，分類編入種族的全球普遍性知識架構中」。[3]伊能嘉矩進而在其人類學實踐中注入日本國族主義情感，將台灣漢人與原住民、北海道愛奴民族作為異己，進行現代日本的文化定義。他將台灣漢人與原住民視為處於不同文化演化階段的「人的人類」，台灣原住民為處於自然狀態的原始民族，台灣漢人則為只求作為「私」的個人保存之前現代民族。相對地，日本人已經演化為具有「公」的國家觀念之「國的

---

1 台湾総督府警務局，〈霧社事件誌〉（初出：一九三〇年），後收於戴國煇，《台湾霧社蜂起事件：研究と資料》（東京：社會思想社，一九八一年），頁三六九。

2 一八七一年，到沖繩本島的首里王府朝貢完畢、踏上歸途的宮古島船隻，遇到颱風漂流到台灣南部的八瑤灣（現在的屏東縣滿洲鄉），船員當中五十四人被排灣族原住民殺害，史稱牡丹社事件。一八七四年，日本以此事件為藉口出兵台灣，迫使朝貢宗主國清朝承認琉球王國為日本保護下的領土。關於台灣出兵事件作為明治日本模仿西方帝國霸權的方式、支配亞洲「未開」民族以建構現代「文明」國家之性質，參照Robert Eskildsen, "Of Civilization and Savages: The Mimetic Imperialism of Japan's 1874 Expedition to Taiwan," *American Historical Review* 107.2 (2002): 388-418。

3 陳偉智，〈自然史、人類學與台灣近代「種族」知識的建構：一個全球概念的地方歷史分析〉《台灣史研究》一六卷四期（二〇〇九年十二月），頁一—三五。

人類」。由於演化文化觀中預設「人的人類」具有文化變遷的可能性，伊能對於日本教育、同化台灣漢人與原住民的可能性抱持樂觀看法，顯示其台灣歷史民族誌的政治性。[4]

本書第一章的討論顯示出，日本人在面對台灣漢人時，透過具有民族、性別與階級意涵的「文明化」論述，建立殖民者的國族認同。相對地，台灣原住民為不屬於漢文化圈的南方蒙古人種，在人種亞型與文化上與日本人差異較大，因而被建構為「原始未開」的「野蠻人」。一九〇〇年，日本殖民當局成立「台灣慣習研究會」的官方組織，同時調查台灣漢人與原住民的文化與習俗。台灣漢人的文化被視為具有某種程度的文明之「慣習」或「民俗」，調查的結果成為日本制定殖民地法令之參照依據。相對地，台灣原住民則被視為需要受到文明化的原始民族，他們的習俗與文化甚至不被認為是「文化」，而被稱作為「蕃族」的「狀況」（事情）。[5]也就是說，台灣原住民被建構為與日本人屬於不同進化階段的「原始未開」、「野蠻」種族，需要「文明」的日本人加以教導與同化。

因此，台灣原住民部落的理蕃警察制度，比起平地地區更具高壓性質。原本殖民地台灣單位面積配置的警察數目，便比日本本國來得多，在台灣內部，蕃地警察又比平地警察更為密集，形成一個緊密的監視系統。[6]理蕃警察同時兼任學校教師、醫院醫師、產業機構技師、交易所負責人等所有行政工作，且不像平地警察受到鎮壓法或治安制度等行政法令的約束，而是直接掌握原住民的生殺大權。理蕃警察以軍事的壓制為主要任務，對原住民進行土地掠奪、集體遷移、水稻農業養成等政策，徹底改變原住民的生活方式。[7]

日本人對台灣原住民的種族歧視、高壓統治與強制勞動，造成台灣原住民的反日情緒與行動。因應這樣的狀況，日本殖民當局鼓勵日本人警察與台灣原住民頭目的妹妹或女兒政策通婚，以緩和台灣原住民的反抗情緒，便於殖民統治的推動。這樣的政策通婚頗具成效，但也發生日本人警察拋棄原住民妻子，加深兩者之間對立的狀況。也就是說，日本的台灣原住民統治一方面建構極端種族差異以及嚴密種族界線，一方面又試圖藉由通婚，進行種族與文化的同化與交混，以利殖民統治，展現充滿內在矛盾的種族政策與統治實踐。

---

4 陳偉智，《伊能嘉矩：台灣歷史民族誌的展開》（台北：台大出版中心，二〇一四年），頁一五六—一六七。

5 張隆志，〈從「舊慣」到「民俗」：日本近代知識生產與殖民地台灣的文化政策〉，《台灣文學研究集刊》二期（二〇〇六年十一月），頁三八—四二。

6 以一九三一年為例，平地與蕃地一平方里的警察數分別為三·四人與二人，每個警察管轄的居民人數分別為九六三·一人與五七·五人，由此可看出，日本殖民當局針對約占台灣半數面積的山地地區、人數不到一二萬八千人的原住民，布署了極高比例的大量警察。近藤正己，〈台湾総督府の「理蕃」体制と霧社事件〉，《岩波講座　近代日本と植民地二　帝国統治の構造》（東京：岩波書店，一九九二年），頁三八。

7 同前註，頁三九—五〇。

本章將討論四個日本人作家分別取材於台灣泰雅族原住民的薩拉茅事件（一九二〇年）與霧社事件（一九三〇年）等抗日事件的文學創作——佐藤春夫〈霧社〉（一九二五年）、山部歌津子《蕃人來薩》（一九三一年）、大鹿卓〈野蠻人〉（一九三五年）、中村地平〈霧之蕃社〉（一九三九年）。先行研究當中，李文茹、楊智景與邱雅芳三位的博士論文從兩性關係的角度，探討日本人與台灣原住民的異種族接觸。李文茹認為，〈霧之蕃社〉呈現日本人男性東方主義視線當中的性別歧視；針對山部歌津子《蕃人來薩》的討論，則指出作者從社會主義思想的角度，對日本的原住民統治進行批判，並打破帝國論述中日本人與原住民之間文明與野蠻的二元對立，進而提出「原初文化」與「科學技術」的相對關係。[8]楊智景分析大鹿卓與中村地平作品中的原住民女性再現，認為日本人殖民者視其需要，將原住民女性視為柔順或性放縱，以維持殖民地權力關係與架構。[9]邱雅芳認為，佐藤春夫〈霧社〉賦予原住民女性兩種極端化的形象：如孩童般的天真無瑕、散發肉體魅惑及原始野性之存在；中村地平〈霧之蕃社〉則接受了文明與野蠻二元對立的官方觀點，凸顯原住民暴動的「非理性」層面。[10]

大鹿卓的《野蠻人》尤其引發不少先行研究的討論。川村湊認為，大鹿卓的小說並沒有導向對於西方現代「文明」的批判或超越，而是在西方文明框架內主張野蠻主義。[11]荊子馨指出，這篇小說呈現帝國權力運作下，階級、種族與性別等不同範疇之間的緊密連結與轉移。主角田澤對野蠻的幻想式認同、對台灣原住民被壓抑的狂熱之同情理解，消解了他在母國投入與受挫的階級衝突，在否認殖民與種族論述的同時，重新恢復與確認文明與野蠻之間的殖民差異。[12]羅伯特・蒂爾尼也指出，田澤的自我改造牽涉到對於階級、性、理蕃政策的三重逾越，翻轉殖民政府對於「野蠻／文明」的價值界定。然而，他的跨界變身仍維持殖民與種族的不平等權力關係，他的原住民妻子泰茉莉卡露只能扮演不變的「野蠻人」，以滿足田澤追求的鄉愁式異國風情（nostalgic exoticism）。[13]高嘉勵則將大鹿卓《野蠻人》中台灣高山象徵的自然、浪漫與野蠻，視為作者在

---

8 李文茹，《帝国女性と植民地支配：一九三〇—一九四五年における日本人女性作家の台湾表象》（名古屋：名古屋大学大学院人間情報学研究科博士論文，二〇〇五年），頁九〇。

9 楊智景，《日本領有期の台湾表象考察：近代日本における植民地表象》（東京：御茶之水女子大學人間文化研究科博士論文，二〇〇八年），頁一二三—一二四。

10 邱雅芳，《帝國浮夢：日治時期日人作家的南方想像》（台北：聯經，二〇一七年），頁一五六；頁二六二—二六三。

11 川村湊，〈大衆オリエンタリズムとアジア認識〉，《岩波講座　近代日本と植民地七　文化のなかの植民地》（東京：岩波書店，一九九三年），頁一二〇。

12 荊子馨，〈從叛變者到志願兵：霧社事件以及對原住民的野蠻與文明再現〉，《成為「日本人」：殖民地台灣與認同政治》（台北：麥田，二〇〇六年），頁二〇五—二〇六。

13 Robert Thomas Tierney, *Tropics of Savagery: The Culture of Japanese Empire in Comparative Frame*, p.77.

一九三〇年代日本法西斯主義壓迫下，試圖突破政治鬱悶的文學能動精神展現。[14]上述先行研究留意到文本中日本人與原住民的異種族兩性關係、原住民女性的多義性再現等種族與性別權力關係的交錯，但都傾向於將「文明」與「野蠻」的種族二元對立視為不證自明。

然而，值得留意的是，這些文學作品同時出現兩種極端的種族關係：一個是原住民的抗日與日本人的討伐之種族對決「仇恨」關係，另一個則是殖民地種族與文化同化手段的異種族兩性「親密」關係。這兩種關係呈現複雜的交錯與辯證，挑戰「文明」與「野蠻」的二元分類與對立。同時，在這些作品當中，台灣山地的自然山林、動植物等非人類世界，不只是異種族接觸與關係的背景舞台，而是作為「原始」、「蠻荒」的象徵，成為種族論述的內在組成分子。在西方帝國的殖民統治過程中，將人類與非人類生物截然二分，主張人類的絕對優越性之人類中心主義（anthropocentrism）為種族中心主義的基礎，將非人類生物與弱勢種族，貶抑為進化階段的低等階層。法國科學哲學家與科學社會學家布魯諾．拉圖（Bruno Latour）在《我們從未現代過》（*We Have Never Been Modern*）當中便指出，人類與非人類（文化與自然）的區分，使得西方（West）與其他（the Rest）的區分成為可能。[15]人類學者凱．安德森（Kay Anderson）因而在回顧種族研究的論文中提出，種族歧視的研究不能只停留在分析種族的「錯誤」概念如何被塑造，更需要探討將人類與非人類世界（nonhuman world）區分開來的概念。[16]基於這樣的問題意識，本章將討論日本人作家充滿曖昧的種族書寫如何在殖民地種族、性與自然等三種論述的交錯中，凸顯「野蠻」與「文明」二元分類的建構性，以及日本人知識分子奠基於此二元對立的種族與文化認同之內在矛盾。

一、「恐懼與誘惑的複雜交錯」：佐藤春夫〈霧社〉

佐藤春夫的遊記〈霧社〉[17]取材自作者在一九二〇年六月底至十月中旬旅遊台灣的親身經歷。[18]九月中旬，作者正準備經由霧社前往能高山登山，卻在集集的旅館，聽說霧社發生原住民

---

14 高嘉勵，〈自然主義的「野蠻人」：野性山林、蕃女象徵與現代性困境〉，《書寫熱帶島嶼：帝國、旅行與想像》（台中：晨星，二〇一六年），頁一六七。

15 布魯諾・拉圖著，余曉嵐、林文源、許全義譯，《我們從未現代過》（台北：群學，二〇一二年）。

16 Kay Anderson, "'Race' in Post-Universalist Perspective," *Cultural Geographies* 15.2(2008): 155-71.

17 佐藤春夫，〈霧社〉，《改造》七卷三期（一九二五年三月），頁二一—三四；中譯本：佐藤春夫著，邱若山譯，〈霧社〉，《殖民地之旅》（台北：草根，二〇〇二年），頁一四九—一九〇。

18 佐藤春夫（一八九二—一九六四），日本詩人、小說家與評論家，生於和歌山縣新宮，慶應義塾大學中輟。初期於《スバル》（SUBARU）、《三田文学》等文學雜誌上發表詩歌與小說〈西班牙犬の家〉而受到矚目，一九一八年在谷崎

抗日事件，前往霧社途中，也目睹各地警察被召集至埔里，準備前往霧社討伐。雖然遇到這樣的緊急事件，佐藤春夫在民政長官下村宏的禮遇之下，仍由支廳派人護衛他前往能高山。從山上回到霧社後，他遇到兩個原住民姊妹，在姊姊的引導下進入她們的住屋，卻在門關上後，感到強烈的威脅與恐懼而倉皇逃出。

佐藤春夫旅遊當中所遭遇的抗日事件為發生於一九二〇年九月十八日的泰雅族薩拉茅部落抗日事件。事件經過大致如下：十八日半夜一點左右，六十名薩拉茅部落的原住民突然包圍能高郡合流派出所縱火，兩位巡查及其妻子、一個兩歲男孩及腹中胎兒分別被砍頭或殺死。二十一日官方報紙《台灣日日新報》的第七版即以「挖開孕婦腹部　將胎兒砍頭　他們為非人野獸　薩拉茅蕃的凶暴」的聳動標題加以報導。佐藤春夫的〈霧社〉以此事件為背景，對於在集集聽到的傳聞——「霧社的日本人因為蕃人蜂起而被滅絕（皆殺し）了」——表示存疑，理由是霧社為蕃地的第一大城鎮，至少有百人以上的日本人在此居住，「因此，該社的蕃人應該也不會那麼野蠻才對」。[19]後來在埔里，佐藤春夫才從霧社山麓小店的老闆娘口中，聽到事情詳細經過。根據老闆娘提供的資訊，出事地點為薩拉茅部落，該部落的七名日本人全數被殺，並砍下首級取走，懷孕中的警察太太腹中的胎兒也被剖腹取出砍下頭顱。然而，佐藤春夫對於這樣的資訊仍感到懷疑，事件中明明有一個目擊者倖存，傳聞卻將其誇大為日本人被全數「滅絕」。同時，他也數次強調，傳聞中說「日本人」被滅絕，而沒有使用殖民當局所教導的「內地人」一詞。相較於「內地人」僅指向日本國內的空間差異，「日本人」一詞則強調了種族上的差異與對立。佐藤春夫關注並拘泥的「日本人」與「滅絕」這兩個語彙選擇，凸顯出傳聞強調薩拉茅事件為具有「滅族」仇恨的種族衝突，以彰顯台灣原住民的殘暴性與其對日本人的種族仇恨。

除了對傳聞提出質疑，佐藤春夫並在〈霧社〉結尾，藉由博物館代理館長森丑之助（M氏）之口，挑戰日本官方的種族論述。為他規畫台灣旅遊行程的森丑之助，對台灣原住民表達人道主義與文化尊重的觀點，將薩拉茅事件的原因，回溯至十年前佐久間總督征討的不當高壓政策。過了幾天，討伐的軍機失事墜落，號外報導尋獲駕駛員屍體，但屍體的頭顱與生殖器被割下。值得玩味的是，《台灣日日新報》連日報導軍機墜落事件的相關新聞，卻沒有提到軍機駕駛員屍體

潤一郎推薦下進入文壇，接連發表《田園の憂鬱》、《お絹とその兄弟》（阿絹與其兄弟）、《美しき町》（美麗的小鎮）等作品，與芥川龍之介並列為引領時代的兩大作家。一九二〇年夏天，佐藤春夫因與谷崎潤一郎妻子之間的感情困擾而心情煩悶，從東京回到故鄉散心，巧遇中學時代的好友東熙市。東熙市在台灣高雄開設牙醫診所，邀請佐藤到台灣旅行。佐藤於六月底出發，抵達台灣後正值颱風季，遂接受森丑之助的建議，於七月二十日至八月五日左右，到中國福建地方旅行。

19　佐藤春夫，〈霧社〉，頁二一；中譯本：佐藤春夫，〈霧社〉，頁一四九—一五〇。

頭顱與生殖器被割下。一九二〇年十月四日，討伐薩拉茅部落的軍機在雪山坑溪墜落，警部遠藤市郎殉職。此為日本殖民統治以來第一次出動軍機進行討伐，卻發生墜機意外，報紙上將殉職警察加以英雄化，連日報導尋獲殉職警察的屍體，將其運回並舉行盛大葬禮等經過。根據《台灣日日新報》的報導，兩名駕駛員中的倖存者在墜機後，發現另一名警察當場死亡，搜救隊動員原住民，協助找到飛機殘骸與屍體時，發現旁邊有包含孩童在內的數名原住民之足跡，飛機墜落時，並將一株粗大的橡樹壓斷。[20]然而，報紙中卻沒有出現〈霧社〉一文當中駕駛員屍體頭顱與生殖器被割下的相關記載，難以確認是否為官方報紙為了維持殉職警察的英雄形象而刻意不提及，還是號外報導為不實傳聞。

看到號外消息的報導後，森丑之助面帶憂鬱地對佐藤春夫表示：

原本蕃人殺人時，其目的絕對不在殺人本身，他們只不過是為了一種宗教的迷信而想要得到人頭而已，如果可以獲得人頭甚至會刀下留命。如今他們以剖開孕婦的腹部、切斷死人的生殖器之類在他們宗教上毫無意義的殘虐行為為樂，但事實上這樣的風俗在他們的固有習慣中是完全不存在的。這樣的所作所為恐怕不是他們祖先傳來的習俗，大概是從某個外來種族那裡學來的新蠻風。唉！事情終於演變到這樣的一地步了。[21]

森丑之助在《台灣蕃族誌　第一卷》當中，以一章的篇幅討論原住民獵人頭的習俗。他認為，「從文明人的角度來看，未開人類的獵人頭惡習在人道上是不可原諒的罪惡，但在他們蕃人的社會當中，反而是以一種道德觀念來加以重視，將此行為視為神聖，蕃人相信獵人頭為祖宗的遺訓」。他並強調，原住民獵人頭的目的非常單純，就是為了取得敵人的首級，而不是為了擊潰、攻擊、侵略敵人或是掠奪敵人的財物。[22]在佐藤春夫的遊記〈霧社〉當中，森丑更基於對原住民獵人頭習俗的理解，判斷薩拉茅事件中日本警察妻子被割腹取出胎兒、胎兒頭顱被砍下帶走、日本討伐的軍機駕駛員頭顱與生殖器被割斷等殘虐行為，並非原住民固有的習俗，而是他們跟「某個外來種族」——也就是日本人學來的「新蠻風」。

報紙與號外中誇大報導的台灣原住民殘虐行為，原本是為了證明台灣原住民為「野蠻」人，無法藉由種族同化加以教化，以合理化日本殖民當局的高壓統治與武力征討。然而，佐藤春夫藉由人類學者專業知識的權威指出，這些殘虐行為其實是原住民跟日本人學來的，反諷地證明了種族同

20 《台灣日日新報》一九二〇年十月九日第七版。
21 佐藤春夫，〈霧社〉，頁三三—三四；中譯本：佐藤春夫，〈霧社〉，頁一八九。
22 森丑之助，《台湾蕃族誌　第一卷》（初出：臨時台湾旧慣調査会，一九一七年）（台北：南天，二〇〇八年），頁三一四—三一五。

化的可能性：台灣原住民受到「野蠻」日本習俗之同化，習得其種族宗教與文化上不存在的殘虐行為。藉由種族論述的逆向操作，佐藤春夫揭露日本人藉由殖民地台灣原住民的「未開人種」建構自身為「文明」種族，反而暴露其「野蠻」性質——以「文明」之名遂行的殖民地暴力與殘虐。

不僅如此，佐藤春夫在旅途中與原住民的實際接觸，也與傳聞中「凶惡蕃人」的種族刻板形象相去甚遠。途中相遇的原住民以簡單日語跟他打招呼，旅館的原住民女侍天真無邪，對他桌上《台灣蕃族誌》裡的原住民照片大感興趣，讓他興起對於自身愛犬的親愛感情。尤其是，佐藤春夫在日本人少年警手[23]護衛下登能高山時與原住民的接觸經驗，與薩拉茅事件中的種族仇恨及原住民凶惡形象形成極大對比。九州出身的日本人少年警手為了排遣山中生活的無聊，以打獵、學習原住民語言為樂，融入原住民的生活。在登山途中，少年警手跟同行背負行李的「蕃丁」以及偶遇的狩獵原住民開玩笑，對樹上的山鳩放槍。進入森林之後，藉由山中回音，與原住民進行「同伴」（仲間）之間的對話。當少年警手調侃背負行李的原住民腰間的「蕃刀」是砍人頭之用時，對方馬上加以否認，表示那是用來砍樹的。警手向佐藤春夫補充說，原住民非常討厭受到這樣的誤解。少年警手並向佐藤春夫翻譯、轉述他與台灣原住民之間的對話。針對原住民所說的：「鹿的胃當中一點也不髒，只有美麗的樹木新芽而已」、「男人只負責狩獵、戰鬥與祭祀」[24]等話語，佐藤春夫感到無限的哲理與詩意。相較於霧社街上的恐慌與騷動，在原始山林中，「能高的人們幾乎沒有提到薩拉茅，就好像這件事完全不在他們思緒當中似的」。[25]他筆下的台灣原住民不但和平友善，他們與大自然的山林與動植物共生的生活形態、宗教信仰與群體生活更是清新純淨。

川本三郎指出，佐藤春夫雖在代表作《田園の憂鬱》（田園的憂鬱）、《美しい町》（美麗的小鎮）中謳歌東京歷經歐洲化、充滿人工之美的田園與自然風光，但仍念念不忘位於日本南方的故鄉紀州粗獷的原始自然。〈霧社〉中以台灣原住民為對象的「南方憧憬」，則與第一次世界大戰後日本被委任統治原德國領土的南洋群島所帶動的「南洋熱」，有著密不可分的關係。[26]斯蒂芬・克拉克（Steve Clark）探討旅遊書寫時指出，「旅遊書寫作為一種形式所具有的潛在性質：旅程／追尋母題下的自我反思性、錯綜複雜的多層時態性、及其與旅遊者自身文化的寓意式共鳴（allegorical resonances）」。[27]從西化的東京到故鄉紀州的山林，再到福州與殖民地台灣，佐藤

---

23 日治時期，台灣總督府沿用清朝以來的「隘勇」制度，以防備原住民的出草攻擊。一九二〇年，將「隘勇」改稱為「警手」。

24 佐藤春夫，〈霧社〉，頁一九；中譯本：佐藤春夫，〈霧社〉，頁一七〇—一七二。

25 同前註，頁二〇；中譯本，頁一七三。

26 川本三郎，《大正幻影》（東京：岩波書店，二〇〇八年），頁二一三—二二〇，頁二二八—二三二。

27 Steve Clark, ed, *Travel Writing and Empire: Postcolonial Theory in Transit*, p. 3.

春夫藉由不斷向南移動的旅程，試圖療癒在東京的都市生活與感情糾紛中耗損衰弱的神經。他在〈霧社〉中對能高山林中與原初大自然共生的台灣原住民之浪漫想像，作為旅遊中「自我」與「他者」不斷對話的過程，折射出日本人知識分子對於急速西化與都市化下失落的日本自然與傳統生活之鄉愁，凸顯了日本現代種族與文化「翻譯」的內在矛盾。

然而，能高山上日本人少年警手與台灣原住民超越種族藩籬的感情交流，終究還是奠基在殖民統治的現實之上。佐藤春夫回到台中平地後，馬上又回到在能高山上暫時忘卻的種族仇恨現實當中。他接受州知事宴請時，其中一個官員提到，軍方計畫以飛機討伐薩拉茅事件。州知事大表贊同，然後注視著佐藤春夫說，從日本本國來的旅行者常在短暫停留山區後，將台灣原住民視為具有詩意的存在，需要加以友愛。然而，對於統治者來說，他們不過是極端棘手的統治對象。面對殖民地官僚對於日本人旅行者浪漫化傾向之批評，佐藤春夫只能以「無意義而微弱的微笑」加以回應。[28]

羅伯特．蒂爾尼對於森丑之助的評述指出，森畢生奉獻於台灣原住民的社會與習俗調查，主張日本殖民政府透過彼此的了解與溝通，制定科學的、適切的原住民統治政策，並對日本殖民政府鮮少利用人類學者提供的田調成果，仰賴理蕃警察進行高壓統治，感到十分遺憾。然而，森丑之助不自覺於自身與摧毀原住民傳統文化的殖民政權之共犯性，作為搶救人類學者（salvage ethnographer），以知識與科學研究之名，將日本人對於原住民的掠奪擴展到文化的領域。[29]佐藤春夫的〈霧社〉一方面透過人類學者的專業權威、遊記的紀實性與在場性之真實宣稱，生產出具有權威的原住民再現，顛覆日本殖民當局「文明」與「野蠻」的種族二元對立論述，同時卻又複製人類學書寫「對同時存在之否認」（denial of coevalness），[30]建構台灣原住民為未受日本殖民權力關係與文明化「污染」的「原初」他者。尤其是，〈霧社〉當中受到否定的同時存在性不是一般的殖民統治情境，而是被渲染為「滅族」仇恨的原住民抗日事件，更凸顯出佐藤春夫筆下台灣原住民與自然共生的天真、和善形象，與他試圖批判的日本官方種族論述中殘虐的種族形象並非完全對立，而是相輔相成的——不管是「原初」或是「野蠻」，都作為「文明」的他者，成為日本人在西方陰影下「翻譯」國族認同的內在組成分子。

遊記後半，佐藤春夫在霧社街上遇到與日本人通婚的原住民女性及其混血女兒，更戲劇性地

28 同前註，頁三二；中譯本，頁一七〇—一七二。

29 Robert Thomas Tierney, *Tropics of Savagery: The Culture of Japanese Empire in Comparative Frame*, pp. 86-89.

30 西方人類學者透過田野調查「經驗」與田野「報告」書寫兩者之間的時間落差，將原住民建構為處於不同時間「進化」階段之「他者」，無視於自身與調查對象的原住民同時存在於田野調查現場之現實。Johannes Fabian, *Time and the Other: How Anthropology Makes Its Object* (New York: Columbia University Press, 1983), pp. 25-35.

揭示日本帝國異種族與異文化交混下，「文明」與「野蠻／原初」的相互建構及其內在矛盾。佐藤春夫抵達霧社不久，遇到一個帶領四、五十個「蕃丁」前往搬運糧食的「奇異的人物」：

她笨拙地結著舊式庇髮[31]，身上穿著廉價染織布的內地風單衣，穿著草鞋——不像其他人打赤腳，腰間綁著看似女性用的寬幅腰帶。她的衣服像男性穿法般沒有在腰間折疊以調整長度，還短得露出手腳。那是因為這個人異常高大。因為抬頭挺胸著，甚至給人威風之感，腳、身高以及姿勢、態度有點像男人，但看起來跟其打扮一樣是個女人。等對方接近後一看，雖然有點可怕，不過骨架容貌確實是個女人，而且，雖然作日本人——應該說內地人——打扮，卻是個蕃婦，臉上有著刺青。[32]

根據旅館主人的描述，該女性與第一個來到霧社的日本人結婚，日本人卻在調職其他地方時拋棄她，支廳出於同情和顧及日本人顏面，雇用她為翻譯。由該原住民女性的年齡以及有兩個混血女兒的資訊來看，應為一八九六年與日本「蕃通」近藤勝三郎結婚的霧社群巴荷社頭目女兒尤娃莉羅拔歐（ユワリ・ローバオ）。[33]

在佐藤春夫筆下，尤娃莉羅拔歐在外表上做日本女性的髮型與打扮，呈現她與日本人通婚的種族同化與文化交混經驗留下的痕跡。然而，她「異常高大」的人種身體特徵，抬頭挺胸走路的威風姿態，卻與其日本女性裝扮相當不協調。尤其是，身材高大的她以男性的穿法穿著日本女性服飾，加上她以日本官方翻譯的身分為權力表徵，大聲命令、指揮同族男性，在種族與性別兩方面，均令人難以辨識。走近之後，雖能從「骨架容貌」與臉上的刺青，確認其「蕃」「婦」的種族與性別身分，但仍給人「可怕」之感。

異種族親密關係的種族同化與文化交混，使得尤娃莉羅拔歐成為種族與性別的「奇異」存在，批判日本人的殖民地同化政策之流於表面形式（呼應遊記中對於蕃童教育的批判）。我們可

31 明治三十年左右到大正初期流行的女性髮型，特色為使用假髮讓前面與兩鬢頭髮像屋簷般突出。

32 佐藤春夫，〈霧社〉，頁一〇；中譯本：佐藤春夫，〈霧社〉，頁一六〇。

33 一九〇九年，近藤勝三郎入贅娶了荷歌社頭目之妹，拋棄了尤娃莉羅拔歐。關於人稱「生蕃近藤」的近藤勝三郎的生平經歷，參考Paul D Barclay, "Cultural Brokerage and Interethnic Marriage in Colonial Taiwan: Japanese Subalterns and their Aborigine Wives, 1895-1930," *Journal of Asian Studies* 64.2 (May 2005): 340-341。佐藤春夫〈霧社〉裡的旅館主人描述該日本人為「巡查之類的人」，在調職其他地方時拋棄了原住民女性，則混雜了被近藤勝三郎的巡查弟弟近藤儀三郎拋棄的狄娃絲魯道之背景。蜂矢宣朗也認為，與佐藤相遇的這名原住民女性為尤娃莉羅拔歐，但同時混雜了狄娃絲魯道、以及被下山治平拋棄的貝克道雷之經歷。蜂矢宣朗，《南方憧憬：佐藤春夫と中村地平》（台北：鴻儒堂，一九九一年），頁一八—二一。邱若山則從佐藤春夫對於該原住民女性外貌與體型之描寫，推測其為狄娃絲魯道。邱若山，《佐藤春夫台灣旅行關係作品研究》（台北：致良，二〇〇二年），頁一三六—一三八。

以說，這個角色塑造透過霍米．巴巴（Homi Bhabha）所謂的諧擬（mimicry）過程，生產出與日本人「幾乎相同，但又不完全一樣」的主體，「透過雙重視界揭露殖民論述的曖昧矛盾性，並干擾其權威性」。[34]尤娃莉羅拔歐的日本人打扮見證了藉由通婚進行殖民地種族同化的可能性，但她以男性穿法穿著日本女性服飾，威風命令指揮同族男性之「奇異」形象，同時打破種族與性別的界線，擾亂「具男性雄風的殖民者」（manly colonizer）與「娘娘腔的被殖民者」（effeminate colonized）之殖民地二元對立。

佐藤春夫與尤娃莉羅拔歐的兩個女兒具有強烈性暗示的接觸過程，進一步揭示種族跨界交混的可能性與局限。得知原住民姐妹的身分後，佐藤春夫表示，「那個少女之所以對於內地人的我如此表示善意，可能是因為她身上有一半內地人的血液吧！」[35]暗示著少女可能將對於日本人父親的思慕，投射到自己身上。然而，少女關上房門後，佐藤聽到少女的母親尤娃莉羅拔歐在門外抱著嬰兒唱搖籃曲。相較於尤娃莉羅拔歐在前述場景穿著和服、指使同族男性時的種族與性別權威相較，抱著嬰兒唱搖籃曲的她，回到一般的「蕃婦」身分。然而，尤娃莉羅拔歐曾被日本人拋棄的經歷，使得佐藤春夫對她們母女帶有戒心。原本展現普遍性母愛的搖籃曲，因為使用原住民語言，讓佐藤懷疑是否為母女與男性族人密謀要攻擊他的暗號。此時，少女輕挽他的手臂，讓他突然陷入極端恐懼：「讓我感到如此恐懼的，是這個真貌不明的少女周遭、以及這個家本身的陰森氣氛。我現在離門這麼近，也許房屋深處有什麼人也說不一定。說不定會有拿著刀的蕃人突然出現——雖然理性否定這樣的想法，但很難不產生這樣的心情」。[36]原本對大女兒想親近日本人的心情表示理解的佐藤春夫，一旦被關在密閉的黑暗空間中，突然意識到原住民少女作為異種族通婚政策的悲劇產物，其存在本身可能凝聚著對日本人的怨恨。他開始暗中希望原住民姐妹只是單純的娼妓，而不是種族攻擊的誘餌。此時，他先前懷疑與否定的官方種族論述中野蠻、仇日的原住民刻板印象，突然產生真實感，製造出各種妄想與極度恐慌。在抗日事件的種族緊張關係影響下，他與混血原住民姐妹之間帶有性意涵的種族接觸，成為「恐懼與誘惑的複雜交錯」[37]。

瓊尼・內格爾（Joane Nagel）討論西方帝國與有色人種的種族與性接觸時指出，「異種族性關係的交界（ethnosexual frontier）是個富有異國風情但不穩定的社會空間，以及暴力爆發的豐富場域」。[38]在此一「異種族性關係的交界」，種族界線看似能藉由通婚與性行為輕易踰越，但實際

---

34 Homi Bhabha, *The Location of Culture* (London: Routledge, 1994), pp. 86-88.

35 佐藤春夫，〈霧社〉，頁二四—二五；中譯本：佐藤春夫，〈霧社〉，頁一七八。

36 同前註，頁二五；中譯本，頁一七九。

37 佐藤春夫，〈霧社〉，頁三〇；中譯本，頁一八四。

38 Joane Nagel, *Race, Ethnicity, and Sexuality: Intimate Intersection, Forbidden Frontiers* (New York: Oxford University Press, 2003), p. 55.

上，這些跨界實踐本身仍是在既有種族知識與權力關係的框架內部進行，在跨界的同時，不斷生產出新的種族界線。

二、「文明人的頭腦與蕃人的信仰、肉體」：山部歌津子《蕃人來薩》

在佐藤春夫的〈霧社〉中，薩拉茅事件發生時，「霧社的日本人因為蕃人蜂起而被滅絕了」這樣的消息，證實只是誇大傳聞，但在十年後的一九三〇年，霧社真的發生了具有種族滅絕意圖的抗日事件——霧社事件。[39] 霧社事件與薩拉茅事件相隔十年，但兩者之間有著歷史關聯性，在薩拉茅事件的處理過程中，已經種下霧社事件的種子。[40] 霧社事件發生後三個月的一九三一年一月二十日，山部歌津子[41] 的小說《蕃人來薩》[42] 在東京出版。小說最後以原住民抗日事件作為結尾，並描述事件發生後，日本殖民政府出動陸軍軍機討伐不到五百人的抗日原住民，甚至使用「陸軍科學研究引以為傲的毒瓦斯」，霧社事件的影響明顯可見。

《蕃人來薩》描述泰雅族加拉排社[43] 頭目之子來薩成績優異、反應靈敏，在蕃童學校時期，就常幫忙日本官廳與會社打雜跑腿，受到日本人的喜愛與信賴，尤其與樟腦會社社員田中感情深厚。來薩拒絕接受黥面，離開部落獨自居住在日本宿舍，平常耽讀於日文書籍雜誌，熱心跟隨山本醫師學習醫學知識與技術，積極吸收日本帶來的現代文明。畢業後，來薩被任用為巡查補，因為日本教育的影響，不願意接受黥面或與同族女性結婚。某日，樟腦會社主任鈴木介紹日本女性與他結婚，讓他內心充滿期待。然而，後來才知道對方是個輾轉於滿州、西伯利亞等地，年近三十歲的日本娼妓，被暱稱為「西伯利亞阿六」。對日本人幻滅的來薩在田中鼓勵下，決心積極學

39 佐藤春夫的〈霧社〉發表於一九二五年，在霧社事件後的一九三六年，收錄於佐藤春夫關於台灣之旅的作品集《霧社》當中。在作品集的後記當中，佐藤春夫回憶起一六年前的台灣之旅，卻沒有提及六年前的霧社事件。

40 前述官方報告書《霧社事件誌》中列為霧社事件第二大原因的「馬赫坡社頭目莫那魯道的反抗心」一段，記載薩拉茅事件發生之後，莫那魯道等各社頭目趁著霧社一帶的警察大多出動征伐，打算襲擊霧社殺害日本人，但事前為警方所知，未能付諸實行。然而，日本警察當局礙於當時警力不足，並未對關係者加以懲戒，反而將其編列成隊參與薩拉茅征討。事後，莫那魯道公開表示，日本人藉助霧社原住民之力討伐，還餽贈禮物與薩拉茅頭目和解，對日本官警力量表示輕視。台湾総督府警務局，《霧社事件誌》，頁三七一—三七二。

41 關於作者山部歌津子目前所知有限，只知道牧師作家沖野岩三郎曾以她為題材，創作了小說《闇を貫く》（穿透黑暗）。下村作次郎，〈山部歌津子《蕃人ライサ》解説〉，山部歌津子，《蕃人ライサ》，河原功監修，《日本植民地文学精選集（台湾編）》四（東京：ゆまに書房，二〇〇〇年），頁一—三。

42 山部歌津子，《蕃人ライサ》（東京：銀座書房，一九三一年；復刻版：河原功監修，《日本植民地文学精選集（台湾編）》四（東京：ゆまに書房，二〇〇〇年））；中譯本：山部歌津子著，黃玉燕譯，《原住民賴薩》（高雄：春暉，二〇一一年）。

43 現在的新竹縣尖石鄉嘉樂部落。

習最新的科學與技術，建立新的蕃社，以拯救自己的種族，並與熱愛昆蟲與植物採集的鈴木主任女兒富子結為至友。後來，來薩的父親與族人因樟腦會社的土地借用賠償金等問題密謀抗日，但因來薩被總督府選為原住民代表隨護，獻納台灣特產品至日本的明治神宮，暫停抗日計畫，田中也求助於鈴木主任夫人與阿六，試圖以金錢援助安撫族人。然而，當來薩前往台北準備動身日本之際，在陰錯陽差之下，抗日事件還是發生了，田中與鈴木夫人被斬首。事件發生後，出差在外的鈴木主任就此失蹤，來薩辭去巡查補官職，與阿六、富子一同居住，田中之子也放棄在東京的學業，到台灣蕃社傳教，以為父親「復仇」。

根據下村作次郎的研究，《蕃人來薩》的故事情節與井上伊之助《生蕃記》（一九二六年）中的短篇〈米卡的惡夢〉大致雷同。牧師作家沖野岩三郎在本書的序言中指出，他曾向作者山部歌津子求證，證實《蕃人來薩》確實受到〈米卡的惡夢〉影響。井上伊之助為日本殖民統治時期最早到台灣山地進行基督教傳道的日本人，被稱為「山地傳道之父」。他在日本的聖書學院唸書時，在花蓮港樟腦會社工作的父親被原住民殺害，促使他立志到台灣山地傳道。〈米卡的惡夢〉描述接受日本教育的泰雅族青年米卡，因為沒有黥面而沒有族人願意將女兒嫁給他。日本人老師勉勵他用功念書成為巡查補，便能與台灣漢人女性結婚。米卡當上巡查補之後，日本人老師與警察試圖幫他尋找結婚對象。然而，台灣漢人與原住民女性結婚的例子很多，卻沒有原住民男性娶台灣漢人女性的前例。後來，日本人老師為米卡介紹的是中年的台灣漢人娼妓。米卡原本想要接受這樣的安排，但後來選擇與同族的女性共組家庭。

《蕃人來薩》同樣以日本化的原住民巡查補之擇偶問題作為開頭，但安排的結婚對象從台灣漢人娼妓改成日本人娼妓。小說最後，原住民主角共組家庭的對象，也從同族女性改為兩名日本人女性。此外，《蕃人來薩》取材於井上伊之助因父親被殺而到台灣傳道的經歷，帶入〈米卡的惡夢〉中沒有的原住民抗日事件與田中父子的故事情節。相較於〈米卡的惡夢〉單純處理受到日本同化的原住民之擇偶問題，《蕃人來薩》的原創故事情節則帶出殖民地異種族的「親密」與「仇恨」關係，呈現種族認同與差異的辯證過程。

首先，小說中日本女性角色的導入，呈現日本帝國種族論述與性別、階級論述的交錯。富子與阿六分別代表日本帝國在「家庭內」與「家庭外」兩個領域，進行生殖與性的管理之殖民者女性類型。鈴木主任的夫人與女兒隨著鈴木來到台灣山地，一方面照顧鈴木的日常生活起居，同時以日本式家庭生活，作為被殖民者同化的範本。阿六來到台灣花蓮港前曾輾轉於滿州、西伯利亞，為隨著帝國軍事擴張行動而移動的娼妓。[44] 藉由這兩種不同身分與階級的女性，日本帝國試

---

44 一八七二年，明治政府公布《藝娼妓解放令》，但實際上只是將前現代的私營「遊廓」制度，改造為現代公娼制度，

圖防範男性殖民者對在地女性的性侵害和不受控制的性交易，以避免引發性病、被殖民者男性的不滿、以及因踰越種族界線導致的管理問題。

小說中以富子對山林動植物的興趣與親近，對照鈴木主任的利慾薰心。富子為東京的昆蟲學會與植物學會的會員，在房間書架擺放台灣蝴蝶標本的玻璃盒，透過台灣特有的昆蟲標本，與日本的同好者交換國外的標本，並託付在東京唸農學的哥哥協助確認標本的學名。在來薩協助採集標本的過程中，她親切地教導來薩關於台灣大自然的專業知識，兩人發展出跨越種族、性別與殖民地身分差異的友情。當來薩對日本人幻滅時，富子甚至成為一種救贖。相對地，西伯利亞阿六則顯現出無法消弭的殖民地種族差異。阿六因為娼妓的身分受到眾人歧視，甚至連有良知的日本人田中，也以「那種女人」指稱阿六，無法接受她的感情。雖然如此，阿六仍對於與「生蕃」配對感到屈辱，不客氣地在來薩面前公開宣稱：「不管再怎麼落魄，我也沒打算成為生蕃的新娘呢！」[45]來薩雖然徹底與日本人同化，並躋身日本下級官吏，仍然無法擺脫原住民的種族身分。阿六公然的種族歧視再次確認種族位階凌駕於性別與階級之上，在殖民地空間具有絕對的優先性。來薩跟鈴木主任的女兒富子、西伯利亞阿六等兩名日本人女性的異種族關係，因而呈現種族同化與交混的可能性與局限。

小說中並藉由受到種族歧視的「蕃人」之口，批判日本人自身的「野蠻」性質。小說中，來薩啟身前往東京前與田中餞別，談到日本本國的日本人一直到現在聽到「生蕃」兩字，仍會連想為殺人魔，報紙上也動不動就出現「兇蕃」等字眼。來薩感嘆於這樣的偏見與歧視，對田中提出疑問：「可是，一直到五、六十年前，內地人自己不也是腰間配著兩刀在路上砍人，看心情斬殺或刺傷同族的無辜內地人嗎？」田中回應道：「你說的沒錯。雖然那種風俗已不復存在，即使是現在，在電影與大眾小說當中，仍作為英勇的武者風采，聚集人氣於一身呢！」[46]來薩口中日本人帶刀在路上濫殺無辜的「五、六十年前」，指的不外乎是日本從幕府末期到明治維新的時代轉折點。與佐藤春夫〈霧社〉相似地，《蕃人來薩》指出日本人雖以文明人自居，並歧視台灣原住民，但日本文化本身其實也具有「野蠻」性質。

由政府制定規則、核發執照並收取稅金。從一八七〇年代開始，隨著日本的海外經濟活動，南洋、滿州、中國北部都有日本人娼妓出現，不少是在業者與皮條客的誘騙下，以偷渡形式到海外。世紀轉換期，日本先後在殖民地台灣與朝鮮、滿州建立公娼制。一九一八年日本出兵西伯利亞之後，日本軍駐屯區形成八百多名日本人娼妓聚集的狀況。鈴木裕子，〈からゆきさん・「従軍慰安婦」・占領軍「慰安婦」〉，《岩波講座　近代日本と植民地五　膨張する帝国の人流》（東京：岩波書店，一九九二），頁二二五—二三六。滿州的日本人娼妓相關歷史可參照加納実紀代，〈満州と女たち〉，同書，頁二〇二—二〇六。

45 山部歌津子，《蕃人ライサ》，頁四二；中譯本：山部歌津子著，《原住民賴薩》，頁三三。

46 同前註，頁二八七；中譯本，頁一七八。

同時，小說中也藉由對現代資本主義的批判，挑戰官方種族歧視中的文明論述。作者藉由來薩等台灣原住民的純真、貞潔與誠信，對照鈴木主任等日本人在現代資本主義下的投機、欺瞞與背叛行為。敘事者在評論當中，甚至將鈴木主任為了個人名利公然進行的不正行為，形容為「若在生蕃之間必然遭受斬首的嚴重不義與不信」，[47]進而藉由台灣原住民諺語呈現的道德觀，主張「生蕃的信仰並沒有錯，反倒是應該教化內地人，使其成為跟生蕃一樣敬奉神（祖靈）的潔淨之子」。[48]作者藉由日本人在現代化前的尚武風氣、現代化後的資本主義文化，指出日本人在「文明」表面底下的凶惡性與不正義，挑戰官方「文明日本人／野蠻生蕃」之種族論述。

然而，作者在批判日本的種族論述之同時，對於日本人帶來的基督教與科學等西方現代「文明」，則給予高度肯定，將其視為原住民部落與文化的「救贖」。在科學文明方面，來薩與富子透過山地昆蟲與植物標本的採集與研究，建立跨民族友情的經過，占據小說不少篇幅，揭示以科學文明「馴化」原始自然的命題。然而，由於帝國的殖民地統治以「未開自然」的征服與支配為起點，自然科學研究中不可避免地隱含了帝國權力關係——透過科學的分類與知識，將自然山林的動植物與原住民加以「馴服」（就像小說中釘在玻璃盒中、以片假名寫上專業學名的蝴蝶所例示的），使其成為帝國支配的對象。[49]在基督教文化方面，井上伊之助《生蕃記》成立背景的影響，顯現於在東京就讀宗教學校的田中之子的角色。小說最後，因為鈴木主任的不正行為以及種種誤解與偶然，來薩的頭目父親策動並實行抗日行動，被殺害的並非剝削者的鈴木主任，而是為原住民著想、試圖居中協調的田中與鈴木夫人。這樣的不幸事件促使田中之子因而放棄東京的學業，透過到台灣蕃社傳教的方式為父親「復仇」，以基督教的宗教崇高性，作為擺脫台灣原住民獵人頭「陋習」之救贖。

在來薩對日本人幻滅之際，田中勉勵來薩與其在屈辱下擔任日本的下級官職，不如創造「新的蕃社」：「你要成為頭目，藉由文明人的頭腦與蕃人的信仰、肉體，在這台灣的原始林當中創造你的天地」。[50] 小說結尾，田中與鈴木夫人遇害後，阿六受到田中精神感召，一改以往對來薩的偏見，與來薩及失去雙親的富子共同生活。小說暗示著，來薩將依循田中生前的建言，建立新

---

47 同前註，頁一六八；中譯本，頁一〇七。

48 同前註，頁一七二；中譯本，頁一一〇。

49 莎拉・艾文（Sarah Irving）曾探討十七世紀英國的帝國主義起源與自然哲學（科學）概念之關係，認為英國在大西洋的殖民活動，受到帝國藉由開拓新天地回復失樂園、對地球進行全面支配此一概念之深刻影響。Sarah Irving, *Natural Science and the Origins of the British Empire* (London: Pickering and Chatto, 2008). 關於日本在台灣對動植物、礦物等進行的自然科學調查與研究，請參照李國玄，《日治時期台灣近代博物館學發展與文化資產保存運動之研究》（桃園：中原大學建築學系碩士論文，二〇〇六年）第二章。

50 山部歌津子，《蕃人ライサ》，頁七三；中譯本：山部歌津子著，《原住民賴薩》，頁五二。

的蕃社，在更深山的地方，建立一個「排除年長者而只有青年」的加拉排社，全面排除耆老及其傳統。在謳歌原住民的精神（相對於資本主義的道德淪喪）與肉體優越性之同時，作者主張原住民在開創新的未來時，「文明人的頭腦」所代表的科學知識具有同等重要性。作者無條件擁抱科學與基督教所象徵的西方文明，使得小說中反駁台灣原住民「野蠻」性的信仰與肉體優越性，被用來將台灣原住民建構為需要西方現代性救贖的「原初」他者。同時，小說中雖然批判日本的種族論述，小說結尾來薩與阿六、富子的共同生活，也看似脫逸帝國生殖與性管理單位的家庭體制常軌，揭示跨越種族、殖民地身分差異的異種族共生之理想。[51]但實際上，西方科學與基督教「文明」從頭到尾都作為一個無所不在的潛在基準，不管是日本前現代與現代缺乏道德的「不文明」男性、台灣原住民、或是日本家庭內外的女性，都成為需要救贖的他者，建構歷經日本翻譯的西方科學與基督教文化為「文明」基準。

三、「土著化」的日本警察：大鹿卓的〈野蠻人〉

大鹿卓[52]〈野蠻人〉[53]為一九三五年二月獲得《中央公論》小說獎的作品。內容描寫礦坑老闆之子田澤在勞資鬥爭中，發現自己無法擺脫資產階級身分，自暴自棄地順從父親安排，來到台灣山地當警察。派出所的警察局長井野娶泰雅族女子為妻，妻子的兩個妹妹從一開始就對田澤抱有好感，主動親近他。薩拉茅事件發生後，田澤被派往討伐，開槍射死敵方原住民後，衝動砍下對方首級，更加引起原住民姐妹的愛慕。以此為契機，田澤娶姐姐泰茉莉卡露為妻，決心變成跟原住民一樣的「野蠻人」。〈野蠻人〉取材於一九二〇年的薩拉茅事件，但從小說發表的時間來看，可以推測霧社事件的影響。尤其是，親自到台灣調查霧社事件以反駁官方論點的左翼文人河

---

51 下村作次郎認為，《蕃人來薩》對於台灣原住民的理解與同情不夠充分，結尾也顯得過於人道主義與理想主義，與井上伊之助的《生蕃記》相距甚遠，作者山部歌津子恐怕未曾實際踏入台灣山地。下村作次郎，〈山部歌津子《蕃人ライサ》解説〉，頁二一六。

52 大鹿卓（一八九八—一九五九）出生於愛知縣，哥哥為著名詩人金子光晴。小學時，曾因家中事業的關係短暫移居台灣。初期創作以詩歌為主，一九三一年，在橫光利一介紹下，於《作品》雜誌上發表〈タッタカ動物園〉（塔塔加動物園），一九三五年〈野蛮人〉入選《中央公論》小說獎，確立其小說家地位。初期的小說以台灣山地為題材，之後發表了以礦坑事件為題材的《渡良瀬川》、《谷中村事件》等具有社會批判意識的小說。河原功，〈大鹿卓『野蛮人』解説〉，大鹿卓，《野蛮人》，河原功監修，《日本植民地文学精選集〔台湾編〕》六（東京：ゆまに書房，二〇〇〇年），頁一—二。

53 大鹿卓，〈野蛮人〉，《中央公論》五〇卷二月號（一九三五年），頁六七—一〇一；復刻版：河原功監修，《日本植民地文学精選集〔台湾編〕》六（東京：ゆまに書房，二〇〇〇年）；中譯本：大鹿卓著，蔡建鑫譯，〈野蠻人〉，王德威、黃英哲主編，《華麗島的冒險：日治時期日本作家的台灣故事》（台北：麥田，二〇一〇年），頁七五—一二一。

野密為作者的妹夫，其觀點與行動對於這篇小說的創作應有相當程度的影響。

〈野蠻人〉當中日本警察「土著化」的情節，透過對決與通婚這兩個極端種族關係的緊密交錯，對殖民地種族界線進行極具戲劇張力的協商與辯證。首先，田澤從討伐行動歷劫歸來後，原住民妹妹泰伊莫那莫若無其事地走近田澤砍下的敵方頭顱，叫頭顱將其父母、兄弟的頭顱也都召喚來這裡。田澤回想起自己在砍下頭顱後，對於自身殘虐行為感到無比懊悔，泰伊莫那莫這個未滿十五歲的原住民少女卻對於獵人頭習以為常，讓田澤發現自己「在精神上的脆弱」：

> 面對還未滿十五歲的泰伊莫那莫這樣的態度，他就像遭受重重打擊般地體會到自己在精神上的脆弱。他不認為這只是粗暴的風俗支配著她的心理，而是感覺似乎嗅到從血液傳送到血液的野蠻性令人嗆鼻的臭氣。不，不能只是將其單純地稱為野蠻性。那野蠻性，是與受到大自然無情肆虐，同時又在其吝嗇慈悲下，呼吸擴展胸懷的大樹那叛逆精神互通的嚴肅脈動。樹液源源不絕地流動，從細小的樹枝末端噴濺出來。相較之下，自己充其量只不過是剛移植的虛弱樹木而已。[54]

引文中首先將原住民少女面對頭顱的泰然態度，解釋為其種族「從血液傳送到血液的野蠻性」，但隨即又否認「野蠻性」為基於血統的種族特質，而是潛存於人類血液中的普世性本質與生存本能。相較之下，作為日本人，田澤在文明化過程中喪失人類野蠻本性，即使回到山林與種族鬥爭的原始環境中，仍像「剛移植的虛弱樹木」般脆弱。就在大自然野性的呼喚下，田澤主動加入危險的討伐行動，希望在「廣大自然的狂野呼吸與人類的原始鬥爭中鍛鍊自己。要在自己的血管中，讓祖先的血源源不絕地流著，讓祖先激烈的血，超越漫長歲月，在自己身上重新甦醒」。[55]

然而，田澤雖在討伐行動中「發現」自己潛藏的野蠻本性，面對以笨拙的方式示愛的泰茉莉卡露卻感到害怕。他認為，這是因為自己不夠野蠻，為了變得更野蠻，擅自帶隊參加另一個討伐行動。討伐結束後，田澤旁觀別的日本人警察的相親，遇見一個比泰茉莉卡露更為野性的原住民女性。敘事者以山林野生動植物的意象，描寫該原住民女性的「野性」：「真是氣勢逼人的蕃婦！從來沒有見過像她這樣露骨散發野性的蕃婦，那才是貨真價實的。那眼睛就像是山貓一樣，棲息在深沉的熱情當中。那體臭當中帶著山白竹的味道，帶著椴松樹枝互相摩擦的味道，帶著獸

54 大鹿卓，〈野蛮人〉，頁八四；中譯本：大鹿卓，〈野蠻人〉，頁六七—一〇一。

55 同前註，頁八七；中譯本，頁一〇二。

皮與獸糞的乾燥味道」。[56]不僅止於這段引文，小說中使用繁茂的樹木、沙沙作響的樹葉、林中的野獸等山林野生動物與植物的意象，象徵原住民的野性生命力量。這些非人類野生生物以換喻的形式，打破人類與非人類生物之間的二元對立，在田澤「土著化」的過程中，帶著強烈的性意涵，成為不斷召喚、慫恿與感動他的人類「內在野蠻性」之象徵。

回到部落後，他開始覺得泰茉莉卡露不夠野蠻，決心讓她潛藏的野性甦醒。當他發現泰茉莉卡露因為成為日本人的妻子而擦粉時，很生氣地命令她不可再化妝，並要求她將和服換成原住民的衣服。某次田澤帶著妻子到山上砍材，看到妻子笨拙地以樹枝夾小石子練習使用筷子，進而發現自己「野蠻化」不徹底，才會責備妻子以手抓飯食用的習慣。他馬上制止妻子，並要她拿斧頭砍樹。泰茉莉卡露敏捷的身手深深吸引他：「他覺得勇猛動物的尊貴生命力附身在她身上，這樣的想法讓他感到興奮。啊，只有人類才擁有尊貴事物的迷思是錯誤的！」[57]他決定帶著妻子離開派出所的日式宿舍，在蕃社中建造小屋居住，讓妻子回復她原來的野性。透過這樣的情節，作者主張，雖然台灣原住民被貶抑為原始未開的「野蠻」種族，但事實上，野蠻才是體現生命力的尊貴之人類共通本質，文明只是壓抑、掩蓋人類共通本質的外在的、表面的文化形式。

歸途中，田澤繞到部落告知丈人老頭目他的計畫，老頭目非常高興，約好下次帶他與其他族人一起去打獵。田澤興奮地表示，想跟大家一樣穿蕃布去打獵，老頭目便將蕃布遞給他試穿。田澤脫下身上的警察制服穿上蕃布，妻子以鍋炭在他額頭塗上刺青，丈人也親自將蕃刀掛在他的腰間。裝扮完成之後，田澤穿戴蕃布與蕃刀，在老頭目與族人盛大歡呼下，衝出洋溢著「獸的臭氣與獸的興奮」之蕃社小屋，被屋外騷鬧著的泰雅族人圍在正中央。老頭目讚嘆：「模仿泰雅族以後，內地人也變得很英勇！」眾人圍著田澤發出讚嘆與歡呼，田澤感動於「原來被征服者的熱情是如此受到壓抑」。[58]就在異種族仇恨與親密關係相互交錯的過程中，日本人警察田澤帶領受到日本同化的原住民妻子回復「野性」，自身也逐漸「野蠻化」，與官方的文明化論述與理蕃同化政策完全背道而馳。

然而，令人不解的是，受到泰雅族人英雄式歡呼圍繞的田澤，卻被描寫為「就像被關到籠子裡的野獸一樣，開始左來右往走動」。[59]徹底變身為「野蠻人」的田澤並沒有成為他嚮往的大自然野性下「呼吸著擴展胸懷的大樹」，或是奔馳於山林中的野獸，反而被比喻為「被關到籠子裡的野獸」，無法從拘禁與箝制中解放。田澤初抵山地派出所時，便留意到警察局長原住民妻子在

---

56 同前註，頁九三；中譯本，頁一〇九。

57 同前註，頁一〇〇；中譯本，頁一一九。

58 同前註，頁一〇一；中譯本，頁一二〇。

59 同前註，頁一〇一；中譯本，頁一二一。

外表、語言與舉止等外表上與日本女性無異，但「額頭的厚重白粉下有著刺青呼吸著，彷彿無法拭去的憂愁一般」。[60]正如小說中原住民女性的文明化僅止於表面，同樣地，日本警察田澤看似順利完成「土著化」與「野蠻化」，但他的成功僅止於蕃布、刺青與蕃刀等原住民種族標誌（同時也是種族烙印）的「外在」同化，無法真正回復野蠻人的「本質」狀態。也就是說，白粉、和服、刺青、蕃布不過是「日本人」或「蕃人」的種族外在表現，藉此進行的日本人警察的「野蠻化」跟台灣原住民的「文明化」一樣，都只是表面的同化，無法達到「內在」本質的改變。藉此，作者暗示了種族同化的不可能性——不管是「文明化」或是「野蠻化」。

然而，作者雖然留意到種族同化流於「外在」表面，但卻未能從根柢動搖「文明／野蠻」的二元對立結構。荊子馨分析河野密與河上丈太郎反駁霧社事件官方說法的文章指出，河野密等人基於左翼立場將原住民的抵抗「納入『勞動運動』與『民族解放問題』這類熟悉的母國基進論述當中」，挪用霧社事件來對抗「帝國主義、軍國主義以及獨裁統治」。因此，他們沿襲了「日本人」與「蕃人」的二元對立，無條件肯定日本人的「本體論地位」，而原住民「只能以其原始凶殘或原始美麗的方式存在；他者只被看成是凶惡的加害者或無助的受害人」。原住民殖民統治問題原本是相當複雜的，在他們眼中，原住民卻成了「可愛」、「可憐」和「迷人」的「單純的存在，不具任何深度感」，結果是「複製了殖民污名化的另一面：對土著的浪漫化」。[61]同樣地，大鹿卓〈野蠻人〉當中「對野蠻的幻想式認同」，反而強化了文明與野蠻的二元對立結構：

〈野蠻人〉這個泛稱性的標題，似乎是在強調一個理當是文明的日本民族及其殖民教化任務所展現的野蠻性。這個自我反思的態度——發現內在的野蠻性——是建立在鞏固與延伸外在的野蠻性之上，雖然作者努力想將野蠻安置到文明當中，但這兩個詞彙——它們不是殖民現代性的結果而是其根本構成——的二元對立結構依然原封未動，並因此而更形強化。[62]

〈野蠻人〉無法動搖「文明／野蠻」的二元對立結構，主要是因為作者沒有將種族同化的表面性，延伸到種族二元對立的展演性與建構性，反而將「野蠻」內在化、本質化為全人類作為動物的共通本性，以「外在表面／內在本質」複製「文明／野蠻」的二元對立結構。

小說發表半年後，大鹿卓繼而在日本左翼雜誌《行動》上，發表題為〈日本的異國情調：泰雅族的生活〉的文章，文章中說明，狩獵與出草在泰雅族文化中具有重大意義，卻因日本人的誤

60　同前註，頁七〇；中譯本，頁八〇。
61　荊子馨，〈從叛變者到志願兵：霧社事件以及對原住民的野蠻與文明再現〉，頁二〇一—二〇二。
62　同前註。

解與不適切的農耕指導而受到負面影響。文章一開頭，作者便表示：「在我們棲息的同一國內，有他們這樣尚未失去原始姿態的人們存在於我們身邊，對於我們逐漸受到文明腐蝕的心而言，我認為應將其視為珍貴的存在。我們文明人不須為他們的野蠻感到恥辱，也沒有理由一定要教導他們這是一種恥辱」。[63]他認為，殖民當局沒有認清這一點，才會在多年理蕃事業上耗費莫大人力與財力之後，發生霧社事件這樣的悲劇。大鹿卓延續〈野蠻人〉當中「野蠻」為人類的共通「內在」本質之命題，將「尚未失去原始姿態」的台灣原住民，視為保存日本人在西化與文明化過程中喪失的內在「野蠻」本性之尊貴存在。這樣的言論看起來具有人道主義精神，尊重原住民固有的文化，但實際上複製了「我們文明人」與「他們野蠻人」的種族二元對立，將台灣原住民建構為文明化的日本國家之內在種族與文化他者，更加強化日本人與台灣原住民屬於不同演化階段的種族論述。

大鹿卓在處女作〈塔塔加動物園〉[64]當中，將日本警察派駐的台灣山林比喻為動物園，裡面除了山貓、羌、栗鼠等動物之外，還包含了蕃丁、蕃婦等原住民族群。唯一被關在籠子裡的雌性山貓逐漸受到馴養，但仍不失野性地在籠內粗暴撼動鐵絲網。小說中描寫日本人警察時常來到山貓籠前，觀看山貓在籠子裡的狂暴舉動，消解自身內心的窒礙鬱悶，後來甚至以紙片搓成長條，協助發情中的雌山貓消解性慾。當主角深井拿著竹棒戳打籠中的山貓激怒她時，產生自己被放到籠子當中的錯覺。從小說中日本警察與雌山貓隔著鐵籠充滿暴力與性意涵的奇異互動，可窺見日本人以文明者姿態「馴服」台灣原住民時，自覺於自身主動受到西化與文明開化「馴服」因而喪失作為人類本性的「動物性」之心理創傷。然而，作者雖賦予山貓、野獸、體臭等野生動植物魅惑、生命力、尊貴的正面價值，藉此顛覆人類與非人類生物之間的優劣位階關係，但反而更強化了人類／非人類世界、文明／未開的二元對立，因而無法挑戰西方以此區分為基礎建構的種族論述。〈野蠻人〉結尾出人意料的「籠中困獸」意象，顯示出作者自覺於，田澤的種族同化逆向操作無法帶來真正的解放，只能在西方「文明／野蠻」的種族二元對立牢籠當中，受局限地「左來右往走動」。

四、原住民「最後的格鬥」：中村地平的〈霧之蕃社〉

相較於山部歌津子《蕃人來薩》在小說結尾處的原住民抗日事件所呈現霧社事件之影響，或

63 大鹿卓，〈日本のエキゾティシズム：タイヤル族の生活〉，《行動》八月號（一九三五年），頁六〇。

64 大鹿卓，〈タッタカ動物園〉，《作品》（一九三一年；復刻版：河原功監修，《日本植民地文学精選集〔台湾編〕六》〔東京：ゆまに書房，二〇〇〇年〕）。

是大鹿卓〈野蠻人〉藉由薩拉茅事件間接反思霧社事件，中村地平[65]的〈霧之蕃社〉[66]則直接以霧社事件為主題。[67]一九三九年中村地平來台環島旅行，創作了〈蕃界之女〉與〈霧之蕃社〉。〈蕃界之女〉取材於他造訪台灣東部原住民部落的經驗，小說中批判總督府對原住民的同化與文明化，原住民夫婦天真無邪、不受文明污染的特質，為在東京都會生活下不幸福婚姻中疲憊的日本人敘事者，提供精神的療癒。〈霧之蕃社〉則取材於種族衝突的歷史事件，霧社事件相關人物莫那魯道、花岡一郎、近藤儀三郎、郡守小笠原敬太郎等人以真實姓名登場，事件的原因、經過與結果也大致依循官方調查報告等史料記載。[68]然而，小說中同樣保留作者南方憧憬中的原初主義（primitivism）傾向，透過文學的想像力，將歷史紀錄中一語帶過的情節加以鋪陳，針對台灣原住民的原始生命力，進行具有性別意涵的浪漫化。同時，並著眼於兩性關係在霧社事件中扮演的角色，在種族與性的交界處，詮釋此一具有種族滅絕意圖的抗日事件。

首先，小說中詳細鋪陳官方報告書《霧社事件誌》僅以短短數行交代的狄娃絲魯道婚變過程，[69]彰顯種族同化的不可能性。小說中，狄娃絲魯道滿足於與日本人警察的異種族婚姻，努力成為日本人妻子。李文茹認為，這樣的情節反映出「帝國男性的自戀」，將狄娃絲魯道塑造成「父權制社會構造下帝國女性的刻板形象」。[70]同時，在中村地平筆下，拋棄狄娃絲魯道的近藤儀三郎也以正面的形象出現。有別於利用異族通婚「以夷制夷」後始亂終棄的哥哥近藤勝三郎，[71]

65 中村地平（一九〇八—一九六三）出生於九州宮崎市，受到佐藤春夫影響，對「南方」產生憧憬，選擇到台灣的台北高等學校就讀。畢業後，回到日本進入東京帝國大學文學部美術史科。東大在學期間，發表處女作〈熱帯柳の種子〉（熱帶柳的種子），受到佐藤春夫讚賞，一九三五年成為《日本浪漫派》同人，並開始與真杉靜枝同居。一九四一年十二月，受徵召為陸軍宣傳隊員，到新加坡與馬來半島一年。阮文雅，《中村地平研究：「南方文学」の理想と現実》（広島：広島大学社会科学研究科博士論文，二〇〇五年），頁一。

66 中村地平，〈霧の蕃社〉，《台湾小説集》（東京：墨水書房，一九四一年；復刻版：河原功監修，《日本植民地文学精選集二〇（台湾編）八》（東京：ゆまに書房，二〇〇〇年）），頁一—六六。

67 根據河原功對霧社事件文學再現的研究，〈霧之蕃社〉為日本第一個直接以霧社事件為題材的文學創作。河原功著，莫素微譯，《台灣新文學運動的展開：與日本文學的接點》（台北：全華，二〇〇四年），七九頁。

68 阮文雅指出，〈霧之蕃社〉取材於官方報告，小說中霧社日本警察的寬容形象、花岡一郎與花岡二郎不願意配合抗日行動等描寫，與鄧相揚等人近年來的歷史研究與口述資料有所出入。阮文雅，《中村地平研究：「南方文学」の理想と現実》，頁一〇九—一一三。邱雅芳也在論文中分析〈霧之蕃社〉的情節設定如何凸顯原住民的野蠻性，並給予日本官吏正面的描述。邱雅芳，〈彼岸的南方：一九三〇到一九四〇年代中村地平與真杉靜枝的台灣印象〉，《帝國浮夢：日治時期日人作家的南方想像》，頁二六四—二六五。

69 台湾総督府警務局，《霧社事件誌》，頁三七〇—三七一。

70 李文茹，《帝国女性と植民地支配：一九三〇—一九四五年における日本人女性作家の台湾表象》，頁一四一。

71 根據前述《霧社事件誌》的記載，一九一〇年近藤儀三郎要娶狄娃絲魯道時，他的哥哥近藤勝三郎一九〇九年拋棄尤娃莉羅拔歐以入贅於荷歌社頭目之妹一事，也成為莫那魯道反對的重要理由之一。台湾総督府警務局，《霧社事件誌》，頁三七〇。一九一八年，近藤勝三郎又拋棄荷歌社頭目之妹。

近藤儀三郎苦惱於娶生蕃為妻的自卑感，對努力日本化的妻子充滿同情，甚至意圖與妻子一同跳海自殺。這樣的情節安排，為日本殖民當局政策結婚產生的問題進行緩頰，將異種族婚姻的失敗，歸因為無法消弭的種族差異。

近藤失蹤後，狄娃絲魯道由哥哥莫那魯道帶回山上，與同社的蕃人再婚，迅速回復婚前的生活狀態。小說中對於原住民女性的「原初」想像，進一步見證種族同化的不可能性：

坐在榻榻米上起居的生活必須永遠放棄了。必須坐在地上用手抓東西吃飯，光著腳上床鋪睡覺，回到野蠻的生活方式。可是，自從再婚之後，她看起來完全滿足於與新男人的生活。至於與近藤的過去，愉快的新婚時期當然就不用說了，即使是悲傷的生離死別記憶，再怎麼看都像是完全從腦海中消失了一樣。她以吸收山靈精氣而回復健壯的身體，奔馳到山林中追逐山豬，或是高興地到田裡播撒蕎麥的種子。[72]

在小說中，狄娃絲魯道與族人再婚，並「回到野蠻的生活方式」，完全沒有留下種族同化的痕跡。尤其是，回到原始山林之後，她作為原住民的身體再也不必勉強適應日本民族的打扮與生活習慣，吸收「山靈精氣」而重新恢復元氣。小說中沒有提到狄娃絲魯道再婚後生的兩個女兒接連病死的後續不幸發展，[73]而是將敘事停留在狄娃絲魯道天真無邪回到「野蠻的生活方式」之想像，維持作者南方憧憬中台灣原住民女性與山林合為一體的原初形象。

相較於台灣原住民女性去政治化的浪漫形象，小說中將原住民男性塑造為面臨種族滅絕危機、鋌而走險的亡命之徒。除了狄娃絲魯道失敗的異種族婚姻激發莫那魯道的仇恨，小說中根據官方報告書的記載，鋪陳另外三個主謀參與抗日的動機，其中有兩個也與兩性關係有關。一個是因為被花心的妻子拋棄而受到族人歧視，另一人則因天生殘障與怠惰而娶不到老婆，兩人希望藉由抗日事件獵人頭，獲得族人尊敬。從原住民的角度來看，抗日行動的勇氣與武力不是日本人批判的野蠻暴力，而是為了表現男子氣概，以獲得族人認同。更重要的是，面臨日本人帶來的種族滅絕危機，種族內部的男子氣概展示，轉化為異種族男性彼此競爭的重要動力。小說中凸顯了跨種族與種族內的兩性關係在霧社事件中發揮的關鍵性作用，並呈現出，日本的政策通婚不但無法達成殖民統治與種族同化的目的，反而因為關乎種族的延續與生存，成為異種族或同種族「男子氣概」競合的衝突點。

---

72 中村地平，〈霧の蕃社〉，頁二三。

73 官方報告中指出，狄娃絲魯道被日本人警察拋棄後的不幸遭遇以及官方沒有給予任何撫恤，也是造成莫那魯道反日情緒的原因之一。台湾総督府警務局，《霧社事件誌》，頁三七一。

值得玩味的是，作者藉由喪失女性生理機能的中年婦女，比喻驅使抗日原住民鋌而走險、進行種族反抗之生理性驅動力，凸顯此一男子氣概競合作為種族對決與滅絕的生存戰爭之意義。小說中描述，除了莫那魯道與前述三個主謀之外，「自認為若無法藉由獵人頭努力達成命運的轉換，在蕃社生活中將邁向個人破滅的人，實在是多得數不清」。[74] 他以即將喪失青春的中老年婦人不合常軌的行動，形容原住民的抗日：

日本的理番政策日益成功，原住民素樸的野性，在所謂的文化面前，不得不逐漸邁向屈服與衰弱。他們的民族凶暴性與原始性，就好像生理上作為女性的機能逐漸喪失的中老年婦人的活力一樣，已經從頂點開始下降。在這美麗群山圍繞的多霧部落中，陷入絕境的疾患末期的症候，也開始在體內各處顯現。

然後，眼看著就要步入老年的婦人，因著對青春的思慕與執著，加上生理的焦慮與煩悶，有時會出人意料地做出不合常軌的行動。同樣地，蕃人在燃燒剩餘的殘蠟般的野性與凶暴性的驅使下，衝動地試圖對不合他們本性的生活方式——也就是文明——進行最後的格鬥。[75]

藉由女性生殖的生理性比喻，作者凸顯台灣原住民在日本理蕃政策與文明化下，過著「不合他們本性的生活方式」，不僅受到去勢（陰性化為女性），甚至逐漸喪失部落與種族的再生能力。基於此，作者以「陷入絕境的疾患末期的症候」之身體意象，比喻原住民面臨種族滅絕的生存危機，將霧社事件視為瀕死種族的抵抗，表達對抗日原住民「最後的格鬥」之理解與同情。

然而，作者同時又以「凶暴性」、「原始性」與「野性」，作為驅使原住民發動抗日的種族「本性」。不僅如此，小說後半描寫抗日原住民受到殖民當局討伐的遭遇時，以悲壯的語調，將原住民的末路加以浪漫化，無視於討伐行動的暴力性與悲劇性。原住民女性與小孩為了支持即將決戰的男性而集體自縊，花岡一郎與花岡二郎切腹自殺，莫那魯道在部下與族人自縊後消失於山林中，莫那魯道次男帶著部下自縊前，以即興詩歌與舞蹈獻給已喪生的妻子與長子。在這些場景當中，原住民南方文化中的詩意、神話性與熱情等特徵滲透於敘事的字裡行間，呈現原住民充滿種族、部落與家族之愛的普世性人性與情感。也就是說，小說最後充滿詩意的場景，聚焦於窮途末路的抗日原住民如何切腹或自縊，完全沒有提及日本人違禁使用毒瓦斯與炸彈、第二次霧社事件[76]等殘暴的報復行為，而是以抗日原住民悲壯的自我了斷與種族滅絕，遮蔽日本人討伐行動的

---

74 中村地平，〈霧の蕃社〉，頁三九。

75 同前註。

76 霧社事件隔年四月，事件時擔任味方蕃（我方蕃）協助日人進行討伐的道澤群，再次攻擊賽德克族生還者，被稱為第

暴力性。敘事者同時也從日本人的觀點，描述日本人聯合「我方蕃」大舉討伐「兇蕃」的經過。小說結尾並從日本人討伐隊與台中州知事水越幸一的角度，將花岡一郎兄弟選擇切腹自殺、原住民婦孺穿著知事贈送的日本衣服集體自縊等，解釋為日本同化教育與撫育的成果。[77]

中村地平在處女作〈熱帶柳的種子〉（一九三二）中，透過南方副熱帶氣候下的台灣漢人少女，展現具有性別意涵的南國浪漫想像。取材於台灣原住民神話傳說的〈人類創世〉（一九三四）、〈太陽征伐〉（一九四〇）等作品，更透過原住民族的口傳文化，創造南方的原初想像。他在〈南方的文學〉一文中，提到「南方文學」對於封閉於個人陰暗內面的日本文學可能提供的刺激：「日本究竟是因為什麼樣的理由，無法產生南方的文學具有的種種優點呢？發生於南方的文學，有著諸如明亮、樂天性、行動描寫的卓越、感覺的詩意、神話的空想力、熱情的飛躍性等特徵，我認為這些特徵可成為日本文學新的要素加以發揮」。[78]上述以台灣為舞台的作品當中，台灣原住民文化中的「明亮、樂天性、行動描寫的卓越、感覺的詩意、神話的空想力、熱情的飛躍性」等世界共通的特徵，成為小說敘事的基調。

〈霧之蕃社〉複製抗日原住民的「野蠻」形象，並強調種族同化的成果，依循支配者的邏輯詮釋霧社事件，表面上看來，與將台灣原住民女性與文化加以浪漫化的〈蕃界之女〉或更早期的作品大異其趣。例如，岡林稔的研究便指出，〈霧之蕃社〉透過「文明」與「野蠻」的相剋，對原住民逐漸受到文明滅絕的野性表達同情與哀悼。[79]在小說當中，「支配者以『文明』啟蒙『野蠻』的邏輯完全支配了一切」，台灣原住民民族面臨滅亡的危機，再也無法寄託作者「南方」憧憬中的浪漫想像。[80]然而，如同前述回歸山林的狄娃絲魯道、窮途末路的抗日原住民等例子所示，〈霧之蕃社〉隨處可見「南方文學」的「明亮、樂天性、行動描寫的卓越、感覺的詩意、神話的空想力、熱情的飛躍性」等特徵，延續了作者的「南方」憧憬傾向。正如尾崎秀樹指出的，〈霧之蕃社〉「不過是對於南方懷抱鄉愁、憧憬與愛的作家中村地平托寓其異國情趣的素材」。[81]

二次霧社事件。道澤群為了替戰死的族人復仇，並預防日後受到賽德克族報復，遂在日人煽動與默許下，夜襲收容所，賽德克族生還者被殺死及自殺者共二一六人。

77 羅伯特・蒂爾尼指出，日本殖民統治台灣初期，日本人類學者介紹台灣原住民砍下敵人首級的習俗時，提及十六世紀日本戰記中的武士也有相同的實踐。從這樣的歷史脈絡來看，中村地平強調花岡兄弟寧願自殺也不願不名譽地存活，除了凸顯台灣原住民的道德崇高性，同時也召喚日本在現代化過程中失落的傳統武士精神。Robert Thomas Tierney, *Tropics of Savagery: The Culture of Japanese Empire in Comparative Frame*, pp. 60-63.

78 中村地平，〈南方的文学〉，《知性》（一九四〇年九月），後收於《中村地平全集》第三卷（東京：皆美社，一九七一年），頁四七—四八。

79 岡林稔，《《南方文学》その光と影：中村地平試論》（宮崎：鉱脈社，二〇〇二年），頁九六—一二一。

80 岡林稔，〈解説〉，中村地平，《台湾小説集》，河原功監修，《日本植民地文学精選集〔台湾編〕》八（東京：ゆまに書房，二〇〇〇年），頁六。

81 尾崎秀樹，〈霧社事件と文学〉，《旧植民地文学の研究》（東京：勁草書房，一九七一年），頁二三四。九〇年代以後作者在面對台灣原住民因殖民地統治的種族暴力而衰弱、瀕臨滅絕時，持續將其進行詩意化、浪漫化，合理化日本當局的暴力討伐。這顯示出，南方憧憬中的台灣原住民「原初」想像與官方宣傳的「凶暴蕃人」並非截然對立，而是同樣將台灣原住民建構為日本現代文明的種族「他者」。

岡林稔將一九三八年中村地平以故鄉九州宮崎的風土為根基寫成的〈南方通信〉（一九三八）視為其「南方文學」實踐的起點。中村回溯《日本書記》、《古事紀》中宮崎作為天皇開天闢地舞台的神話傳說，與保田與重郎等其他《日本浪漫派》同人同樣進行鄉土回歸。然而，他的鄉土回歸旨在透過南方的「俚俗」故鄉，進行個人的精神根源追尋，不像保田等人回歸天皇「萬世一系」的「風雅」鄉土，進而基於自我種族中心主義擁護天皇體制，走向積極的戰爭協力。[82] 中村取材於一九四二年在新加坡與馬來半島經歷的小說作品當中，也藉由日本人與當地不同種族居民的互動關係，彰顯占領地的權力結構，與日本軍方及其大東亞共榮圈等政治意識形態，保持一定的距離。[83] 從殖民地台灣的生活體驗孕育出來的「南方」憧憬，進而促成作者朝向日本南方的「俚俗」故鄉宮崎之鄉土回歸，並在日本帝國的南進政策下擴及新加坡與馬來半島等南洋地區。

然而，本文的討論顯示出，中村地平的南方憧憬作為具有性別意涵的種族想像，表面上看來與現實政治保持美學的距離，但此一去政治化的南方憧憬仍以「野蠻」與「文明」的種族二元對立為前提，只是將「野蠻」替換為「原初」而加以浪漫化。不管是面對台灣原住民抗日事件、或是二戰時期日本占領下的歐美前殖民地，中村地平對於當地原住民處境之同情，以及他基於現代文明批判的角度，加以浪漫化的南方種族與文化，事實上仍是「文明」與「野蠻」二元對立結構下的產物。從這樣的角度來看，中村地平對於日本國內與海外「俚俗」鄉土之離心力欲望與實踐，與《日本浪漫派》同人回歸天皇制「風雅」鄉土的向心力戰爭協力最終殊途同歸，同樣都藉由國內外的鄉土與種族「他者」，建構自身作為「文明」知識分子的自我與國族認同。

結語：「原初」鄉愁與現代主體「翻譯」

佐藤春夫〈霧社〉中藉由日本「新蠻風」批判官方種族論述，但同時也建構台灣原住民為與自然共生的原初他者。異種族交混帶來的奇異諧擬與欲望、恐懼之交錯，更顯示出與殖民地異種

的先行研究也提出類似看法。蜂矢宣朗將中村地平〈霧之蕃社〉放在「南方」憧憬的脈絡下，與佐藤春夫〈霧社〉一併加以評論。蜂矢宣朗，《南方憧憬：佐藤春夫と中村地平》，頁一三五—一四〇。阮文雅則認為，〈霧之蕃社〉呈現中村地平對台灣原住民同時具有南方憧憬與種族歧視的曖昧情感。阮文雅，《中村地平研究：「南方文学」の理想と現実》，頁一一四—一一五。

82 岡林稔，《《南方文学》その光と影：中村地平試論》，頁九六—一二一。

83 阮文雅，《中村地平研究：「南方文学」の理想と現実》，頁二六二—二六三。

族兩性關係密切相關的種族知識／權力網絡。山部歌津子的《蕃人來薩》批判日本人在現代化前後不同性質的「野蠻性」，同時主張以西方基督教與科學「馴化」台灣山林的自然與原住民。大鹿卓〈野蠻人〉透過日本警察「野蠻化」的逆向種族同化過程，「發現」日本人在文明化過程中受到壓抑的人類共通「野蠻」本質，挑戰但同時也受限於以人類／非人類生物二元對立衍生出來的種族論述。中村地平〈霧之蕃社〉結合自然與女性象徵的原住民生命力延續其「南方」憧憬，浪漫化日本殖民暴力下的種族衰亡與滅絕，將台灣原住民建構為文明的他者。

如本章前言所述，日本作為亞洲的黃種人帝國，藉由台灣漢人、原住民等亞洲其他種族「他者」，建構日本人的「文明」國族自我認同。本章討論的日本人作家分別透過異種族仇恨與親密的交錯，針對「文明／野蠻」的種族二元對立，進行各種「認同」與「差異」的協商與辯證，呈現日本歷經西化的文明開化後受到種族論述束縛，衍生出充滿內在矛盾的種族知識／權力。在此過程中，「性」作為種族繁衍的手段，「自然」作為原初生命力的表徵，複雜地介入殖民地種族與文化差異的協商與辯證。就在「種族化的性」（racialized sex）與「性化的種族」（sexualized race）的糾葛當中，日本人作家批判文明／野蠻、人類／非人類生物對立的種族與文明化論述，但因其現代性批判仍是奠基於種族二元對立結構，結果就像大鹿卓〈野蠻人〉當中的日本警察田澤，即使擺脫「文明」外表、回歸原初「野蠻」狀態，仍然受制於種族二元對立的內在結構與邏輯。

羅伯特・楊曾指出，十九世紀以來歐洲帝國在殖民地提倡種族交混，卻又擔心因而造成白人的「退化」。這種自我矛盾的態度背後，有著白人對於黑人的欲望、對於原始社會放蕩的性關係及異種族交混之幻想與欲望，與其對於黑人的種族歧視相輔相成，使得種族主義成為「吸引與嫌惡的辯證」（**dialectic of attraction and repulsion**）。[84] 事實上，西方帝國也曾出現「高貴的野蠻人」（**noble savage**）論述，基於浪漫的原初主義傾向，肯定原住民的種族本性與文化，對現代文明進行批判，並對歷史展現悲觀主義。[85] 瑪麗安娜・托高威內克（**Marianna Torgovnick**）研究現代與後現代時期西方文化人對於非洲、南洋等地文化迷戀之專書中，也提到西方的「原初主義」迷戀與其自身的認同危機有關：一方面必須明確區分自我與他者的進化論界線，一方面又想要體驗另一

---

84 Robert J.C. Young, "Colonialism and the Desiring Machine," in *Colonial Desire: Hybridity in Theory, Culture and Race* (Routledge: London and New York, 1995), pp. 175-182.

85 一般認為「高貴的野蠻人」神話源自十八世紀中期標榜「自然」生活的盧梭，但特・艾林森（Ter Ellingson）根據史料考察提出的論點為：十八世紀時該論述並沒有廣泛為知識分子或大眾接受，一直到十九世紀中期英國民族學會（Ethnological Society）會長約翰克羅福德（John Crawfurd）基於種族歧視主義，將「高貴的野蠻人」神話加以「神話化」，以對其進行批判，才造成該神話存在已久的印象。Ter Ellingson, *The Myth of the Noble Savage* (Berkeley: University of California Press, 2001).

種有異於現代主體的可能性。[86]

因此，日本人知識分子充滿內在矛盾的殖民地種族想像並非特例，而是呈現了現代知識分子如何在國內與海外種族知識網絡中，透過現代性的文明／野蠻二元對立結構，持續生產國內外種族、性別與階級的他者，以建構現代主體認同。日本人與台灣原住民種族接觸的文學再現顯示出，這樣的現代主體生產充滿了不安定性與內在矛盾，不斷藉由「種族」與「性」的界線之跨越與重劃，生產出流動性的種族知識／權力。當現代主體對於種種「他者」同時感受到恐懼、欲望、浪漫、讚嘆與同情，想像另一種有異於西方現代性的可能時，「他者」不只是帝國「對自己所摧毀的事物進行哀悼」的「帝國式鄉愁」（imperialist nostalgia）[87]之對象，而是現代主體「翻譯」不可或缺的內在組成分子。因此，日本人與台灣原住民的種族衝突「仇恨」與通婚混血「親密」看似為種族關係的兩個極端，但其實都顯示出，異種族的接觸與交混如何藉由各種認同與差異、恐懼與欲望的想像與心理機制，不斷生產「文明」與其「野蠻／原初」他者的種族知識／權力。

---

[86] Marianna Torgovnick, *Gone Primitive: Savage Intellects, Modern Lives* (Chicago: University of Chicago Press, 1990), p. 157.

[87] Renate Rosaldo, "Imperialist Nostalgia," in *Culture and Truth: The Remaking of Social Analysis* (Boston: Beacon Press, 1993), p. 69.

第三章

左翼人道主義、南方想像與幻像顯影

「大東亞共榮圈」下的殖民地台灣友情

慶應大學社會學教授加田哲二在一九三九年出版的《現代的殖民政策》中提到，「殖民」必然伴隨著「移居」，兩者之間的差異在於，「單純的移居是將移居地的基本社會結構與規律原封不動地加以接受，殖民則是在該地設定新的關係」，也就是「殖民地式的」、「確保殖民者與原住民不平等的社會關係」。[1]殖民者與被殖民者之間不平等的種族權力關係，可說是殖民地社會的基本結構與人際互動形態，這在日本統治下的殖民地台灣也不例外。然而，隨著殖民統治時間的拉長，統治初期的武力征討與高壓統治下敵我分明的對立與壓迫，受到日語教育、日台共學等同化政策，及日常生活的交流與融合等因素的影響，逐漸轉化為更多元、更軟性的人際互動形態。

進入一九三〇年代，日本展開一連串侵略中國的行動，為了製造殖民地台灣民族融合的表象，開始實施「內台共婚」，合法化日本人與台灣漢人的通婚。[2]一九三七年，因應中日戰爭的爆發而正式展開的皇民化運動，試圖以日本的語言、生活習慣、宗教取代台灣的漢人文化，雖然受到台灣人被殖民者的抗拒，但多少達到縮減日台文化差異之效果。一九四〇年代，日本逐漸占領東南亞、南亞等歐美殖民地，提出「大東亞共榮圈」的政治口號，號召亞洲民族與國家在日本的領導下，抵抗西方國家的入侵。這樣的區域想像吸引不少台灣、朝鮮等地的被殖民者知識分子，希望藉此實現亞洲民族與國家的解放與平等。

堀田江理（Eri Hotta）討論泛亞洲主義（Pan-Asianism）如何形塑現代日本外交政策的專書

指出，日本在十五年戰爭（一九三一—一九四五）期間提倡的泛亞洲主義以軍事支配與經濟利益為動機，同時也是一種對於亞洲更好未來的「意識形態幻想」（ideological fantasy）。她將泛亞洲主義定義為一個「虛構」（fiction），這個虛構「在政治上成為真實」，並產生實際的政治結果。她認為，泛亞洲主義的發生從一開始便是「基於情感的需求而非實際的需求」，是在「關於東方與西方的固定觀念組合之基礎上建構出來的」。[3] 作為泛亞洲主義的一種形式，「大東亞」的概念在相當程度上，也具有意識形態幻想之理想性質與情感層面。為了理解該意識形態幻想的歷史性，探究其情感層面，便成為不可或缺的步驟之一。相較於歷史檔案記錄了「大東亞」的邏輯、結構、制度與運作，戰爭時期的日本與殖民地文壇出現眾多以「民族融合」為主題的文學作品，這些作品呈現了「大東亞」民族與區域想像當中，跨國、跨種族的人際關係與複雜的情感運作。

本章以發表於一九四〇年代大東亞戰爭時期的濱田隼雄〈扁食〉（一九四二年八月）、龍瑛宗〈蓮霧的庭院〉（一九四三年七月）與呂赫若〈玉蘭花〉（一九四三年十二月）三篇小說為對

---

1 加田哲二，《現代の植民政策》（東京：慶応書房，一九三九年），頁三五—四四。

2 詳見本書第四章。

3 Eri Hotta, *Pan-Asianism and Japan's War 1931-1945* (New York: Palgrave Macmillan, 2007), p. 229.

象，[4]探討日本人與台灣漢人友情關係文學再現的情感與政治心理學，生產出何種主體想像。主要探討的問題如下：民族關係、個人發展的殖民論述、戰爭時期的區域想像如何互相交錯，將日台知識分子超越民族差異與權力關係之個人欲望，轉化為「大東亞」的進化論前進驅力？透過「大東亞」的政治理念、普世性的情感、殖民地的實際人際互動等各種因素既呼應又抗拮的複雜關係，日台知識分子發展出何種「自我」與「他者」的辯證，以建構帝國或民族主體？

一、殖民者的責任與同情：濱田隼雄〈扁食〉中的台灣人夜市少年

濱田隼雄〈扁食〉[5]描寫任教於女學校的日本人國文教師速河常到台灣人的圓公園夜市光顧，與幫忙父親賣羹麵與扁食（餛飩的台語名稱）的陳姓少年建立友誼的過程。速河數次光顧後，扁食攤子的少年輕鬆地與速河開起玩笑，因而展開了兩人的忘年之交：

> 因為是小孩，國語[6]也有所不足，沒有考慮對方是成人或內地人的少年開起玩笑絲毫不客氣，相當粗魯。坐在一旁的本島人客人訝異地停止吃東西望向速河，看到速河笑著回應少年的玩笑而驚訝萬分，這樣的狀況屢見不鮮。對於速河來說，雖然少年的用詞相當粗暴無

禮，但完全沒有本島人常見的一到內地人面前就戰戰兢兢的卑下態度，毫不客氣地開朗、直率應對，令人喜愛。此外，他那粗魯言詞之間透露出來的機智，也令人感到愉快。[7]

從引文中其他台灣人客人的訝異反應，也可得知陳姓少年與速河的互動方式完全違背社會的常識與預期。日本人高中教師與台灣人夜市少年，不管在民族、身分、社會地位、教育程度與年齡，都有相當大的差異，原本應該分屬於殖民地權力關係下的兩個極端。然而，由於雙方對於異民族與異文化的態度有別於一般人，因而得以發展出有異於一般「殖民地式的社會關係」之友情。根據松尾直太的研究，小說中的「圓公園」為濱田隼雄常去的大稻埕「台北行商自治組合圓環夜市場」，亦即二〇〇二年拆除的建成圓環夜市。濱田隼雄的夫人在戰後發表的一篇文章中也

4 除了這三篇小說之外，一九四〇年代另外還有呂赫若〈鄰居〉（一九四二）、坂口䙥子〈鄰人〉（一九四四）等小說，也以日本人與台灣漢人的親近相處為主題。選擇這三篇小說為討論對象，是因為它們描寫台日雙方基於感情交流的友情融合關係，而非因生活空間的鄰接而產生的互動。

5 濱田隼雄，〈蝙翅（ぺんしい）〉，《台湾文学集》（一九四二年八月），頁二六四。

6 即日語。

7 濱田隼雄，〈蝙翅（ぺんしい）〉，頁二六四。

表示，濱田隼雄確實曾與圓公園夜市的一位陳姓少年建立友誼關係。[8]

表面上看來，速河與陳姓少年的跨民族友情印證了奧克塔夫·瑪諾尼（Octave Mannoni）殖民心理學理論中殖民者「自卑情結」（inferiority complex）與被殖民者的「依賴情結」（dependency complex）的共生關係：速河放下其殖民地身分與年齡的優越性，回應未成年的被殖民者夜市少年的依賴情結，以彌補其離鄉背井來到殖民地的自卑情結。[9]然而，成熟殖民者帶領幼稚被殖民者的詮釋框架，只是藉由歐洲中心主義的線性進化論歷史觀，合理化殖民主義，無法解釋這兩種心態存在的歷史條件。[10]因此，我們必須將小說中的跨民族友情加以歷史化，探討小說中如何呈現日本作為黃種人帝國，在皇民化與大東亞的歷史背景下，建構帝國中產階級主體認同的過程與內在矛盾。

小說中對於戰爭的時代背景著墨不多，僅提及陳姓少年每天晚上接受青年訓練，及無法取得配給的食材等。然而，作為一九四〇年代的文學產物，小說中跨越民族與世代的殖民地友情，直接間接地回應當時的皇民化、大東亞共榮圈、南進政策等時代背景與議題。小說一開頭，速河在課堂上鼓勵日本人女學生到圓公園夜市，提倡「從舌尖開始的皇民化」，主張皇民化等殖民地異民族教化必須從食物開始。[11]他表示，很多日本人認為圓公園夜市低級、骯髒，這不過是偏見。實際上，夜市中也有壽司與關東煮的攤子，賣台灣食物的攤販還會特別為日本人顧客提供免洗筷，並在端碗時戴上塑膠手套，避免手指頭直接碰觸到食物。也就是說，相較於台灣人被殖民者試圖理解與接納日本人與日本文化，日本人仍基於自我民族中心主義，抗拒台灣人與台灣文化，無法推動民族融和與交流。

速河進而以第一個到台灣傳教的長老教會牧師馬偕為例。他首先批判馬偕在台灣的活動為英國帝國主義侵略的工具，但讚揚馬偕留辮子、住台灣式房屋、不吃西洋食物，融入在地生活進行教化。從日本人教師速河對西方傳教士馬偕的提及，可窺見日本在現代民族國家建構過程中的自我矛盾。明治維新以來，日本對於西方列強入侵的抵抗，是藉由模仿抵抗對象的西方進行急速的西化與現代化，藉由「脫亞入歐」來免於如其他亞洲國家淪為西方的殖民地或準殖民地。之後，當日本提倡各種亞洲連帶時，背後都有著將日本建構為匹敵西方白種人帝國的現代民族與國家之「自我意識與外部承認」（self-awareness and external recognition）之渴求。[12]

8 濱田隼雄，〈蝙翊（ぺんしい）〉，頁二六四。
9 請參照本書第一章。
10 陳光興，〈去殖民〉，《去帝國：亞洲作為方法》，頁一一八。
11 濱田隼雄，〈蝙翊（ぺんしい）〉，頁二六一。
12 Eri Hotta, *Pan-Asianism and Japan's War 1931-1945*, p. 227.

這樣的內在矛盾也造成了日本在統治其他亞洲民族時的曖昧態度。一方面，日本標榜它與其他亞洲國家在人種與文化上的共通點，使得日本比西方白人帝國更有資格支配亞洲各國。然而，日本與其他亞洲民族在人種與文化上的類緣性，同時也使其無法像西方帝國以膚色、體型等外表的差異，來區分殖民者與被殖民者。因此，如何在訴諸民族交流與融合的同時，又能維持明確的殖民地界線，成為日本帝國最大的課題。這也是為什麼日本知識分子在提倡泛亞洲主義時，並沒有訴諸亞洲區域各民族共通的「人種」，而是訴諸於標示各民族差異的「民族」，試圖「找到一個新的共通區域主義，既能提供明確的民族與文化認同，又能維持階層與日本的支配」，以協商日本的國族認同與帝國的多民族組成之間的衝突。[13]從這樣的歷史脈絡來看，小說中日本人教師對西方人的競爭意識，開展出曲折的種族同化論述，並導向跨民族友情的故事情節。速河舉馬偕為例，一方面複製西方帝國「白人的負擔」、「殖民者的文明化使命」等合理化帝國殖民統治的種族論述；同時，又藉由跨民族的親近關係，標榜日本帝國作為文明的亞洲國家，基於愛情與善意，帶領落後的其他亞洲國家的同胞邁向「文明化」，比起武力侵略亞洲的西方帝國，更具有殖民統治的優越性與正當性。

不僅如此，速河透過圓公園夜市的話題，談論台灣的皇民化應透過民族的平等互信關係，以發揚日本「八紘一宇」的精神，具體將跨民族友情，連結到同時代日本帝國「大東亞共榮圈」的政治意識形態。一九四一年太平洋戰爭爆發前後，日本勢如破竹地攻陷英、法、美、荷蘭等西方列強在東南亞、南亞的殖民地，[14]大肆宣傳「大東亞」民族共存共榮的口號，殖民地台灣的民族經驗，也成為日本對南方各民族進行統治與融合的重要參照。濱田隼雄在發表〈扁食〉前一年的一九四一年六月十五日，即以圓公園夜市為題材，在《台灣日日新報》發表可視為〈扁食〉創作原型的隨筆〈台灣有趣的地方〉。文中提到在夜市賣扁食的陳姓少年，主張在台日本人如果能有「化為本島的土壤」之覺悟，就不會嫌台灣的夜市骯髒，並以「為了讓台灣成為南進基地」為中間段落的大標題。[15]發表〈扁食〉的同時期，濱田隼雄以《南方移民村》（一九四一—一九四二）的日本農業移民故事呼應帝國南進政策，無視於「台灣之殖民體制與企業資本結合問題」，成為「國策文學代言人」。[16]〈扁食〉當中台灣的殖民地友情背後的「大東亞」民族融合議題，彰顯出

---

13 Kevin M Doak, "The Concept of Ethnic Nationality and its Role in Pan-Asianism in Imperial Japan," in S. Saaler and J. V. Koschmann edited, *Pan-Asianism in Modern Japanese History: Colonialism, Regionalism and Borders* (London: Routledge, 2007), p. 178.

14 包含英屬馬來亞、北婆羅、沙撈越（一九四二）、香港（一九四一）、新加坡、緬甸（一九四二）；法屬印度支那（今越南、寮國、柬埔寨，一九四〇、一九四一）、美屬菲律賓（一九四二）、荷屬東印度（今印尼，一九四一）。

15 濱田隼雄，〈台北の面白いところ〉，《台灣日日新報》，一九四一年六月十五日。

16 張文薰，〈「外地」的意義——濱田隼雄的文學軌跡〉，陳芳明主編，《台灣文學的東亞思考：台灣文學藝術與東亞現代性國際學術研討會論文集》（台北：行政院文化建設委員會，二〇〇七年），頁三八〇—三八八。

台灣作為連接日本本國與中國南部、東南亞、南洋的「南進」基地與跳板，透過異民族交流與融和的皇民化實踐經驗，成為日本的南方經營之重要參照。

從殖民地台灣的皇民化南進到「大東亞」的連結過程中，速河對於陳姓少年的「同情」與「責任感」發揮重要功能。從來訪的陳姓少年口中，速河得知陳姓少年父親因為沒有加入工會，無法取得攤子所需的配給食材，全家即將到鄉下的伯父家種田。雖然少年對於這樣的變動保持樂觀，速河卻替他感到擔心。少年告辭後，速河進一步感到沉重的責任感：

> 等到聽不見腳步聲之後，速河在充滿暖意的愉快心情當中，卻也感覺到奇妙的疲憊感。與其說是疲憊感，那也許是一種責任感也說不一定。那是得知對方幾近絕對的信賴時，不管是誰都會感覺到的責任感。更何況，對方是無瑕的少年，是個本島人。是個在時局浪濤擠壓下，不得不改變生活手段的純真少年。目前為止，都只有速河這邊從少年的明亮、純粹接受正面的刺激。想到自己都只有接受，幾乎從來沒有施予，速河心頭一驚。然後，深切感受到責任感，一定要替少年做些什麼才行。這麼一來，想到到底能夠為他做什麼程度的事情，而感到心情沉重。[17]

身為殖民地的日本人教師，速河相對地不受到戰爭對於生計的影響，陳姓少年則是出身勞動階級家庭的台灣人，面臨戰爭影響下無法維生的困境。速河同情陳姓少年家計受到影響，進而對他產生責任感，覺得「一定要替少年做些什麼才行」，正是基於兩者之間在民族與階級上的差異與不平等。阿密特萊（Amit S. Rai）研究「同情」（sympathy）在十八世紀後半到十九世紀初期英國的出現與發展，提出「同情」的感性當中具有權力模式的自相矛盾。一方面，透過同情的「認同」（對對方悲慘境遇的感同身受），區分同情的主體與對象的種族、性別與階級之不平等，得以受到超越。然而，如果這些「差異」完全被消弭掉，權力上的差異不復存在，同情也就無法成立。因此，「在某些特定的狀況下，同情製造了它所責難且試圖跨越的不平等」。[18]速河與台灣人少年的真摯情感交流看似超越殖民地社會關係，但事實上，速河對少年的善意關照，將台灣人被殖民者塑造成日本人殖民者同情的對象，以確認自身作為帝國主體的地位，並合理化兩人之間的不平等權力關係。在這充滿人道主義精神的真摯感情中被忽視的是，造成少年一家生活困境的，正是日本以「大東亞」共存共榮為名所發動的戰爭。

17 濱田隼雄，〈蝙翅（ぺんしい）〉，頁二八一。

18 Amit S Rai, *Rule of Sympathy: Sentiment, Race, and Power, 1750-1850* (New York: Palgrave, 2002), p. xix.

值得留意的是，速河對於台灣人少年的同情與責任感，除了出自於不平等的民族權力關係，還帶有明顯的階級意涵。根據張文薰的研究，濱田隼雄就讀東北帝國大學時，即組織讀書會閱讀馬克思主義書籍，並與東北的社會運動家接觸，參與學生運動。一九三二年畢業後，到東京擔任《實業時代》記者，與造船工廠的朝鮮工人等勞動者共同起居。一九三三年重抵度過高中時代的台灣，但直至一九三六年，都還繼續在《實業時代》等日本的經濟、思想雜誌，發表有關台灣社會現況、糖業、經濟等殖民地產業問題的文章。較之同時期日本本國的左翼運動受到彈壓，掀起文壇的「轉向」風潮，身在台灣的濱田隼雄因為發表的是關於殖民地產業的文章，而非對日本國內體制進行直接批判，因而「仍享有從事社會主義批判性思考的空間」。[19]

小說中設定陳姓少年父親無法取得配給食材，是因為沒有加入工會。當速河聽說少年一家將到鄉下種田，擔心的也是耕地是否足夠，是否將會佃耕等農民勞動的問題，充分流露從左翼角度出發的階級關懷。小說中的階級意涵必須放置在日本帝國下左翼思想的跨國傳播與連帶之歷史脈絡下理解。一九二〇年代，由於資本主義不均等發展造成的貧富不均問題，馬克思主義在亞洲各地大為流行，日本與中國、朝鮮、台灣等地的左翼知識分子密切交流合作，提倡無產階級的跨國結盟。以殖民地台灣為例，台灣農工運動受到日本直接的影響，台灣農民組合與台灣共產黨的成立及活動，都與日本相關組織密切相關。在文壇與文化界，日本、台灣、朝鮮的左翼文人之間，也有許多交流與聯繫。[20]然而，日本帝國的左翼聯盟當中存在著民族階層，日本人知識分子扮演帶領者的角色指導其他亞洲國家的知識分子。他們在民族議題上也有不同的立場。相較於日本人左翼分子直接提倡超越民族國家的無產階級國際聯盟，台灣與朝鮮的左翼分子則著重於殖民地階級鬥爭與民族鬥爭的密切關聯性。[21]

此外，陳姓少年從速河的書櫃挑出來閱讀的書籍，為日本左翼作家和田傳以經濟大恐慌下日本農民生活為主題的《沃土》（一九三七），並表示他對於以農民為主題的書籍感到興趣。少年要回家時，速河將《沃土》以及同一作者的著書《大日向村》（一九三九）送給他，後者描寫的是昭和時期經濟大恐慌造成日本農業經濟解體，長野縣南佐久郡大日向村農民計畫舉村移居滿州

---

19 張文薰，〈「外地」的意義——濱田隼雄的文學軌跡〉，頁三七八—三七九。

20 在西方帝國，維多利亞時代晚期的激進主義中，也出現抵殖民的南亞在地知識分子與反帝國西方人士之間的友情與合作。這些跨國的反帝國政治運動衍生於馬克思主義、烏托邦想像、歐陸無政府主義等不同思想，但在二十世紀初期，受到新興的科學社會主義所取代而喪失力量。Leela Gandhi, *Affective Communities: Anticolonial Thought, Fin-de-Siecle Radicalism, and the Politics of Friendship* (Durham: Duke University Press, 2006).

21 關於殖民地台灣左翼運動與日本之間的連帶與歧異，請參照朱惠足，〈現代世界體系下的「台灣」〉，《「現代」的翻譯與移植：日治時期台灣小說的後殖民思考》（台北：麥田，二〇〇九年），頁五二—六二。

進行開墾的故事。[22]雖然小說中並沒有提及，和田傳的兩本作品見證了日本左翼分子對日本國內農工階級的關懷，歷經一九三〇年代前期的「轉向」風潮，轉而呼應日本的滿蒙移民國策、「大東亞」共榮圈等海外擴張政策之歷史過程。

一九二〇年代末期，日本政府大舉逮捕共產主義者與農工運動者，並於一九三〇年代加速海外侵略的腳步，以解決因一九二九年世界經濟不景氣而加劇的國內經濟問題。一九三三年，被捕的日本共產黨委員長佐野學與鍋山貞親在獄中發表「轉向」聲明，公開宣誓放棄共產主義理念，轉而效忠他們激烈反對的天皇制國家，造成一陣獄中「轉向」風潮。鶴見俊輔認為，除了獄卒軟硬兼施的誘導之外，世界不景氣後日本國內民眾展現的草根國族主義，也是造成「轉向」風潮的重要原因。日本國民熱烈響應一九三一年的九一八事變，以及九一八事變後日本政府為解決國內農村食糧危機所推動的滿州農業移民計畫，使得日本左翼分子感覺受到民眾背叛與孤立。[23]同時，世界經濟不景氣後的歐美經濟保護政策，引發日本現代化過程的長期積弊與民眾不滿爆發，要求對西方國家採取更強烈的外交政策，以「與亞洲共存」取代「與西方共存」。[24]在這樣的國族主義風潮下，日本左翼知識分子將其對無產農工階級的同情轉向海外異民族，因而與法西斯主義式的天皇制國家戰爭意識形態與實踐接軌。

事實上，從九一八事變、蘆溝橋事變到「大東亞」戰爭，日本從三〇年代初期展開的一連串海外軍事行動，原本就是為了支持其經濟侵略。一九二九年世界經濟不景氣造成世界貿易解體，世界貿易額縮減為三分之一，英美等西方先進國家組成經濟圈，實行關稅保護政策，被排除在外的日本工業製品輸出市場大為縮減，必須向中國與南洋尋求資源與輸出市場，以建立日本在亞洲的自主性區域經濟圈。[25]日本藉由海外軍事行動解決國內農村解體與糧食危機問題，突破資本主義發展瓶頸的帝國勢力範圍擴張過程，產生了日本國內外不同民族與性別的庶民階級——日本農業移民、中國人苦力、日本人娼妓、韓國小作農等——的跨國移動。[26]一九四〇年代「大東亞共

---

22 濱田隼雄在戰後一九五九年的回顧中也曾表示，當年創作《南方移民村》的動機，主要是因為和田傳《大日向村》等順應國策的小說太過美化滿州移民，沒有寫出移民實際上遭遇的困難與艱辛，令他感到反感與憤怒。松尾直太，《濱田隼雄研究——文學創作於台灣（一九四〇—一九四五）》（台南：南市圖書館，二〇〇七年），頁一五四—一五五。《南方移民村》對於台灣的日本人農業移民悲慘狀況之揭露雖帶有左翼關懷，但仍在小說結尾，藉由日本人農民舉村遷移至「更南方的島嶼」以尋求出口，積極呼應日本當時的南進政策。伊原吉之助，〈台湾の皇民化運動〉，中村孝志編《日本の南方関与と台湾》，頁二七九—二八二。

23 鶴見俊輔，《戦時期日本の精神史一九三一—一九四五年》（東京：岩波現代文庫，二〇〇一年），頁二六。

24 W.G. Beasley, *Japanese Imperialism, 1894-1945* (Oxford: Clarendon Press, 1987), pp. 175-176。

25 W.G. Beasley, *Japanese Imperialism, 1894-1945*, p. 175.

26 Mark Driscoll, *Absolute Erotic, Absolute Grotesque: The Living, Dead, and Undead in Japan's Imperialism, 1895-1945* (Durham: Duke University Press, 2010).

榮圈」口號的提出，使得一九三〇年代以來日本的海外經濟與領土擴張與國內的左翼肅清及「轉向」風潮產生接點，讓原本處於對立關係的日本左翼分子與天皇制國家，藉由共通的海外「他者」，找到和解與連接的可能。透過對於日本國內與海外領土的種族、性別與階級的他者之「同情」，日本人知識分子生產出各種「自我」與「他者」的差異，持續建構自我作為左翼知識分子的主體性。

前述阿密特萊對於「同情」的研究勾勒出，「同情」首先在英國的道德哲學論述中成為自我治理（self-governing）的實踐形式，繼而成為將國內的奴隸、海外的殖民者等民族、性別與階級的「他者」進行「文明化」的媒介。歐洲人對於被殖民者的同情，看似顯示他們對於殖民統治的批判，但實際上，同情透過「認同與差異化的政治性轉換」（acrobatics of identification and differentiation），成為結合不同國民主體、家庭、社群、階級、民族與殖民地，支撐帝國治理的邏輯，並藉由區別出需要關愛的部分人口，建構作為權力關係的親近感（establishing affinities as relations of power），將主體「標準化」為家庭、國家或帝國下更優良的臣民。[27]

根據權錫永的研究，在一九三〇年代挫敗轉向後的日本左翼知識分子呼應與協助「大東亞共榮圈」的過程中，「人道主義」扮演重要的角色。他以戰時派遣印尼的日本人作家高見順、武田麟太郎、間宮茂輔為例，說明日本左翼知識分子在國內失去左翼戰鬥場域、以及需要解放、救濟的勞動階級「他者」之後，以日本占領下的東南亞西方前殖民地的異民族作為新的「他者」，維繫知識分子面臨危機的主體性。現代殖民地論述標榜透過「解放」與「救濟」消弭人類差異，與左翼知識分子對於「大眾」的「人道主義的感情」、「對於他者的欲求」、「主體的不透明性」具有共通之處，因而能藉由對於白人的敵對意識，矇蔽日本帝國主義的壓迫性，使轉向後的左翼分子追隨呼應「大東亞共榮圈」的思想。[28]尤其是，日本帝國南進至東南亞、南洋等地時，無法像在朝鮮和台灣一樣訴諸共通的儒教等中國文化遺產，又必須面對當地華僑對日本侵略中國的反日情緒，因而訴諸於普世性的人道主義情感，將其戰爭侵略美化為日本帶領落後亞洲國家，脫離歐美殖民壓迫的兄弟溫情主義。[29]權錫永的討論中，日本人左翼作家從國內左翼「他者」向海外民族「他者」的滑移，正是以這樣的普世性人道主義情感為驅動力。

在濱田隼雄〈扁食〉當中，日本人教師對台灣夜市少年的左翼人道主義關懷，也具有近似的運作邏輯與機制——對於階級或民族「他者」的「同情」當中，「認同與差異化的政治性轉

---

27 Amit S Rai, *Rule of Sympathy: Sentiment, Race, and Power, 1750-1850*, pp. xix.

28 權錫永，〈帝国主義と『ヒューマニズム』——プロレタリア作家を中心に〉，《思想》第八八二號（一九九七年），頁一三八—一五八。

29 W.G. Beasley, *Japanese Imperialism, 1894-1945*, pp. 244-245。

換」。發表〈扁食〉隔年的一九四三年五月，濱田隼雄在《台灣鐵道》雜誌上發表隨筆〈圓公園導覽組〉，描述他招待來台的日本文化人到圓公園夜市品嚐以豬肝、豬腦等為食材的台灣特有料理之經驗。濱田隼雄招待的對象包含大日本婦人會審議員、大東亞文學者大會與會者、經由台灣赴菲律賓的從軍記者等，積極參與「文學報國」的日本人文化人。[30]他在文末作結如下：「事實上，隨著大東亞的擴大，我們逐漸進入各種民族當中，在要求對方吃壽司之前，若我們能先品嚐他們的食物，應該會是一大前進」。[31]從這個角度來看，濱田隼雄因為居住在台灣，沒有歷經被捕與轉向的洗禮，但他透過台灣的皇民化運動呼應「大東亞共榮圈」，與日本國內轉向左翼知識分子在東南亞的「文學報國」活動殊途同歸，都見證了日本人知識分子的左翼人道主義最終為帝國向「大東亞」的前進服務，而非在此過程中受到壓迫、剝削的國內外農工階級。

在小說當中，日人教師速河試圖以家父長的溫情，啟蒙與帶領「不成熟」的台灣人少年邁向「皇民」之路，藉此重建他與日本國內農工階級之間拋棄／被拋棄的受損自尊。一九三六年殖民地台灣的小林總督提出的皇民化、工業化、南進三位一體，具有使台灣成為日本工業製品向中國南部與南洋前進的基地之經濟目的。也就是說，皇民化運動試圖將台灣人被殖民者改造為日本經濟與軍事侵略所需的人力資源，使其在日本帝國的軍事動員、島內治安確保、戰時經濟協力、南進等各方面發揮功能。[32]不僅如此，如同本書第一章所提到的，殖民地台灣「皇民化」運動的對象不只有台灣人被殖民者，還包含在台日本人。〈扁食〉當中的殖民地友情書寫也顯示出，日本人殖民者既非台灣人被殖民者的皇民化推動者與帶領者，本身也非已完成的皇民，而是透過「大東亞」建設的參與，建構自身的帝國與國族主體。

殖民地台灣因應戰爭體制的皇民化運動，為日本本國的戰爭宣傳與動員的體制及組織之一環。一九三七年七月蘆溝橋事變爆發後，八月二十四日近衛內閣制定《國民精神總動員實施要綱》，九月十日台灣總督府設置國民精神總動員本部。一九四〇年十月，日本成立大政翼贊會，考慮到台灣「人民文化程度較低，且人口的大部分為漢人」，將一九四一年四月正式成立的台灣大政翼贊會組織稱作「皇民奉公會」。[33] 由此可知，日本在台灣施行的皇民化運動將台灣的民族屬性等殖民地特殊性列入考量，而有名稱與政策上的調整，但實際上仍為日本國內戰時體制的一

---

30 關於「大東亞」戰爭期日本本國與殖民地台灣的文學動員，參照李文卿，《共榮的想像：帝國・殖民地與大東亞文學圈（一九三七—一九四五）》（台北：稻鄉，二〇一〇年）第一章與第二章。

31 濱田隼雄，〈円公園案内係〉，《台湾鉄道》五月號（一九四三年五月），頁一九。濱田隼雄以圓公園為題材的文章，參照松尾直太，《濱田隼雄研究——文學創作於台灣（一九四〇—一九四五）》，頁一八四。

32 伊原吉之助，〈台湾の皇民化運動〉，中村孝志編《日本の南方関与と台湾》，頁三〇二—三〇四。

33 伊原吉之助，〈台湾の皇民化運動〉，頁三〇五—三〇六。

環，與日本國內改造本國國民為戰爭人力資源之過程相互呼應。鷲巢敦哉在《台灣保甲皇民化讀本》當中，便主張皇民化運動「使本島人成為忠良的帝國臣民，而不只是善良人民。這不只是本島統治的終極目標，對於日本內地的國民、朝鮮與樺太的新的國民來說，也是一樣的」。[34]也就是說，〈扁食〉中充滿左翼人道主義的殖民地友情與「皇民化」、「大東亞共榮圈」等國策的連結，呈現出戰時體制下日本本國與在台日本人以台灣作為中繼跳板，在維持民族差異與不平等關係的前提下，建構日本、殖民地台灣與東南亞、南洋占領地的大東亞「民族」與區域主體想像之機制。

濱田隼雄發表〈扁食〉三個月後，代表台灣參加第一屆「大東亞文學者大會」，自此更積極地以文筆活動呼應「大東亞」意識形態。隔年的一九四三年，以台灣人作家為中心的《台灣文學》雜誌[35]先後刊登兩篇以日台友情為主題的小說——龍瑛宗〈蓮霧的庭院〉（七月）以及呂赫若的〈玉蘭花〉（十二月）。兩篇小說同樣也以一九四〇年代為時代背景，但小說中描述的殖民地友情關係不是發生於現在，而是發生於敘事者的少年時期（一九三〇年代）與童年時期（一九二〇年左右），呈現不同歷史階段與形態的跨民族友情。兩篇小說中對於一九二〇、三〇年代的殖民地友情之追憶，與當下的「大東亞共榮圈」民族融合課題產生何種對話？以下將分別透過小說的殖民地友情發生時代、文本生產時代的歷史與社會脈絡，探討台灣人作家的殖民地友情再現建構出何種現代主體想像。

二、南國的「荒城之月」樂聲：龍瑛宗〈蓮霧的庭院〉中的「灣生」[36]少年

〈蓮霧的庭院〉[37]追憶十年前敘事者與藤崎少年一家親密交往的過程。藤崎少年的雙親在二十年前離開故鄉來到台灣，藤崎少年則是在台灣出生的「灣生」，從來沒有到過日本本國。與濱田隼雄〈扁食〉中住在官舍的日本人教師速河相較，〈蓮霧的庭院〉中的藤崎一家與敘事者及其他台灣人家族同住在一個台灣式房屋內（但在屋內鋪上日式榻榻米），更融入台灣人的生活環境當中。藤崎的父親是以個人身分來台的生意人，生意失敗後，與台灣人共同出資經營燒木炭的生

34 鷲巣敦哉，《台湾保甲皇民化読本》，頁一六九。

35 一九四一年五月，張文環、中山侑、陳逸松、王井泉等人不滿於西川滿主導的《文藝台灣》中，日本人作家對於台灣人與台灣文化的東方主義式再現，共組「啟文社」創辦的文藝雜誌。

36 戰前指稱在台灣出生的日本人第二代。

37 龍瑛宗〈蓮霧の庭〉，《台湾文学》第三卷第三號（一九四三年七月），頁一八九—二〇三；中譯本：龍瑛宗著，鍾肇政譯，〈蓮霧的庭院〉，《龍瑛宗集》（台北：前衛，一九九〇年），頁一三三—一五七。

意。一般而言，商業移民「與他處的土地本身不具有直接關係」，一旦投資報酬率減退，便轉往其他地方發展，「無法形成永續民族發展的基礎」。[38]然而，藤崎的父親卻在工作、生活等各層面，都與台灣人如同兄弟般地交往，「決心日後埋骨於台灣」，[39]甚至考慮讓女兒嫁給台灣人敘事者。小說中，藤崎父子與敘事者、共同出資的台灣人老蔡一同在山上的燒炭場遊樂過夜的場景，充分顯示藤崎父子與台灣人毫無隔閡的交往情形。眾人在樹下用火爐與台灣炒菜鍋煮壽喜燒，藤崎的父親暢談婚後來到台灣的經過，酒足飯飽後，眾人唱著日本的「都都逸」[40]與台灣的〈捉泥鰍〉，在月下圍成圓圈亂舞，最後一起在草蓆上打地鋪睡覺。藤崎父子與台灣人的交際過程中，雖然使用日語交談，但是隨處可見他們對於台灣社會與文化的融入。

〈蓮霧的庭院〉中藤崎的父親不像〈扁食〉中的日本人教師為直接參與殖民地統治的官吏或公務員，而是以個人身分來到台灣的平民百姓。一般而言，官吏、警察、教師等殖民地公務員及其家族，在台灣社會屬於少數特權階級，如速河一般集中居住於日本人宿舍區，與台灣人被殖民者之間有所隔離，並形成「殖民地式的社會關係」。相較之下，到台灣從事勞動工作或商業活動的日本人，並不具有殖民地政權賦予的公權力，也常與台灣人居住在同一生活空間。這些移居者（settler）在身分上雖然也是殖民者，但因不直接服務於殖民地政權，與被殖民者的關係較為親近，成為〈蓮霧的庭院〉中殖民地友情產生的歷史與社會背景。尤其是身為「灣生」的藤崎少年，更是完全融入台灣人社會，與台灣人幾乎沒有什麼兩樣。藤崎少年喜歡吃台灣的內臟料理，常跟敘事者一起到台灣人夜市，與〈扁食〉中的速河有所共通。不過，相較於速河在台灣人夜市中不斷意識著自己的日本人身分與旁人異樣的眼光，搭公車前往陳姓少年移居的觀音山鄉下時，也提及公車中「本島人農民的臭味」，〈蓮霧的庭院〉中的藤崎少年則是完全融入夜市當中，被姊姊嫌身上帶有台灣人的大蒜臭味，也絲毫不以為意。

小說中，藤崎少年在蓮霧樹下以口琴吹奏日本名曲〈荒城之月〉的場景，充分顯示藤崎的在地化。〈荒城之月〉是由瀧廉太郎作曲、土井晚翠作詞，一九〇一年入選中學音樂課教材。當時的日本為了普及西洋音樂，許多歌曲的創作直接使用外國曲調配上日本歌詞，但瀧廉太郎創作時，主張樂曲應該配合歌詞，〈荒城之月〉等作品皆採取日本傳統音階。同時，他們在創作詞

---

38 一九三九年日本中央大學教授天澤不二郎將殖民政策講座的內容整理為《殖民政策入門》一書，書中指出，日本的政策移民均為不具資產的勞動者與農民階層，不受到日本本國政經社會各方面的妥善保護，因此常帶著暫時到海外工作賺錢的心態，不打算老死於移居地，與商業移民一樣，「無法形成永續民族發展的基礎」。天澤不二郎，《植民政策入門》（千葉：巖翠堂書店，一九三九年），頁一九九—二〇〇。

39 龍瑛宗，〈蓮霧の庭〉，頁一九八；中譯本：〈蓮霧的庭院〉，頁一四八。

40 「都都逸」為日本民間詩歌的一種，由七、七、七、五字所構成，與俳句、川柳、短歌同為短詩型文藝。內容多表現庶民感情，比俳句等更受到庶民的愛好，常出現在酒席間助興。

曲時，各自以故鄉或童年時代居住地的仙台青葉城、大分岡城等為意象。[41]作為日本最早的現代創作歌曲之一，〈荒城之月〉為日本世代傳唱的國民歌曲，詞曲均充滿濃厚的日本傳統風味與意境。然而，藤崎少年吹奏的〈荒城之月〉卻有著截然不同的風情：

> 其中，藤崎常常吹奏〈荒城之月〉。說到〈荒城之月〉，就會使人聯想起內地的老松、清澄的月色與古老歷史的堆積。然而，當藤崎吹起這首歌，相較於上述情景，更令人受到南國式風情之誘引。
>
> 會這樣說是因為，我們看不到枝節充分伸展的松樹，而是藤崎少年在蓮霧樹下，坐在巨大石頭上。我們也看不到快要崩塌的城壁，而是在倒塌的土角牆旁繁茂的蓮霧樹。[42]

〈荒城之月〉的樂曲與歌詞原先召喚日本古城、櫻花與老松之滄桑意象，然而，藤崎少年吹奏的場所是在台灣特有的蓮霧樹與「土角」牆旁，使其口琴聲產生異樣的「南國式風情」。如果說〈荒城之月〉呈現日本人在急速西化過程中對衰微的日本傳統之鄉愁，那麼，吹奏於熱帶「南國」的〈荒城之月〉樂曲，則象徵性地呈現日本血統與台灣風土在藤崎少年身上的交錯與融合。

小說結尾，敘事者與退伍回到台灣工作的藤崎少年在台北重逢，兩人一同到夜市吃內臟料理、喝台灣產的金雞酒（即紅露酒），愉快聊著家人的近況。藤崎提到，就連以前常說敘事者壞話的妹妹，也都表示很想跟他見面。最後，敘事者對藤崎說：

可是，該怎麼說呢，我們會說民族啊什麼的，其實簡單來說，不就是愛情的問題嗎？因為，將我們結合在一起的，並不是其他的什麼，而是愛情。理論很無聊，其實重要的就是愛。讓我們閑晃到大橋那邊去吧！讓我們迎著涼爽的河風，談談未來吧！[43]

龍瑛宗透過台灣人敘事者之口，肯定了台日間以「愛」為媒介，超越「民族」藩籬、互相結合的可能性。據此，先行研究多將這篇小說視為傳達作者民族融合理想與抵抗皇民化運動的作

41 〈荒城之月〉歌詞描述昔日城邦領主勢力強盛，每年春天在櫻花樹下盛大舉行賞櫻酒宴，在千年松樹繁茂樹枝的對側，月光明亮地照著。降著白霜的秋夜，月光耀眼照射著軍營中的領主拔出的日本刀。如今，月光依舊，荒城的石垣上只留下地錦爬藤與斷垣殘壁對側的松樹，無言唱著感慨人世盛衰無常的哀歌。參照船木枳郎，《日本童謡童画史》（神奈川：文教堂，一九六七年），頁一四〇。

42 龍瑛宗〈蓮霧の庭〉，頁一九〇；中譯本：〈蓮霧的庭院〉，頁一三四——一三五。

43 同前註，頁二〇三；中譯本，頁一五七。

品。許維育認為，龍瑛宗的客家人身分，使其在創作中關心台灣原住民等台灣內部的族群問題，培育他「各民族間平等、相互尊重欣賞、自然交溶的超越的民族融合觀念」，第一次參與台灣人陣營的《台灣文學》雜誌，便發表了以「民族間的和諧為主題」的〈蓮霧的庭院〉，傳達民族融合的理想。[44] 藤崎父子融入台灣社會，與台灣人和睦相處，也被視為是對強制性的皇民化運動之陰柔抵抗或轉化。[45]

然而，作為台灣漢人中弱勢族群的客家人，龍瑛宗對「民族融合」的理念似乎有所保留。根據龍瑛宗戰後的回憶，張文環離開《文藝台灣》雜誌另創《台灣文學》雜誌時，他完全不知情，後來又聽藤野雄士憤慨地轉述張文環稱自己為「穢多」（日本的賤民），感覺自己因為是客家人而受到歧視。一九四二年十一月，他與張文環一同赴日參加第一屆「大東亞文學者大會」，兩人盡釋前嫌；隔年七月，受張文環之邀投稿的〈蓮霧的庭院〉與詩作〈蟬〉刊載於《台灣文學》雜誌，終於「在《台灣文學》的陣地裡台灣人全部到齊了」。[46] 龍瑛宗夾在《文藝台灣》與《台灣文學》兩大日台文學陣營之間的尷尬立場，顯示出〈蓮霧的庭院〉背後有著複雜的生產脈絡，不能單純視為民族融合理想或是對皇民化的抵抗或轉化。

再加上，這篇小說當中也傳達了民族融合的局限性。相對於融入台灣社會的藤崎父子，藤崎的母親始終無法融入台灣的生活，一直希望在死前回到日本，也不贊成女兒與台灣人的婚事。藤崎的姊妹也直接表現在台日本人對台灣人的刻板印象與偏見。台灣人敘事者甚至對藤崎家女性的民族歧視表示認同，自白他因為貧困與各種精神上的缺陷，無法與日本人女性結婚。他以一個在日本與日本人女性結婚的台灣友人為例，說明兩人常發生口角爭吵，若是在殖民地台灣，異族通婚將會更加困難。

更重要的是，〈蓮霧的庭院〉中的殖民地友情追憶、以及小說結尾對「民族融合」之謳歌，背後有著「大東亞」民族建構的歷史背景。小說中描述，敘事者與藤崎一家分離後，聽說他們舉家遷移南部。失聯多年之後，敘事者收到藤崎從南方戰地的來信。信件中「就連一行也都沒有觸及到戰爭的事情、異域的珍奇習俗之類的」，[47]只寫著與敘事者一起生活的回憶以及藤崎一家的現況。雖然小說中沒有明確點出藤崎少年前往的南方戰地之地理位置與目的，敘事者仍不由得想像藤崎少年作為一個勇敢士兵的模樣：「我的思緒進一步越過藍色的南海，在幽暗的沼澤、蒼鬱

44 許維育，〈理想的建構——談龍瑛宗〈蓮霧的庭院〉與呂赫若〈玉蘭花〉〉，《水筆仔》創刊號（一九九六年十二月），頁六—七。

45 同前註，頁六。朱家慧，〈勁風中的野草——解讀龍瑛宗〉，《文學台灣》一二期（一九九四年十月），頁三二一。

46 龍瑛宗，〈《文芸台湾》と《台湾文芸》〉，《台湾近現代史研究》第三號（一九八一年），頁八七—八八。

47 龍瑛宗〈蓮霧の庭〉，頁一九〇；中譯本：〈蓮霧的庭院〉，頁一三四。

的密林及濃厚白雲群聚的翠綠風景當中，勾勒藤崎君的身影」。[48]從日本北方的老松與古城，到殖民地台灣的蓮霧樹與土角牆，再到日本征戰中的南洋沼澤與密林，藤崎少年的混雜性存在之不斷向南移動，呼應日本帝國在戰爭時期的「南進」政策與行動。

事實上，台灣在成為日本的殖民地之後，便透過台灣總督府的措施與補助，成為日本在中國南方、南洋的金融、貿易等經濟活動的跳板。一九三一年九一八事變爆發後，台灣作為日本南進據點的重要性更受到強調。一九四一年六月日本進攻法屬印度支那前夕，日本內閣決議「南方政策ニ於ケル台湾ノ地位ニ関スル件」（關於台灣在南方政策中的地位），自此殖民地台灣的施政成為日本中央南方政策之一環，成為日本帝國重要的國防與軍事中繼基地。[49]總督府情報部事務官黑澤平八郎一九四一年發表在《台灣時報》的〈南進論與台灣〉，談到台灣在地理位置、軍事、貿易與工業各層面，均為日本南進的重要據點，並以台灣居民「民心的安定與富裕的程度」，作為世界少有的事例，顯示出協助以日本為中心的東亞新秩序建設將帶來幸福。文中又提到，占台灣人口九成以上的漢人跟南洋華僑同樣多為福建、廣東出身者，能在日中關係當中扮演中介的角色。[50]也就是說，台灣以其地理位置、殖民地經驗與漢人民族屬性的中介性，成為日本帝國「南進」經濟與軍事侵略活動之參照與中繼。在這樣的歷史脈絡下，〈蓮霧的庭院〉中雖然對於南方的戰事輕描淡寫，但已足夠呈現這篇小說中的跨民族友情書寫如何呼應當時的戰爭背景，凸顯台灣在日本「大東亞共榮圈」建構過程的中介位置。

一九四二年六月，《文藝台灣》刊載了濱田隼雄、龍瑛宗與西川滿的座談會紀錄，談到今後台灣文學的書寫主題。西川滿與濱田隼雄分別提到，日本的南方發展需要參照領台初期的現代化建設經驗，包含台灣縱貫鐵道、嘉南大圳、糖廠等。這些主題在之後都成為兩人的小說創作題材。龍瑛宗被問到接下來預定的創作主題時，表示想要「記錄內地人與本島人的心理交流，以及這個時代中本島人的生活與心理」。濱田隼雄表示，這是台灣小說的重要主題，並以自己創作〈扁食〉為例，予以正面回應。[51]領台初期的現代化建設經驗與台日民族交流看起來像是不相關的文學主題，但實際上，現代化建設與民族融合為日本南進行動中在新占領地面臨的兩大課題，日本老牌的南方殖民地台灣在這兩大課題上，提供了重要的經驗參照。殖民地台灣的台灣人與日本人作家相關主題的小說創作，正是將台灣定位為日本帝國「南進」基地，提供「大東亞」現代化建設與民族融合經驗參照的具體實踐。

---

48 同前註，頁一八九；中譯本，頁一三四。

49 中村孝志，〈台湾と「南支・南洋」〉，中村孝志編《日本の南方関与と台湾》，頁一—三一。

50 黑澤平八郎，〈南進論と台湾〉，《台灣時報》（一九四一年十月），頁一三〇—一三二。

51 濱田隼雄、龍瑛宗、西川滿，〈鼎談〉，《文芸台湾》第四卷第三號（一九四二年六月），頁一四三—一四四。

如果說，濱田隼雄〈扁食〉中的忘年之交呈現日本人藉由民族與階級「他者」建構日本帝國「皇民」主體的過程，龍瑛宗〈蓮霧的庭院〉中的殖民地友情則呼應「南進」、「大東亞」的區域想像，將日本本國、殖民地與占領地的混雜性轉化為「南進」、「大東亞」的區域主體想像。藤崎少年應召入伍，是因為他的日本人身分——台灣人的全面徵兵到一九四五年才開始實施。如前所述，日本帝國考慮到台灣人的漢人民族屬性，將台灣的戰時體制與軍事動員稱作「皇民化」運動，有別於日本國內對於「國民」的戰時動員。同樣地，在台日本人或「灣生」具有日本民族身分，但在殖民地風土環境下成長，其混雜性存在具有挑戰日本／台灣等殖民地二元對立之潛在危險性，同樣成為「皇民化」鍛造的對象。

正如霍米巴巴指出的，殖民者文化與在地文化的互動，促使被否認的在地文化得以進入殖民主流論述中，所造成的殖民地混雜性（hybridity）可能「卸下強制性帝國文化長久以來（通常透過暴力）透過政治，強加於殖民地的權威，甚至帝國對自身本真性（authenticity）的宣稱」。[52]這也是為什麼「灣生」在日本國內或殖民地，都被視為「不純正」的日本人，受到歧視與排擠。作為殖民地混雜的表徵，灣生少年藤崎從日本到台灣再到南方的移動歷程，視覺性地呈現日本帝國主體建構的兩個方向相反但互補的社會心理學軌跡：一個是日本帝國主體隨著日本版圖擴大而不斷向南移動的離心力，另一個是非正統帝國主體尋求被認可為「本真」日本人的向心力。藉由「南進」、「大東亞」的跨民族軍事動員，殖民地民族接觸與交混生產出來的混雜性被納入「日本」的絕對崇高性，將日本帝國下的民族與文化異質性「翻譯」為「純正」的日本「皇民」主體。

三、「黑色東西」凝視下的台灣民族「本質」：呂赫若〈玉蘭花〉

相較之下，呂赫若〈玉蘭花〉[53]完全沒有提及當下的戰爭歷史背景，而是回溯一九二〇年代孩童時期的敘事者與日本人鈴木善兵衛建立友誼的過程。鈴木為留學日本的叔父被迫回台時帶回的日本友人，在敘事者家護龍末端的房間住了一年。敘事者的家住在偏僻鄉下，從來沒有與日本人接觸過。孩童哭鬧時，祖母或母親總是恐嚇他們說：「你看！日本人來了喔！」，造成孩童對於「日本人」的極端恐懼。小說中雙方的第一次接觸充滿了緊張感。站在玉蘭花樹下的鈴木只要稍微一動，站在遠處竊竊私語瞪視著他的孩童馬上害怕地後退，雙方形成奇妙的對峙：

---

[52] Homi Bhabha, "Postcolonial Critic: Homi Bhabha interviewed by David Bennett and Terry Collits." *Arena: A Marxist Journal of Criticism and Discussion* 96 (Spring 1991): 57-58.

[53] 呂赫若，〈玉蘭花〉，《台湾文学》第四卷第一號（一九四三年十二月），頁一二二；中譯本：呂赫若著，鍾肇政譯，〈玉蘭花〉，《呂赫若集》（台北：前衛，一九九〇年），頁二〇七—二一七。

強風中與鈴木善兵衛這樣的默默對峙，想必一定是相當奇妙的模樣。那應該就像是雞的爭執一樣吧！可能是領悟到這樣下去不行，鈴木拿起掛在肩上的黑色東西朝向我們的方向。現在想起來那就是相機，不過當時就只覺得是什麼可怕的東西，被對著的我們隨即像小蜘蛛四散般地落荒而逃。[54]

孩童常被祖母與母親恐嚇，卻從來不知道究竟「日本人」會對自己做出什麼可怕的事情。當真正的日本人出現在眼前，同時受到可怕「日本人」與第一次見到的「黑色東西」瞄準的孩童，本能地躲避可能發生的「攻擊」。

經歷了戲劇性的第一次接觸後，孩童們逐漸與鈴木親近。晚餐後，大家常到鈴木房間遊玩。已經上公學校的哥哥與表哥帶著課本去朗讀，過沒多久就開始玩鬧。男性孩童乘坐在鈴木肩背上玩樂，戲稱鈴木善兵衛（ぜんべい）為「仙貝」（せんべい），聽鈴木比手畫腳地說桃太郎、浦島太郎等日本童話故事，直到深夜還不肯離去。敘事者也常跟鈴木善兵衛到溪邊垂釣，小說中以詩意筆調描寫敘事者在鈴木身邊的安心感。祖母、母親等家中女性也都相當禮遇鈴木善兵衛，在他染上熱病徘迴生死之間時，無微不至地看護他，纏足的祖母在敘事者帶路下，特地到鈴木垂釣的河邊幫他收驚。鈴木要離開時，祖母祈禱媽祖保佑他船旅平安。

在〈玉蘭花〉當中，與殖民統治、民族權力關係等殖民地現實的距離，使得跨民族友情成為可能，但這樣的距離感，同時也造成該殖民地友情再現顯得缺乏現實感且稍縱即逝。先行研究認為，小說中將鈴木的回憶與面容寫得朦朧模糊，顯示出這段日台友情的遙不可及，在現實中沒有實現的可能性。[55]然而，小說中的跨民族友情有其事實根據。呂赫若子嗣呂芳雄提到，〈玉蘭花〉使他聯想起三舅（呂赫若妻子的三哥）的日本友人。他的三舅年輕時到日本學習輪胎的知識與技術，學成回台時有一位日本人五十嵐與他一同來台工作，長期居住在外祖父家中。後來，五十嵐因病在社口逝世，遺體火化後，骨灰由其家人來台領回。[56]然而，在〈玉蘭花〉當中，作者將日本人長期寄居台灣人家中後病死台灣的真實故事，改編為一年的短期居住，造成跨越民族與語言的情感交流受到限制，呈現跨民族關係的局限性。因此，重點並不在於跨民族友情在現實生活中是否可能（〈玉蘭花〉便取材於真實例證），而是在於，呂赫若筆下的跨民族友情是否能超越殖

54 呂赫若〈玉蘭花〉，頁一二二；中譯本：呂赫若著，鍾肇政譯，〈玉蘭花〉，頁二一三。

55 呂正惠，〈殉道者——呂赫若小說的「歷史哲學」及其歷史道路〉，《呂赫若全集》（台北：聯合文學，一九九六），頁五九一。許維育，〈理想的建構——談龍瑛宗〈蓮霧的庭院〉與呂赫若〈玉蘭花〉〉，頁八—一〇。

56 呂芳雄，〈後記：追記我的父親呂赫若〉，《呂赫若日記（一九四二—一九四四年）中譯本》（台南：國立台灣文學館籌備處，二〇〇四年），頁四七九。

民地民族權力關係。

在小說中，敘事者家人與日本人鈴木善兵衛的友情能夠成立，主要是因為鈴木善兵衛不過是一個愛好攝影的旅行者，與台灣的殖民地權力沒有直接關係。然而，這並不意味著完全平等、互相交心的殖民地人際關係理想的實現。鈴木白天通常帶著相機跟叔父外出，此外就只與女性與孩童接觸，與其他男性家族成員則幾乎沒有互動。可能祖父、父親等家中具傳統思維的男性懾服於叔父的高壓，不得不接受日本人在家長期作客，但彼此並沒有太多互動。女性除了在日常生活起居上給予照顧，礙於性別與語言的限制，也無法與鈴木進行具體的溝通與交流。即使是敘事者等孩童與鈴木的友情，也是透過優勢的日語與日本文化的單向傳輸，而非雙向平等的文化交換。小說最後鈴木離開的那一天，鈴木慎重地行禮道謝與道別，「母親們雖然語言不通，但也笨拙地低頭行禮，之後便露出笑容，就好像將所有的感情都傾注在那裡似地」。[57]這樣的敘事強調，雖然經過一年的相處，祖母與母親與鈴木依舊語言不通，只能藉由臉部表情傳達心中的感情，顯示跨民族互動之闕如。

根據呂赫若的日記，他著手書寫〈玉蘭花〉的隔天（十二月十三日），《台灣文學》被當局命令停刊，[58]令他感慨萬分。十五日的日記中並提到，他與從南方回日本途中在台停留的作家中山義秀餐敘，對方豪放地笑著說：「從現在開始要寫謊話了，還請多多見諒」。十二月十六日的日記記載著，上午八點完成了〈玉蘭花〉的原稿（一萬六千字），馬上送印登在《台灣文學》終刊號。[59]也就是說，〈玉蘭花〉書寫於戰爭意識形態與動員滲透於台灣社會每個角落的時期，短短四、五天內完成，刊載於台灣人作家抵抗據點的《台灣文學》終刊號。相較於小說中殖民地友情追憶的朦朧氛圍與鈴木善兵衛的模糊面容，當年敘事者被兩個可怕的不明物體——日本人與相機——同時瞄準的創傷記憶顯得鮮明異常，歷歷在目。這篇小說雖然完全沒有提及「大東亞」戰爭的時代背景，但藉由第一次接觸的創傷經驗之重返，小說中跨民族友情的模糊記憶消散為空虛幻像，揭露出日本帝國「大東亞」民族融合的宣傳，不過是個合理化其侵略行動與異民族戰爭動

57 同前註，頁一三〇；中譯本，頁二二五。

58 《台灣文學》的停刊，緣由於十一月十三日於台北公會堂舉行的「第一屆台灣決戰文學會議」中日本人作家的提議。西川滿呼應會議提議的「文學雜誌的戰鬥配置」，宣告獻出《文藝台灣》雜誌，齋藤勇、田淵武吉也分別獻出短歌雜誌《台灣》與《原生林》，與持反對意見的黃得時、楊逵等台灣人作家形成對立。後來在張文環「台灣沒有非皇民文學，假設真有寫非皇民文學的傢伙存在，就該一律槍決」的激辯下，議長暫時將此議題擱置。〈台灣決戰文學會議〉，《文藝台灣》終刊號（一九四四年一月），頁三二—三八。後來，既有文學雜誌停刊，另外由「皇民奉公會」創刊配合戰爭體制的《台灣文藝》雜誌。

59 呂赫若，《呂赫若日記（昭和十七年—十九年）手稿本》（台南：國立台灣文學館，二〇〇四年），頁三七六—三八〇。

員的「虛構」。[60]

小說一開頭勾起敘事者對鈴木回憶的家族照片，更以視覺性的方式，呈現「大東亞」時期的多重主體建構。「照片大多都是如今已成故人的祖母與伯母、母親，以搬到庭院中的交椅配上盆栽為背景，穿著邊緣縫有五線粗線條的上衣與裙子，僵硬著身體被拍攝下來」。[61]在歐洲帝國史上，歐洲人對非歐洲種族的攝影再現透過視覺的方式，生產種族論述與權力關係。[62]相對地，〈玉蘭花〉當中的照片為鈴木為敘事者家人拍攝的家族照片，並不具有任何政治意涵或是種族歧視視線。舉例來說，照片中並沒有特別聚焦或凸顯敘事者祖母的三寸金蓮小腳——常被歐洲人用來呈現中國人「野蠻未開」民族性的象徵。[63]

即便如此，小說中的家族照片再現仍映照出日本在西方陰影下，藉由「落後」的漢人民族與文化，建構自身為現代文明國族的曲折過程與多重權力關係。首先，作為現代性的基本特質之一，攝影試圖在科技輔助下，透過機械之眼及科學中立性，對外在世界進行掌控。[64]在〈玉蘭花〉的家族照片拍攝過程中，「凝視者」與「被凝視者」之間，具有絕對的權力關係，台灣人女性與孩童成為鈴木手中的相機「機械之眼及科學中立性」下的客體，拍攝者鈴木則總是躲在相機背後，其身影從來沒有出現在相片當中。因此，小說中的家族照片雖然勾起敘事者對鈴木的回憶，卻無法讓敘事者想起不在相片中現身的鈴木之長相。

其次，這些照片的拍攝建立在日本「現代性」相對於在地「傳統」的權威性與優越性。敘事者等台灣人孩童一開始對不知名的「黑色東西」感到恐懼，是因為那是由可怕的「日本人」手持瞄準他們。在家族照片當中，「少年的我大多撒嬌般地倚靠在祖母或是母親身旁，祖母或母親等

---

60 同時期處理台日人際關係的〈鄰人〉當中，日本人與台灣人同處一個屋簷下看似融洽的相處，最後卻演變為無法生育的日本人將台灣人的幼子占為己有的情節，也可窺見呂赫若對於「大東亞」民族融合理想的質疑。

61 同前註，頁二一九；中譯本，頁二〇七。

62 十九世紀後半人體觀察學（anthropometry）在歐洲出現，開啟了以身體特徵區分種族的意識形態。一八六〇年代，英國人類學皇家機構開始透過人體觀察學攝影（anthropometric photography），將裸體的原住民放在一個量尺旁進行人體拍攝，測定他們的「進化」階段以輔助帝國殖民地管理。這樣的攝影法奠基於人類多元起源論述（polygenesist theory），將種族之間的差異定義為不可改變的本質，而非由於氣候變量等歷史因素所造成，藉由這些照片，製造並傳播「透過身體、智識與道德優越性遮蔽歐洲暴力痕跡」之意象。Anne Maxwell, "A Lens on the Other: Photographs of Non-western Peoples by Anthropologists and Travellers," in *Representations of the "Native" and the Making of European Identities* (London and New York: Leicester University Press, 2000), pp. 38-41.

63 譬如英國人旅行攝影家約翰湯姆遜（John Thomson）出版於一八七三—七四年的攝影集 *Illustrations of China and its People* 即以照片配合說明文字，強調中國封建制度下男性統治階級的無情與暴虐傾向，並以女性的纏足照片，印證父權體制的殘酷。湯姆遜在攝影集中，讚嘆中國服飾、庭園與建築的美感與精巧等中國社會的高度文化發展，但同時也透過封建制度下兩性的不平等關係，判定中國「缺乏真正文明國家的道德特質」。（Ibid, pp. 59-64.）

64 Liz Wells, *Photography: A Critical Introduction* (London and New York: Routledge, 2000), p. 122.

人雖然握著我的手，卻彷彿就像沒有餘裕顧及我似地，脖頸僵硬地直直瞪視著照相機」。[65]根據敘事者的說明，照片中祖母與伯母、母親面對相機時身體與脖頸的「僵硬」，不只是因為當時攝影器材曝光時間較長，她們被要求維持姿勢不動所造成，更是因為祖母等人相信，拍照會奪走影子而使人消瘦，因此非常排斥拍照。即使到現在，敘事者的母親仍然抱持著這樣的想法。敘事者進一步推測，祖母等人願意讓鈴木拍下這麼多照片，應該是受到叔父的強制。作為祖父唯一的親生兒子且唯一接受日本教育的菁英，叔父在家中備受寵愛並具有權威。這些照片的強制性拍攝，不過是叔父「因為吸收了新時代的文化，事事都對家人展現高壓態度的表現之一」。從叔父現代與科學的觀點來看，家中女性對於照相的恐懼與抗拒，不過是毫無根據的可笑迷信。

更進一步地，照片中不管是祖母、伯母與母親身上穿的上衣裙子，或是特地搬到庭院中讓她們坐的交椅，都是具有漢人傳統特色的服飾家具，營造出殖民地的異國風情。這類似於殖民地旅行文學常見的方法與構圖：西方殖民者以其不可視之視線，對被殖民者進行民族誌式的收集，藉此製造出殖民地的分類系統。[66]在照片中，不管是拍攝者的鈴木或是日本殖民統治介入的痕跡，都完全受到消除，將台灣人女性被殖民者作為永恆不變的、純粹的漢人「本質」加以展示。照片中台灣漢人女性象徵的民族與性別文化，成為現代性的戀物對象，顯露日本作為亞洲帝國對中國的矛盾態度。例如，大正時期日本興起「支那風情」（支那趣味）的風潮，谷崎潤一郎、佐藤春夫、芥川龍之介等作家均展現充滿內在矛盾的中國想像：一方面在明治以後的國權思想下，帶著戰勝國的東方主義視線，將軍閥割據、內憂外患的衰弱中國貶抑為落後的非文明國家，一方面卻又對中國的傳統漢文化充滿憧憬，試圖復興日本在西化與現代化過程中逐漸喪失的漢文化傳統。[67]也就是說，〈玉蘭花〉家族照片當中的台灣傳統漢人文化同時象徵了日本藉由前現代漢民族「傳統」建構現代文明國族認同，卻又對於西化下失落的漢文化「傳統」懷有鄉愁，呈現既愛又恨的矛盾（ambivalent）心理狀態。如同本書前面兩章的討論所示，文明的「他者」為現代主體自我形構不可或缺的組成分子，只不過日本作為黃種人帝國，更明確凸顯現代主體「翻譯」過程中的內在矛盾。

值得留意的是，這些照片以視覺呈現的漢人民族傳統，同時也成為作者呂赫若建構「民族」主體的成分。台灣傳統建築與家具、祖母、母親、伯母等女性家族成員的傳統服飾與觀念、民間信仰、民間療法等，在殖民現代性的發展過程中消逝的前現代在地物質受到召喚，引發台灣人

65 呂赫若〈玉蘭花〉，頁一一九；中譯本：呂赫若著，鍾肇政譯，〈玉蘭花〉，頁二〇七。

66 Mary Louise Pratt, *Imperial Eyes: Transculturation and Travel Writings* (London and New York: Routledge, 2000).

67 西原大輔著，趙怡譯，《谷崎潤一郎與東方主義：大正日本的中國幻想》（北京：中華書局，二〇〇五年）。川本三郎，《大正幻影》（東京：岩波現代文庫，二〇〇八年），頁一七三—一八九。

作者與讀者的「鄉愁」。表面上看來，「護龍」、「交椅」、「金紙」等在地日常生活物質以其前現代的視覺性（沒有附上日文解釋的中國「漢字」名詞），標示著日本殖民統治無法消弭的在地異質性，對小說的日文書寫象徵的殖民現代性造成干擾。然而，這些在地異質性其實是歷經殖民現代性「翻譯」的「被創造的傳統」，為殖民現代性的一部分，而非其對立。呂赫若稍早發表的〈財子壽〉（一九四二）、〈風水〉（一九四二）、〈柘榴〉（一九四三）等一連串以台灣在地父權社會與習俗為主題的小說當中，幾近徹底地排除日本殖民統治的存在，強調台灣在地父系系譜以抵抗日本帝國系譜，在帝國的知識網絡中，建構在地父權文化為台灣「民族」本質。[68]同樣地，〈玉蘭花〉當中的前現代物質再現，標示出日本殖民統治無法介入或改變的台灣漢人在地「本質」，揭露「大東亞」內部的民族差異與異質性。從這樣的角度來看，〈玉蘭花〉中的家族照片再現顯示出，台灣民族「本質」作為現代性凝視下日本「支那風情」的產物而受到建構，揭露日本帝國藉由亞洲民族與區域認同，克服西方現代性時的內在矛盾。然而，當作者召喚在地民族與性別差異，揭露日本帝國「大東亞」與「皇民」主體的虛幻性之際，他透過帝國知識／權力所建構的台灣漢人民族「本質」，同樣也是歷經殖民現代性「翻譯」的幻像顯影。

結語：「大東亞」戰爭下主體「翻譯」的痕跡

在濱田隼雄發表〈扁食〉之後、龍瑛宗發表〈蓮霧的庭院〉之前的一九四二年一一月，兩位作家連同西川滿、張文環參加第一屆「大東亞文學者大會」時在會場上的發言，也都觸及大東亞民族融合的課題。龍瑛宗〈向皇軍致謝〉中指出，「我認為，大東亞精神就是以日本為中心的大東亞同胞共歡樂共喜悅的精神，民族與民族間的理解，靈魂與靈魂間的交歡是最根本的。因此，文學者的任務相當重大」。濱田隼雄〈下次大會在台灣〉則指出，台灣具有民族協和的歷史，又是帝國前進南方的基地，提議下屆大會在台灣舉辦。[69]相較之下，呂赫若對於大東亞戰爭的呼應言論相當有限，即使是在鑼鼓喧天的戰爭口號之中，仍試圖在被要求呼應時局的「命題作文」當中，盡其所能地進行抵抗。一九四四年六月發表於《台灣文藝》「台灣文學者總崛起」專欄的文章〈即使只是成為一個合音〉，雖也歌頌「大東亞戰爭為新秩序建設的序曲」，但仍強調即使是

68 朱惠足，〈「小說化」在地悲傷：皇民化時期台灣喪禮的文學再現〉，《「現代」的移植與翻譯：日治時期台灣小說的後殖民思考》，頁二五四—二五八。

69 〈大東亜文学者大会速記抄〉，《台湾文学》第三卷第一號（一九四三年一月），頁六四—六九。

在戰爭期，文學也不能喪失其「獨自性」，必須更明確地把握其「機能與實體」。[70]他與其他日本人、台灣人作家被台灣總督府情報課派遣至生產現場參訪後，所寫的「決戰小說」〈風頭水尾〉（一九四四年八月）取材於彰化謝慶農場，小說中對於主角洪天福堅忍不拔與大自然搏鬥的奮戰精神之強調，勝於「增產鬥士」的戰爭口號。[71]藉由對文學自律性的堅持，呂赫若的發言與創作實踐，成為「大東亞」法西斯式集體口號中的少數「雜音」。

本章討論的三篇小說當中，在殖民地友情發生時，都有其中一個主角（〈扁食〉的陳少年、〈蓮霧的庭院〉的藤崎少年、〈玉蘭花〉的敘事者）處於未成年階段。如果說，揮別落後的過去並朝新的時代前進為現代性的重要特質之一，小說中的個人成長故事寓示了現代主體建構的過程。在濱田隼雄〈扁食〉與龍瑛宗〈蓮霧的庭院〉當中，分別藉由夜市陳姓少年與藤崎少年的個人成長歷程，將日本國內與海外的民族與階級差異，「翻譯」為「大東亞」的民族與區域想像主體，並在此過程中，定位殖民地台灣的中介位置與功能。當日本帝國試圖統合亞洲不同民族與國家，建構想像的亞洲區域共同體以「超越」西方之際，不管是朝著「聖戰」光榮目標前進的日本人殖民者，或是掙扎著尋求出路的台灣人被殖民者，都回應著此一時代要求，試圖在縱向的民族與文化遺產、橫向的跨界連結之間進行協商，藉由日本帝國或台灣漢人民族的均質國族想像，設法使其生命的過去、現在與未來產生連續性。在此一牽涉到「西方」、「日本」與「其他」的多重主體建構過程中，日本帝國下的跨界流動與普世性情感驅動力一方面連結不同民族與國家，一方面也複製既有的種族論述與層序。

然而，此一過程中各種「認同」與「差異化」的政治性轉換，衍生出散亂與混雜的歷史軌跡，擾亂了帝國戰爭意識形態中想像的民族與區域連結，以及該連結朝向現代性的線性前進路線。尤其是，殖民地台灣在日本帝國中的地理位置、殖民歷史及民族屬性之中介性質，使其成為日本本國、海外殖民地與占領地之間的「渡越主體」，拖曳著「西方」、日本「皇民」、「大東亞」、漢人「民族」等現代主體相互建構的「翻譯」痕跡。

70 呂赫若，〈一協和音にでも〉，《台湾文芸》第一卷第二號（一九四四年六月），頁四。

71 彭瑞金指出，呂赫若的創作可說是「始終都在尋求一個可以避開體制衝擊的創作平衡點，既不去衝撞體制，亦決未妥協，〈風頭水尾〉也就是此時此境的創作典範」。彭瑞金，〈呂赫若與〈風頭水尾〉〉，《台灣文藝》十一期（一九九五年十月），頁四六—四九。

第四章

國族與性別的邊界協商

殖民地台灣小說中的台日通婚

作為種族權力關係之隱喻與實踐，歐洲帝國下的異種族交混（miscegenation）持續地生產、複製「具男性雄風的殖民者」（manly colonizer）與「娘娘腔的被殖民者」（effeminate colonized）等具有種族與性別雙重歧視的二元對立，以合理化異種族統治的暴力與剝削。然而，白人殖民者男性與原住民女性之間的婚姻或非婚姻性關係，卻又被認為是造成白人墮落、污染白人優良血統的性衝動結果，成為殖民地禁制與管理的對象。此外，歐洲帝國下的異種族兩性關係，常被解讀為在歐洲本國受到性的規範與禁制之白人男性，在不受拘束的殖民地獲得性的機會（sexual opportunities）。[1]殖民史研究者安．史托蕾指出，此一說法依循佛洛伊德的性壓抑假設（repressive hypothesis），將殖民地視為歐洲男性性慾宣洩的出口。史托蕾批評，此一分析模式預設本能性慾的存在，將帝國下涵蓋各個領域的性別議題，化約為男性生殖器的議題，持續複製既有的種族與性別論述，無法呈現其中複雜的權力關係。[2]

相對地，史托蕾援用傅柯「性為社會建構」之觀點，分析與性相關的殖民論述與實踐，如何生產出種族與階級的權力關係：將原住民、殖民地出生的混血歐洲人、歐洲本國的下層階級等，建構為種族與階級他者，然後藉由他們的放縱性慾，對比出歐洲本國中產階級男性——「真正的」歐洲人——文明、道德且自律的自我認同。[3]在此過程中，歐洲中產階級社會在心理與政治上的焦慮產生交會，藉由「內在他者」（interior other）界定歐洲中產階級自我，藉由個別與集體的「內在邊界」（interior frontier）建構歐洲民族國家，將歐洲帝國的殖民地視為上述「內部邊界」（internal border）受到威脅與釐清的外在場域（exteriorized sites）。[4]

也就是說，歐洲帝國主義下的性別關係，成為歐洲中產階級男性透過各種內在他者，同時建構自我、國族與帝國等多重認同之社會場域。在此過程中，歐洲本國／殖民地、殖民者／被殖民者、性壓抑／性放縱並非截然的二元對立，而是彼此互相建構，共同生產出種族、性別、階級彼此交錯的帝國論述。同時，以歐洲本國中產階級男性為唯一中心，將帝國下不同種族、性別與階級的主體，一律化約為其主體建構的內在他者，忽略了不同的帝國「他者」各自有其主體形構及歷史能動性，其跨界接觸實踐並不全然協助帝國的邊界重劃，也可能對該過程造成干擾與挑戰。因此，我們應留意不同種族、性別與階級的主體如何透過性的論述與實踐，針對帝國與國族的各種邊界進行協商。

---

1 Ronald Hyam, *Empire and Sexuality: The British Experience* (Manchester: Manchester, 1990).
2 Ann Laura Stoler, "The Education of Desire and the Repressive Hypothesis," in *Race and the Education of Desire: Foucault's History of Sexuality and the Colonial Order of Things* (Durham: Duke, 1995), p. 175.
3 Ibid., pp. 177-183.
4 Ibid., p. 193.

如本書前面各章所述，日本帝國的現代國族認同建構，是在「西方」、「日本」及「其他」之間認同與差異的政治性切換下，所生產出來的。日本單一民族論與混合民族論的拉鋸，更顯示出日本展開海外殖民統治之後，在現代國家統合與帝國多民族組成之間進行的協商。根據小熊英二的研究，一八七〇年代西方人類學者根據考古的現代科學方法、記紀[5]神話研究，提出日本混合民族論，認為日本原有蝦夷（愛奴）、肅慎等原住民居住，後來受到從朝鮮、中國渡海而來的人征服，彼此混血，成為現代的日本民族。在西方人類學者影響下成立的日本人類學當中，反對此學說的學者提出單一民族論，認為日本列島自太古以來就只有日本人居住，古代日本朝廷數次出兵征討的蝦夷，只是不服從天皇家命令的同族叛徒，並非不同民族。[6]教育敕語公布後的一八九〇年代，日本積極推動現代國家統合，國體論大為盛行，將日本帝國視為以天皇家族為大本家的一個龐大家族國家，呼應單一民族論述。然而，取得台灣與朝鮮這兩個殖民地之後，日本成為多民族帝國，合理化異民族統治的混合民族論隨之成為主流。[7]

其次，日本為黃種人帝國，不管是在殖民者／被殖民的種族與文化差異、帝國統治的制度與型態、通婚的性別組合等方面，都與歐洲帝國有所差異，因而產生不同的國族與性別邊界劃分方式。如前面各章所述，日本人與被殖民者台灣漢人和朝鮮人同為蒙古利亞人種，且具有共通的漢文化遺產。一九三〇年代日本加速對中國侵略的腳步後，更因應中日戰爭、「大東亞共榮圈」、太平洋戰爭等戰爭需求與意識形態，在帝國、國家、民族等「認同」與「差異」之間，不斷進行切換，以便在維持民族差異與不平等權力關係的同時，達到帝國統合與戰爭軍事動員之目的。

此外，日本帝國下異族通婚的性別結構也與歐洲帝國有所不同。除了本書第二章討論的日本人警察與台灣原住民女性的政策通婚之外，日本帝國下的通婚以男性被殖民者和女性殖民者的性別組合居多。一九三三年「內台共婚」的相關法令開始實施後（見下節），日本人與台灣漢人的通婚例子中，台灣人男性與日本人女性的組合遠超過日本人男性與台灣人女性的組合。以高峰期的一九三六年至一九四〇年為例，台灣漢人男性與日本人女性的通婚案例有一〇七對，但日本人男性與台灣漢人女性則只有三十八對。[8]究其原因，到日本接受高等教育的台灣人男性有機會結識日本人女性，在自由戀愛的風潮下，不顧家人、親戚反對而與之結婚，一同返台。相對地，

5　「記紀」為日本奈良時代（七一〇—七八四）編撰的《古事記》與《日本書紀》之合稱，內容為日本的神話與古代歷史。

6　小熊英二，《単一民族神話の起源》（東京：新曜社，一九九五年），頁一九—二七。

7　同前註，頁五〇—五三。

8　德田幸惠，《日本統治下的「內台共婚」：日本與台灣的「家」制度的衝突和交流》（台北：淡江大學歷史系碩士論文，二〇〇七年），頁三五。

在傳統性別文化下，只有極少數的上流階級台灣人女性有機會到日本唸書，一般台灣人女性也少有機會外出結識日本人男性。即使是與日本人有來往的上流階級台灣人，基於民族意識，也不傾向將女兒嫁給日本人。此外，台灣的聘金制度對於一般日本人男性而言也造成負擔。[9]同樣地，朝鮮男性與日本人女性的通婚組合也占將近八成。再加上一九三九年開始，日本因應戰時勞動力的需求，強制招募朝鮮男性到日本礦坑等地勞動，也造成朝鮮男性與日本人女性通婚數量的增加。[10]

本章以台灣人作家朱點人的漢文小說〈脫穎〉（一九三六）、日本人作家真杉靜枝的〈南方的語言〉（一九四一）、庄司總一的《陳夫人》（一九四〇／一九四二）、川崎傳二的〈十二月九日〉（一九四四）等日文小說為對象，[11]探討小說中的台灣漢人與日本人異族通婚書寫如何呈現日本帝國下國族與性別的邊界協商。不同民族與性別身分作者的台日異族通婚書寫，如何回應各個時代的需求，藉由血緣、語言、情感、精神等「差異」的收編與排除，重新劃定帝國內部的國族與性別邊界？藉此，他們如何協商現代民族國家統合與帝國多民族組成之間的矛盾，建構各種層次的身分認同？在此過程中，民族、性別、本國內部區域等日本帝國、「大東亞」的內在異質性，如何凸顯日本以異民族戰爭動員為目的的國族「翻譯」實踐之建構性與內在矛盾？

一、擬血緣家族關係下的「民族」想像：朱點人〈脫穎〉（一九三六）

朱點人的〈脫穎〉[12]以漢文寫成，發表於一九三六年的《台灣文學》。小說描述陳三貴十五歲自公學校畢業後，進入政府機關當工友，到了二十歲還只是領取微薄的薪水，也無望升遷為正式職員。三貴雖以優異的成績畢業，但身為台灣人的民族屬性，使得他在職場上必須忍受日本人主任犬養「呼牛叱馬般的呼喚」。[13]受盡民族歧視的三貴「日夜思慮，不知啥時候才能做得一人份的人」，[14]終日幻想有朝一日成為「內地人」（日本本國的日本人，相對於同樣具有日本人身分的台灣「本島人」）：「他想他自己也是日本人，但……若是可能的話，他想要投胎轉世做內地

9 同前註，頁八四。

10 小熊英二，《単一民族神話の起源》，頁二五四。

11 此外，坂口䙥子的〈鄭家〉（一九四二）、王昶雄的〈奔流〉（一九四二）等小說作品中，也出現台灣漢人與日本人通婚的情節，但並非小說中心主題，因此不列入本文討論。

12 朱點人，〈脫穎〉，《台灣文學》一卷一〇期（一九三六年一二月），頁四二—五一，後收於王詩琅、朱點人著，張恆豪編，《王詩琅、朱點人合集》（台北：前衛，一九九〇年），頁二五五—二七二。原發表版本中有兩頁缺漏，不知道是因為檢查制度受到刪除，還是印刷作業上的疏失。本論文使用前衛出版社的完整版本。

13 朱點人，〈脫穎〉，頁二六〇。

14 同前註，頁二六二。

人了」。[15]

矛盾的是，三貴雖然憎恨犬養主任不將他當人看待，一方面卻又愛慕犬養的女兒敏子。趁著清早，三貴到辦公室偷偷拿出敏子的法國洋娃娃，拿近鼻前嗅聞香味，抱在懷中遐想。然而，殖民地的民族界線同時也意味著性的界線。得知敏子已經有人提親，「他想他的欲望，究竟是一個空想吧了。唉！小國民是不應奢望大國民的！他開始惜自己的本分，但同時又充滿著一個矛盾：愛其女而憎其父！」。[16]陳三貴對日本人殖民者既恨又愛的矛盾情感，呈現出殖民地民族與性緊密結合的多重界線，在生產出被殖民者的跨界欲望之同時，也禁制了其跨界實踐。

然而，一九三一年九一八事變爆發，意外為三貴帶來突破殖民地跨界禁制的機會。敏子的哥哥被徵召當兵，在中國戰死。在國家論述中，敏子哥哥的戰死是「為國捐軀，算是名譽的戰死」。[17]然而，男性子嗣的早逝造成家族系譜的中斷，犬養主任為了延續家族血緣命脈，不惜讓女兒下嫁台灣人，以讓女兒以後生下的小孩不必上戰場當兵。陳三貴因而得以「脫穎」而出，入贅成為犬養家的養子，婚後接替敏子的職員工作。他如其所願「投胎轉世」為「內地人」，「做得一人份的人」，曾經牛馬般使喚他的日本人上司，如今要靠他延續家族血緣命脈。瞧不起他的敏子成為他的妻子，每天晚上「坐在他身邊撒媚地慇慇懃懃給他添飯加菜」。[18]

在先行研究當中，陳芳明指出，三貴在民族身分上的改變，不意味著日本人的歧視制度或政經壓迫得以消除，反而更「劃分了台灣人與日本人之間的種族界線與階級界線」。[19]本文希望進一步探討種族界線的再確認與三貴跨民族通婚之間的關聯性，以及日本帝國如何協商此一性化（sexualized）的國族邊界。表面上看來，三貴以男性被殖民者的身分，成功「征服」女性殖民者，翻轉了歐洲帝國「具男性雄風的殖民者」與「娘娘腔的被殖民者」的殖民地性別公式。然而，此一男性主體的翻轉，其實只是再次複製既有的民族與性別權力關係。法農在《黑皮膚，白面具》的〈有色人種女性與白人男性〉與〈有色人種男性與白人女性〉這兩個篇章當中，以殖民地病理學的案例，分別描述黑人女性臣服於白人男性、黑人男性征服白人女性的欲望。賽奇悟（Ato Sekyi-Out）的法農研究則指出，黑人女性的「臣服」欲望與黑人男性的「征服」欲望看似對立，但兩者之間其實有著「心理政治學上的共通性」（psychopolitical commonalities）。作

15 同前註，頁二六五。
16 同前註，頁二六一。
17 同前註，頁二六六。
18 同前註，頁二七〇。
19 陳芳明，〈現代性與殖民性的矛盾：論朱點人小說中的兩難困境〉，《殖民地摩登：現代性與台灣史觀》（台北：麥田，二〇〇四年），頁二一一。

為種族主義脈絡下的性欲望，兩者均複製了既有的性別階層與權力關係：男性對於女性的征服與占有。然而，當黑人男性幻想征服白人女性、甚至因而壓倒白人男性時，他們其實已經臣服於白人所建構的種族界線與階層：白人的絕對優越性。此一「具有性別特定模式的人種化欲望」（gender-specific modality of racialized desire）表面上具有侵略性，但此一勝利征服的幻想，其實與黑人男性「從他自身的個體性叛離、摧毀他自身存在的持續性努力」同時並存，與黑人女性對白人男性的「臣服」相去不遠。[20]

在〈脫穎〉中，三貴的例子尤其凸顯出這樣的逆說。在小說當中，三貴自身明確意識到，他對日本人女性的「征服」欲望與他想要成為「內地人」的「臣服」欲望之間的「矛盾」。他成為日本人養子、娶日本人女性為妻，看似超越殖民地民族與性的雙重界線，征服殖民者女性而獲得男性主體，但事實上，他的「勝利感」必須以他作為台灣人的「個體性」之叛離、以及他「自身存在」的摧毀為代價。他藉由跨界實踐所建構的男性主體，其實只是再次確認殖民地的民族界線與階層，逆說式地意味著其民族主體的銷毀。

更進一步說，〈脫穎〉中的小說情節呼應著台日通婚合法化之歷史背景，暴露了日本帝國下兩性關係的政治化過程。一直到一九三三年，台日間的通婚大多沒有辦理入籍登記。主要因為日本的戶籍法不適用於殖民地，而是在各個殖民地分別進行身分登記。同一日本國籍下，分成內地籍、朝鮮籍、台灣籍、樺太籍等不同的地域籍，日本戶籍法規定，必須在本籍地辦理戶籍異動，許多台灣的日本人與台灣人之間進行通婚或收養、領養時，對於要特地回到日本本籍地辦理入籍或除籍登記感到麻煩，而沒有進行相關登記。[21]一九三〇年代初期，日本加速侵略中國的腳步，從作為〈脫穎〉小說背景的九一八事變，到隔年一九三二年的一二八事變、滿州國建國等，日本逐步邁向中日全面戰爭一途，為了製造民族融合的表象，終於正式設法解決台灣戶籍的問題。[22]一九三二年台灣總督府通過一連串法令，於一九三三年開始，將台灣的戶口調查簿升格，使其具有相當於日本戶籍的地位，讓台日間的通婚能反映在日本與台灣雙方的戶籍上，受到合法化。[23]

〈脫穎〉發表於中日戰爭前夕的一九三六年，整篇小說正是在批判中日戰爭背景下的台日通婚合法化，同時諷刺藉由「內台融合」的口號掩飾民族歧視的日本人，以及為了出人頭地而數典

20 Ato Sekyi-Out, *Fanon's Dialectic of Experience.* Cambridge (MA: Harvard, 1996), pp. 91-92。

21 遠藤正敬，〈第二章　植民地統治と戸籍法〉，《近代日本の植民地統治における国籍と戸籍——満州・朝鮮・台湾》（東京：明石書店，二〇一〇年），頁一二九—一三三。

22 栗原純，〈日本統治下における同化政策：共婚法の成立過程について〉，《第四屆台灣總督府檔案學術研討會》（南投：國史館台灣文獻館，二〇〇六年），頁一八五—一八六。

23 遠藤正敬，〈第二章　植民地統治と戸籍法〉，頁一五七—一六五。

忘祖的台灣人。但這篇小說中的政治寓意並不僅止於殖民批判，還超越作者意圖地，凸顯了日本帝國主義下國族認同建構的矛盾。首先，小說中九一八事變帶來的被殖民者地位翻轉，暴露了日本作為多民族帝國，「國家」的邊界與「民族」的邊界並不一致：台灣人與朝鮮人名義上為日本「國民」，但與日本人為不同「民族」，對日本帝國的忠誠度受到懷疑，因此沒有被賦予上戰場的「權利」。三貴作為民族「他者」，在殖民地受到歧視，但也因而免於受到日本國家的軍事動員，而被託付延續日本人子嗣的任務。在三貴的例子當中，日本帝國「國」「族」邊界的不一致所產生的縫隙，成為男性被殖民者跨越殖民地民族界線的契機。

然而，三貴以成為日本人「養子」的方式所建構的民族與性別主體，實際上藉由日本帝國「擬血緣」家族國家的國體論，輕易地被收編到日本天皇國家的系譜當中，並沒有「征服」或「污染」日本民族的血統。前述小熊英二的研究指出，在單一民族論與混合民族論的日本民族起源論爭當中，日本天皇政治統治的合法性為其重要焦點：天皇對於日本國內人民的統治究竟是權力的支配，還是以共通血緣為基礎的自然結合。尤其是在日本取得海外殖民地之後，這個問題更延伸至天皇對海外異民族的統治。若堅守單一民族論，就必須承認天皇的海外異民族統治為權力支配，並放棄同化政策、避免混血，以維持日本民族血統的純粹性。但若是採用混合民族論，便能以日本與亞洲其他民族的共通血緣為基礎，將天皇的海外異民族統治，合理化為自然的慈愛關係，但也因而必須放棄日本為單一純粹血緣國家之說法。[24]

為了因應日本成為多民族帝國的現實，日本國體論試圖透過養子制度等家族國家觀的擬血緣關係，來解決這樣的矛盾。在日本的家族國家觀當中，天皇與國民之間的家族關係，本來就是一種「血緣的擬制」。[25]再加上，相較於中國或朝鮮的家族制度以父系血緣為唯一家族血緣，且有異姓不養之原則，在日本的家戶制度當中，「氏」附著於所屬的家戶，不直接與父系血緣連結，因而可以併合不同血緣的養子。然而，併入家戶的養子仍必須遵照家風，因此，日本家戶系統看似開放，實際上仍是極端壓制的。[26]一九一〇年代日本國體論者將家族國家的基礎從民族血統轉變為精神上的認同，主張以養子或收養的方式，建立帝國下異民族與日本天皇制家族國家的擬

[24] 小熊英二，《単一民族神話の起源》，頁五九—七一。

[25] 明治維新現代國家成立後，將古代表現統治者仁政原理的君臣／父子觀念，作為國民臣服順從倫理觀念的支柱。明治四年（一八七一年）日本制定戶籍法，以戶長為家庭與國家行政最小單位之長，結合家族團體與國家行政組織。在將血緣團體的「家」族觀念擴大為家族「國家」政治觀念時，特別強調祖先崇拜等精神、宗教的性質，將家長的權力視為慈惠的保護，使得「家」的觀念即使沒有血緣與家產的物質基礎，也能透過「血緣的擬制」，在國家的層次得以成立。松本三之介，〈家族国家観の構造と特質〉，收於青山道夫等編，《講座：家族》冊八《家族観の系譜》（東京：弘文堂，一九七四年），頁六九。

[26] 小熊英二，《単一民族神話の起源》，頁三七七—三七九。

血緣關係。以養子或收養的形式進行「國體的擴大」之後，日本再也不必煩惱帝國內異民族的問題，而能在無損國體純粹性的狀況下，進行海外侵略。[27]在比台灣更晚被併入日本帝國的朝鮮，日本天皇與朝鮮民族具有血緣關係的說法廣為流傳，也成為日本統合的政治口號之一。相較之下，台灣的漢人或原住民與日本天皇具有實質血緣關係的說法難以成立，日本帝國在進行統合之際，必須完全仰賴養子與收養的擬血緣論述。[28]表面上看來，養子或收養的論述有助於殖民者與被殖民者的平等與融合。然而，正如日本養子制度的極端壓制性質，被殖民者以養子形式被納入日本國體之後，也必須絕對服從與盡忠於天皇與國體。[29]

從這樣的歷史脈絡來看，〈脫穎〉當中的陳三貴並沒有超越帝國的民族邊界，而是藉由養子的擬血緣關係，被收編到擴大邊界的日本天皇家族國家當中。小說中描述三貴穿著日本和服外出遇到好友，以日語堅持表示自己不姓陳，而是姓犬養。作者藉此諷刺三貴在民族與性方面的「征服」，實際上卻必須付出成為日本人異族（「犬」）養子（「養」）的代價。在殖民時期，台灣人因日本人酒後如狗一般隨地便溺，以「四腳」來暗罵日本人為牲畜。同時，犬養為九一八事變發生後就任日本內閣總理大臣的犬養毅（一八五五-一九三二）[30]之姓氏，呈現〈脫穎〉強烈的政治寓言意涵。作者利用日本人姓氏「犬養」，翻轉殖民地既有民族階層，同時反諷台灣人男性主動進入殖民者的欲望體系之中，背離原生家族與民族認同，連作為「人」的資格都失去了。

小說最後，三貴的父親感嘆自己的兒子「去給日本人作子兒」，但又表示三貴「無論怎樣穿的是日本衫，說的是日本話，說他是內地人，他仍是我的兒子，陳三貴！」。[31]作者藉由三貴原生家庭的家父長之口指出，三貴即使表面上成為日本人，與生俱來的家族與民族「血統」，卻是無法改變的。值得留意的是，這段話在表達作者的民族意識之同時，無意間也暴露了台灣「民族」認同與帝國殖民統治下，日本「國族」認同的雙向建構。由於台灣人與日本人在膚色、髮色、體型等外表上差異不大，三貴只要藉由穿著、語言與身分等外在的改變，便能順利「變成」日本人。然而，在日本帝國的種族論述中，他的漢人血統卻被建構為無法改變的先天、內在「民族」本質，必須藉由帝國的「同化」政策與「擬血緣」關係，同時加以收編與排除，以維持日本「民族」的優越宣稱。也就是說，不管是日本帝國的殖民論述、或是台灣人知識分子的反殖民民族論述，都是在在地父系傳統與帝國系譜的交疊拉鋸下，以在地家族與民族「血統」作為日本人

27　小熊英二，《単一民族神話の起源》，頁一三九—一五一。
28　横路啟子，《抵抗のメタファー：植民地台湾戦争期の文学》，頁六。
29　小熊英二，《単一民族神話の起源》，頁一三九—一五一。
30　一九三二年五月十五日在家中被海軍青年將校與陸軍士官預官暗殺，稱為五一五事件。
31　朱點人，〈脫穎〉，頁二七二。

與台灣人之間的本質性民族「差異」，同時建構出日本與台灣的民族「認同」。[32]〈脫穎〉當中陳三貴藉由外在改變「成為」日本人的政治寓言，顯示出此一本質化「民族」主體想像的雙向建構過程。

〈脫穎〉發表後隔年的一九三七年盧溝橋事變爆發，中日間的戰爭正式展開。台灣漢人被殖民者源自中國，與日本交戰對手的中國人同為漢民族，如何消弭此一無法否認的民族「血緣」，並以日本民族「文化」與「精神」取而代之，成為當務之急。因此，日本在台灣展開「皇民化」運動時，便動員了家族國家觀的論述，強調台灣人為天皇子民、新附之民，利用天皇制家族國家的擬血緣關係，將台灣漢人改造為日本帝國的戰爭人力資源。[33]日本女作家真杉靜枝在一九四一年發表的小說〈南方的語言〉即以皇民化運動為背景，小說中不同於〈脫穎〉的性別組合的台日通婚故事，呈現了日本帝國下另一種國族與性別邊界的協商。

二、作為「精神血液」的語言：真杉靜枝〈南方的語言〉（一九四一）

〈南方的語言〉[34]的主角為出身東京的日本人女性木村花子，她在婚姻失敗後，身無分文地來台灣找嫁到台中的朋友，才知道朋友已經病逝。於是，她來到台灣南部鄉下，想從事以台灣人為對象的生意。抵達時已經快天黑了，她搭乘人力車前往警察局尋求援助時，認識了日語流利的人力車伕李金史。花子在李金史家借住，過了半個月之後兩人結婚，婚後與婆婆一同生活。

作者真杉靜枝（一九〇〇—一九五五）出身於福井縣，五歲時跟隨身為神官的父親舉家遷移台灣，十五歲時進入台中醫院附設護士養成所，畢業後在台中醫院當護士。十七歲時，真杉靜枝在雙親強制下辭去工作，與大她十三歲的台中車站副站長結婚。婚後不久，她的丈夫升遷為高雄附近車站的站長，然而，兩人的婚姻生活並不美滿。四年後真杉靜枝逃家，回到日本，寄居於大阪的祖父母家，後來成為《大阪每日新聞》的記者，先後與武者小路實篤、中村地平等作家戀愛同居，一九四二年與芥川獎得獎作家中山義秀結婚，一九四六年離婚。她複雜的感情生活、對於婚姻與情感自主權的追求，使得她在日本文壇中素有「惡女」之稱。[35]

32 朱惠足，〈「小說化」在地悲傷：皇民化時期台灣喪禮的文學再現〉，《「現代」的移植與翻譯：日治時期台灣小說的後殖民思考》，頁二五二—二五八。

33 横路啟子，《抵抗のメタファー：植民地台湾戦争期の文学》（奈良：東洋思想研究所，二〇一三年），頁七—一〇。

34 真杉靜枝，〈南方の言葉〉，《ことづけ》（東京：新潮社，一九四一年；復刻版：河原功監修監修，《日本植民地文学精選集一九（台湾編）》七（東京：ゆまに書房，二〇〇〇年）），頁三—二〇。

35 李文茹，《帝国女性と植民地支配：一九三〇～一九四五年に於ける日本人女性作家の台湾表象》，頁一三六—一四一。

真杉靜枝早期的作品如〈站長的少妻〉(〈駅長の若き妻〉,一九二七)、〈異鄉之墓〉(〈異鄉の墓〉,一九二九)、〈南方之墓〉(〈南方の墓〉,一九三四)等,皆取材於自身失敗的殖民地婚姻經歷,描述日本父權如何在殖民地的權力狀態下變本加厲,對日本人女性進行身體暴力與經濟控制,以批判日本的性別政治。[36]中日戰爭爆發後,日本藝文界人士紛紛以文筆活動呼應戰爭意識形態,真杉靜枝也在一九三九年發表以戰爭為題材的〈小魚的出征〉(〈小魚の出征〉)。一九四〇年年底,真杉靜枝與同是女性作家的宇野千代參加「南支派遣軍慰問團」訪問廣東,並於四一年一月返回台灣探望家人。[37]此趟旅行的產物,即小說集《囑咐》(《ことづけ》,一九四一)與遊記《南方紀行》(一九四一)中〈戰爭、小孩與狗〉(〈戦争と子供と犬〉)、〈國際結婚〉(〈国際結婚〉)等作品,皆以中日異族婚姻為主題,描寫廣東地區嫁給中國人的日本人女性在中日戰爭下的困難處境與堅忍精神。

在〈南方的語言〉中,木村花子被賦與理想帝國女性的形象。木村花子嫁給台灣人被殖民者,而且還不是富家子弟而是勞動階級,與丈夫、婆婆建立起充滿真情的婚姻與家庭生活。相較於真杉靜枝前期作品中,與台灣人鮮少接觸、局限於封閉暴力的家庭內部之日本下級官吏太太,木村花子超越民族與殖民地身分的界線,落實民族的融合與教化。花子沒有雙親與兄弟,來到殖民地台灣時身無分文,舉目無親,她因為沒有受到父權、中產階級家庭與殖民權力關係的束縛,而能與在民族、性別與階級上皆不相同的帝國他者進行融合。藉由花子的角色設定，作者揭示了日本人女性不需要依附作為殖民地官吏的父親或丈夫，也不需要封閉於日本中產階級社會內部，而能以女性的身分，成為真正的帝國代理人。

小說中主要藉由語言的同化，呈現異族通婚無形的民族教化與融合效果。小說一開始，花子身穿台灣漢服，在污穢的豬舍和簡陋的房屋內外勤奮勞動，說得一口流暢的台語，化身為婆婆口中叫「阿花」的台灣媳婦。丈夫李金史因為曾在台北擔任銀行業者的車伕，說得一口幾乎與日本人無異的日語，兩人之間平常以日語交談，但花子為了跟年邁的婆婆溝通，也學會了台語。左鄰右舍完全不知道花子是日本人，甚至在同為日本人的教師吉川光子面前，花子也沒有揭露自己的身分，讓吉川以台灣式的日語跟他們夫婦交談。也就是說，花子放下殖民者的身段，習得台灣人的語言與文化，主動化身為被殖民者。

先行研究均著眼於小說中充滿愛情基礎的異族通婚，與真杉靜枝個人失敗的殖民地婚姻經驗之對比，探討日本人女性如何協助殖民地的語言同化。吳佩珍將〈南方的語言〉中的台日通婚放

---

36 邱雅芳，〈彼岸的南方：一九三〇到一九四〇年代中村地平與真杉靜枝的台灣印象〉，頁二七三。

37 李文茹，〈殖民地・戰爭・女性：探討戰時真杉靜枝台灣作品〉，《台灣文學學報》一二期（二〇〇八年），頁六三—八〇。

在「國語普及」與「同化運動」的脈絡下進行分析，認為木村花子曖昧不明的身分認同，呈現了作者的矛盾：對提供自己文學養分的殖民地台灣無法割捨，卻又無法捨棄身為內地人的優越感，因此對出身殖民地感到自卑。[38]邱雅芳則認為，木村花子以堅強的母性撫慰了男性被殖民者，她的命運流轉見證了「帝國邊緣者」在殖民地獲得新生，「殖民地成為新故鄉的政治寓言」。[39]本文將進一步探討日本人女性作者如何藉由語言，同時收編與排除被殖民者的他者性，「翻譯」日本帝國的「皇民」主體，以及此一過程如何逆說式地暴露日本帝國內部的異質性與混雜性。

小說中，藉由最難同化的被殖民者老人之語言同化，呈現日本人女性民族融合的成效，間接批判官方的「皇民化」政策。花子夫家的隔壁即為「國語教習所」，[40]每天晚上由台灣人公學校的教師教導居民日語，學生從八歲的小孩到七十歲的老人不等，花子的婆婆也是其中之一。某日郡守巡視時進行抽問，學生完全無法回答，只有花子婆婆能回答出正確答案。從此以後，婆婆要求兒子媳婦夫妻兩人一定要以日語跟她交談。小說一開始嚼食檳榔滿嘴血紅的花子婆婆，與小說最後主動要求使用日語的她判若兩人。藉由異族婚姻與家庭生活中的雙向跨界互動，民族自我與他者彼此接納融合，被殖民者在潛移默化中自然地成為「皇民」。相對地，官方皇民化運動以他者性的消弭為前提，進行單方向的強制灌輸，完全不具成效，反而暴露了官方面對異民族他者性的無能為力。

評論者高良橋留美子認為，這篇小說呈現出真杉靜枝對於台灣人被殖民者以及台灣語言、風俗習慣、風土等難以割捨的愛。然而，她也指出，花子雖然融入了台灣社會，但從她面對戶口調查的日本警察時，完全沒有婆婆那種「對於權力者的恐怖或不安」，仍可以看出她「對於殖民地權力具有親和感」。[41]小說最後，即使花子表面上化為殖民地他者，但她終究還是日本人，與台灣人丈夫、婆婆屬於不同的殖民地民族階層，與殖民地權力之間也是親近關係而非支配關係。小說中的戀愛通婚看似自然而然，但其實只是藉由超越種族差異的普世性「愛情」，「自然化」（naturalize）不平等的殖民地權力關係。

38 吳佩珍，〈皇民化時期的語言政策與內台結婚問題：以真杉靜枝〈南方的語言〉為中心〉，《真杉靜枝與殖民地台灣》（台北：聯經，二〇一三年），頁一一三。

39 邱雅芳，〈彼岸的南方：一九三〇到一九四〇年代中村地平與真杉靜枝的台灣印象〉，頁三一〇。

40 從一九二〇年代後半開始，台灣總督府為了普及日語，除了正規的公學校教育之外，陸續在各地設置「國語講習所」與「簡易國語講習所」，前者招收未受公學校教育的十二歲至二十五歲台灣人，後者招收二十六歲以上的台灣人，進行短期的日語教育。多仁安代，〈日中戰争期の朝鮮、台湾における日本語教育事情〉，《植民地教育史研究年報》四期（二〇〇二年），頁一三三。

41 高良留美子，〈真杉靜枝「南方の言葉」を読む：本島人と台湾語への愛〉，《植民地文化研究》五期（二〇〇六年）頁一六五。

小說戲劇性的結局見證了花子無盡包容的愛情，但也在無意間揭露了作者對於民族他者性的接納與融入，是建立在無法消弭的民族差異之上。李金史的母親被水牛以角撞傷而過世，李金史悲痛欲絕：

突如其然地，從外面飛奔回來的丈夫撲倒在老母屍體旁，流著眼淚大喊：「カンニンニャ！」

花子從來沒有像此刻這麼想要愛憐地以手撫慰丈夫。「カンニンニャ」大概就是台語當中用來表示「畜生！」的詞彙。面對脫口如此喊叫的丈夫，花子雙手抱著他，哭著加以安慰。[42]

遭受親人遽逝的打擊，原本已經「完全忘記台語」[43]的李金史悲痛之餘脫口而出的是台語，暴露出花子的皇民化無法消弭的民族他者性。針對此一衝擊性場景，先行研究認為，李金史出人意料之外的母語使用，讓花子意識到兩人建築在殖民者語言上的愛情，「仍然不敵表現主體自我的被殖民者母語，即使透過語言的同化，二者之間仍然存在著無法消解的齟齬與鴻溝的自覺」；[44]或是透露出真杉靜枝對於男性被殖民者的文化認同，「還是保持遲疑態度」。[45]然而，從引文中「花子從來沒有像此刻這麼想要愛憐地以手撫慰丈夫」的敘述可知，面對丈夫極度傷痛下顯露的台灣民族語言，花子並非意識到民族間的齟齬、鴻溝或感到遲疑，而是完全接受丈夫自然流露的他者性，體察安慰丈夫的痛苦。在此同時，作者又藉由作為民族語言的「母語」，標示出殖民者與被殖民者之間的民族「差異」，合理化殖民地權力支配以及皇民化對在地文化的破壞。因此，高良橋留美子評論中所肯定的真杉靜枝對台灣人與台灣文化的「愛」，其實是藉由普世性的人道主義情感，將殖民地民族差異與權力關係「翻譯」為帝國女性的國族認同。

然而，引文中的在地語言使用與翻譯，出乎作者本意地揭露了此一帝國主體的建構性質。真杉靜枝以片假名標示台語「カンニンニャ」（幹你娘）的發音，呈現李金史在喪母悲慟下發出的異質聲音。問題是，李金史撲倒於母親屍體旁痛哭，作者使用這個台語咒罵語表達其悲痛，並不適切。當作者將「カンニンニャ」翻譯為日語咒罵語「畜生」時，也沒有意識到，這個台語咒罵語是藉由對方母親來羞辱對方，具有性別歧視意涵。因此，作者為了表現花子對台灣人民族他者

---

42 真杉靜枝，〈南方の言葉〉，頁二〇。
43 同上註，頁一四。
44 吳佩珍，〈皇民化時期的語言政策與內台結婚問題：以真杉靜枝〈南方的語言〉為中心〉，頁一二一。
45 邱雅芳，〈彼岸的南方：一九三〇到一九四〇年代中村地平與真杉靜枝的台灣印象〉，頁二九八。

性的接納而進行的語言與文化翻譯，反而暴露出作者本身無法完全被「翻譯」為帝國主體的民族與性別差異。

小說雖然以李母之死作結，但暗示著李母過世後，花子即將帶領李金史到東京，使其完全消弭台灣人民族性。小說接近結尾時，花子開始萌生以日本人女性的和服裝扮現身，並讓附近鄰居知道自己日本人身分之念頭。在那之前，她已經產生帶著丈夫一起回到東京，讓丈夫接受教育，自己則工作養家的想法。也就是說，小說中民族他者性的接納與融入，只是異民族「皇民」鍛造的階段性過程，最終仍以消弭他者性、成為真正的帝國主體為目標。李金史母親的意外過世，意味著花子夫婦終於能朝向此一目標前進。

由以上討論可知，小說中台日通婚達成的皇民化看似與政治無關，但實際上，作者試圖藉由帝國的「女性」和「語言」這兩個媒介，協商日本在「大東亞」戰爭期間進行國家統合與異民族動員之矛盾需求。日本為了因應中日戰爭，在台灣大力推動「皇民化」運動，藉由消弭台灣漢人的民族意識與文化，灌輸效忠天皇的皇國意識，讓台灣人被殖民者支持、協助日本對中國的侵略戰爭，並因應未來日本國內兵員不足時，對異民族進行軍事動員之需求。透過「皇民化」運動，日本試圖改造被殖民者的民族認同，以擴大前述擬血緣家族國家的「皇民（天皇子民）」邊界。前述小熊英二的研究指出，一九四〇年代為了因應大東亞共榮圈的政治意識形態，台灣與朝鮮總督府進而鼓勵日本人與台灣人、朝鮮人被殖民者通婚，以促進民族融合與皇民化。然而，當時也有學者基於優生學的觀點，反對日本人與被殖民者通婚，認為殖民地低劣的血統、風土與文化會污染日本人的優良血統，並孕育出劣質的下一代。他們主張，應大量導入日本移民漸次取代被殖民者，以逐漸占領整個殖民地。[46]

〈南方的語言〉中藉由日本人「女性」的「語言」同化推動的民族融合，似乎能在皇民化與優生學的拉鋸當中取得平衡點。首先，花子是隨著出嫁而脫離原生家庭的女性，不像男性承接家族直系系譜，因此，她與男性被殖民者的通婚既能達到皇民化的目的，又不會污染日本民族血統。真杉靜枝所建構的「陰性帝國」理想，明顯呼應同時期日本人女性史開拓者高群逸枝對於女性參與戰爭之呼籲。根據小熊英二的研究，高群逸枝在一九三八年出版《大日本人女性史》，主張古代日本為母系社會，共同始祖大國主命與日本各地氏族女性結合，生下一八一個子孫，以母系繼承的方式成為氏族首領，並透過父系統合於中央政權，成為一大家族國家。氏族擴大勢力範圍互相整併之後，天皇家成為最大的氏族。高群逸枝提出日本母系制度的理論，是為了提升女性地位，然而，出版這本書之後，她受到報章媒體矚目，開始發表以女性角度讚美日本帝國與戰爭

[46] 小熊英二，《単一民族神話の起源》，頁二四九—二五五。

的文章。一九四〇年出版的《女性兩千六百年》主張，古代日本母系社會中男女平等，女性也可成為士兵，但後來受到中國封建思想影響，將女性局限於家庭當中，杜絕了女性的社會參與。[47]高群逸枝以母系為基礎的日本家族國家論，既能維持國體論的天皇與人民血統連繫，又能證明日本在短時間內和平完成國家統合，可說是同時兼顧了單一民族論與混合民族論之訴求。高群逸枝與真杉靜枝同為女性文學學者與女權運動者響應戰爭活動的團體「光輝會」（輝く会）之成員，兩人均在其雜誌《光輝》（《輝く》）上發表文章。[48]以高群逸枝在當時的社會影響力來看，可以推測真杉靜枝受其啟發與影響。與高群逸枝一樣，真杉靜枝原先以打破封建父權、提升女性地位為目的的女性主體性建構，最後受到日本天皇父系家族國家的皇民化論述收編，進而轉向女性的戰爭協力。[49]

在語言方面，明治維新以來，日本為了推動國家統合，以東京腔日語作為「標準語」，賦與其相對於日本國內各地方方言的優越性，藉此全國統一的「國語」，打破紛歧的地區認同。著名的國語學者上田萬年將國語比喻為慈母般的「精神血液」，主張建立以天皇為父、國語為母的日本國族認同。殖民地統治開始後，日本更致力提升日語的地位，將殖民地的在地語言貶抑至隸屬位置。[50]一九四〇年代台灣總督府提倡台日通婚時，主要鼓勵台灣菁英男性與日本人女性的通婚組合，也是基於日本人女性可遂行日語學習等家庭教化之理由。[51]在種族論述中，血統為無法改變的標誌，日本藉由奠基於「萬世一系」神話的日本天皇制，建構出均質血統想像的「血統國族主義」，排除帝國下的其他種族。同時，透過可能改變的語言，建構出收編其他種族的「語言國族主義」，藉由這兩種國族主義的矛盾共存，進行帝國排他與收編並行的異民族政治與文化統合。[52]在〈南方的語言〉中，李金史這對母子組成的家庭，因為家父長的缺席，使日本人花子得以毫無阻礙地進入台灣人的系譜當中。日本人女性花子在家庭私領域進行的日語教化，作為性別與文化雙重意涵的民族「精神血液」，將天皇的男性系譜嫁接至被殖民者家庭中，將台灣人被殖

---

47 同前註，頁一九二—二〇二。

48 李文茹，《帝国女性と植民地支配：一九三〇～一九四五年に於ける日本人女性作家の台湾表象》，頁一一〇。

49 一九四二年，真杉靜枝與窪川稻子以「中支那」特派員的身分前往上海停留一個多月。描寫此次體驗的《母與妻》（《母と妻》，一九四三）、《休假三天期間》（《帰休三日間》，一九四三）書中的隨筆、散文，以及之後在報章雜誌上發表的文章，均呼籲日本人女性為戰爭犧牲奉獻，追求女性獨立自主而自發性地協助帝國戰爭。李文茹，〈殖民地・戰爭・女性：探討戰時真杉靜枝台灣作品〉，頁六八—七九。

50 阮斐娜著，吳佩珍譯，《帝國的太陽下：日本的台灣及南方殖民地文學》（台北：麥田，二〇一〇年），頁一六五—一九二。

51 イ・ヨンスク，《国語という思想：近代日本の言語認識》（東京：岩波書店，一九九六），頁一二四—一二九。

52 宮崎聖子，〈「内台共婚」と植民地における台湾人女子青年団の位置づけ〉，《南島史学》七〇期（二〇〇七年），頁九一—九二。駒込武，《植民地帝国日本の文化統合》（東京：岩波書店，二〇〇四年），頁五七—六一。

民者「翻譯」為日本帝國的忠良皇民。

值得留意的是，小說當中台灣人被殖民者被「翻譯」為皇民的實踐過程，同時也是日本人殖民者在日本本國的內部差異、在殖民地的混雜性被「均質化」為「純正」帝國主體的過程。小說中，敘事者多次強調花子標準高雅的東京腔日語。在花子居住的台灣南部鄉下，數量有限的日本人均來自於東京以外的地區，就連公學校的日本人老師吉川光子也不例外。因此，戶口調查的官吏聽到台灣人寒酸打扮的花子口中發出高雅的東京腔時，感到很意外，不明白東京出身的她，怎麼會來到台灣偏僻的鄉下，嫁給下層階級的台灣人。花子高雅有品味的東京腔，也對照出公學校教師吉川光子使用的殖民地式日語之不純正。吉川不知道「阿花」其實是日本人，招呼夫妻兩人坐榻榻米時，使用在學校教導台灣人小孩的台式日語：「タタミ（榻榻米），タタミ（榻榻米），タイヘン（非常）坐リ（坐）イイデス（好）ヨ（榻榻米非常好坐喔）」，[53]句子沒有助詞，也不合文法，僅由單字堆疊而成。吉川老師帶著地方腔調的殖民地式日語，同時呈現日本民族國家內部與帝國外部的語言與文化邊界，花子標準的東京腔正對比出她的殖民地日語之不純正。

然而，作者真杉靜枝本身其實也不是東京出身，而是來自於福井縣。來自日本鄉下地區、在殖民地台灣長大的她，在小說中將花子設定為東京出身，並強調其語言腔調的正統與優越，顯現其追求純正「日本性」，以彌補自身非正統地方出身與殖民地混雜性之欲望。本書第一章提到，皇民化運動以鍛造「優良日本帝國臣民」為目的，對象不只限於台灣人被殖民者，還包含在台灣的日本人，並與國民精神總動員、大政翼贊會等日本本國的戰爭人力資源生產密不可分。從這樣的角度來看，〈南方的語言〉雖然以日本人女性作為國家父權的他者，藉由性別與階級的外部性，帶來皇民邊界的重劃，然而，作者對於殖民地台灣「皇民化」意識形態的支持，與她作為殖民地出身者，對於純正日本性之追求相輔相成。結果是，小說中種種帝國他者——被殖民者、女性、無產階級——的跨界交融與接納，成為日本帝國收編與排除國內與海外的異質成分之過程。

在此過程中，語言一方面作為抽象的日本國族「精神血液」，成為凝聚日本民族國家與帝國之外顯文化特質，一方面又作為日本民族的邊界，藉由界線劃定與階層排序，同時納入與排除國內外的異質性。然而，作者建構民族差異的台語誤用、劣於東京腔標準日語的地方腔調、殖民地式的日語等等，受到消弭的日本國內與海外民族的語言與文化雜質、異質聲音，將此一「翻譯」的過程可視化，標示出日本本國與殖民地共構「純正」帝國主體之痕跡與「疊寫」（palimpsest）。

---

53 真杉靜枝，〈南方の言葉〉，頁一五。

三、作為民族內部他者的女性：庄司總一《陳夫人》（一九四〇／一九四二）

庄司總一的《陳夫人》[54]同樣以嫁入台灣人家庭的日本人女性為主角，但在雙方背景與階級的設定上，與〈南方的語言〉有明顯差異。日本人女性五十嵐安子與台灣人陳清文在東京的教會結識並相戀，安子的父母因為民族歧視而拒絕將女兒嫁給清文，然而，因緣際會下兩人最後決定不顧家庭反對而結合。清文從東京帝大法律系畢業後，兩人一同搭船回台，安子成為台南望族陳家三代五十幾人大家庭的媳婦。

小說第一部〈夫婦〉出版於一九四〇年，詳細描述安子與陳家大家長阿山夫婦、清文三兄弟及其配偶之間的互動。與〈南方的語言〉中的花子一樣，《陳夫人》中的安子也藉由通婚深入被殖民者家庭，以女性的身分進行私領域的民族教化與融合。雖然清文具有上層階級出身、高等學歷與社會地位，小說中的日本人男性仍基於民族優越感加以歧視。清文任職的水產課的課長故意以魚塭中安平魚的魚糞，影射台灣人生活水平的低落，並特意安排較清文成績低劣的日本人大學同學接任新課長，使得無法嚥下這口氣的清文主動辭職。而安子所參加的日本人教會不知道清文是教友的丈夫，無禮阻攔他進入教會，並以「チャン」（清：チャンコロ清國奴的簡稱）的蔑稱咒罵他。相較之下，安子透過女性無盡的愛、尊敬與寬容，鼓勵在民族不平等下受傷的丈夫，並誠心對待陳家每個家族成員，實踐民族教化與融合。

小說中鉅細靡遺地描寫台灣大家庭制度下，台灣人男性的唯利是圖與兄弟鬩牆，三妻四妾下女性的爭風吃醋，以及迷信、落後等傳統陋習，呈現台灣民族性格、道德與文化的低劣。相較於台灣人受制於物欲或性慾的控制，安子則被賦予純淨內省的性格，時時刻刻以聖經中的話語自我惕勵。安子為虔誠的基督教徒，為人處世深受宗教信仰影響，但作者有意識地將安子的完美人格，塑造為日本「民族性」的表現。清文同樣也是基督教徒，清文的三弟瑞文與二弟媳玉簾也在安子引介下進入教會，但他們都仍無法克制自身的物欲或性慾。小說中讓清文痛苦自陳：「我絕對無法克服我身體當中流著的血液。我承繼著南支那人的血，不但好強、充滿物欲，還具有野心」，[55]暗示著即使是基督教，也無法改變台灣人低劣的民族性格。安子透過宗教信仰維持謙卑律己、誠心付出的特質，被轉化為日本民族優越性之表現。小說中還透過清文複雜的出身背景建構民族差異，彰顯日本家族與民族的血統純正。清文的性格缺陷除了來自於民族血統，也受到他卑賤出身的影響。清文的父親在一場鼠疫中喪失妻子與兩個兒子，悲痛之餘，讓婢女為他生下的

---

54 庄司總一，《陳夫人》（東京：通文閣，一九四四年；復刻版：庄司總一，《陳夫人》（東京：大空社，二〇〇〇年）；中譯本：庄司總一著，黃玉燕譯，《陳夫人》（台北：文經社，二〇一二年））。

55 同前註，頁九九；中譯本，頁七七。

私生子清文入籍，但完成入籍後，隨即將該婢女逐出陳家。藉此，作者強調台灣是個「繼承制度極端頹敗混亂」的地方，即使是妾或婢女的小孩，也可以隨意入籍成為家族繼承人。相較之下，日本在繼承等家族制度上的秩序井然，使其維持家族與民族的血脈純粹性。

先行研究多留意安子作為日本人女性，在帝國殖民地統治中的特殊位置。黃文鉅援引凱・安德森的民族主義理論，說明安子所代表的帝國女性主體如何為男性的大論述所淹沒。[56]謝柳枝認為，安子掌握了「話語」的權力，代表「國家」的位置發言。[57]林文馨以安子對於女兒清子婚姻問題的擔憂為例，討論《陳夫人》中台日通婚所產生的認同矛盾與血液問題，如何呈現日本對於同化政策產生的「血液融合」之焦慮。[58]本章則希望進一步探討《陳夫人》的男性作者，在藉由安子象徵的「陰性帝國」建構日本民族優性的同時，如何強調女性的「生理性」缺陷，建構日本人男性的性別優越。

小說第九章〈妻子的日記〉由清文出遊海外期間安子寫的日記構成，在內容與形式上，均將安子建構為性別他者。在第一天的日記中，清文出國已過七十天，安子閱讀丈夫書架上的《愛彌兒日記》而深受感動，[59]決定自己也開始寫日記。安子日記之生產與消費呈現書寫與性別權力之間的密切關係：女性的自我書寫背後受到男性（丈夫與《愛彌兒日記》作者）的啟蒙，日記體的使用，又滿足了讀者窺探女性私密內心世界的欲望。在此一充滿性別意涵的書寫空間中，安子作為女性的身體與情感，成為需要受到規訓與教化的對象。日記中提到，安子發現自己第二次懷孕，向上帝祈禱不要再發生上次的死產以及產褥熱：「我再也不想露出那時的醜態。雖說是因為高燒而引發的，我無法理解自己怎麼會有那種瘋子般的舉動。那就是我信仰淺薄、修養不足的證據。以後不管遇到什麼樣的困難、苦痛或不幸，我絕對不會再像那樣發狂」。[60] 安子在產褥熱高燒中的囈語透露出思鄉情懷，讓清文懷疑她嫁到台灣是否幸福。安子在意的不是懷孕與生產過程中的痛苦，而是因為產褥熱高燒，而在丈夫面前喪失自制能力的自己。透過「醜態」、「瘋子般的舉動」、「發狂」等社會與精神病理學名詞，作者將女性的生殖身體視為易受生理影響而喪失

56 黃文鉅，〈官方民族主義與殖民地女性主體的失落：以庄司總一《陳夫人》為例〉，《台灣文學評論》七卷一期（二〇〇七年），頁四一—五八。

57 謝柳枝，〈大東亞戰爭下的批判：論庄司總一之《陳夫人》國家原鄉的失落與虛構〉，《台北教育大學語文集刊》一〇期（二〇〇五年），頁一三五—一六六。

58 林文馨，《日本帝國下台灣與「滿州國」小說家族書寫比較研究（一九四一—一九四五）》（台中：中興大學台灣文學與跨國文化研究所碩士論文，二〇一〇年），頁四六—六五。

59 愛彌兒（Henri Frédéric Amiel，一八二一—一八八一）為瑞士的哲學家與詩人，他長達四十年期間的日記出版之後，因其明晰的思想、誠實的內省以及自我批判而受到矚目，對於歐洲各國的作家造成很大影響，戰前在日本也已出現日譯本。

60 庄司總一，《陳夫人》，頁一一五；中譯本：庄司總一，《陳夫人》，頁八八。

理性的身體，藉著女性身體的非理性，建構男性無時不刻受到理性控制的規範性身體。

除了身體之外，小說中的日記同時建構出女性需要受到規訓的兩種場域：情感與書寫。安子日記的大半篇幅都在書寫清文出國期間，陳家三男瑞文對她的告白及後續相關事件。在記錄事情的經過之後，安子隨即對於在日記中鉅細靡遺書寫此事的自己感到厭惡。她覺得自己所寫的「就像是從廉價小說中擷取而來的淺薄觀念與饒舌」，「污染了我純淨的日記」。[61]她反省書寫此事時的自己：

> 假裝自己是個小說家，在書寫的時候感到狂熱，有時眼角泛淚有時暗自微笑的輕挑感覺。隱藏在「原諒Z」的溫柔寬容底下的不認真、不純、甚至是狎淫的感情……。神啊！懇請寬恕我的罪過。就好像丈夫在之前看穿我的真面目一樣，我終究是個脆弱醜惡的女人。
>
> 靈魂追求完善，肉體卻是脆弱的。[62]

受到瑞文告白時，安子心中相當混亂，透過寫日記來整理自己複雜的情感反應。然而，安子隨即意識到，日記的書寫反而讓自己有機會耽溺於這些逸脫社會規範的舉動與情感當中，就好像違反社會道德教化的女性讀物「廉價小說」，進而將自己的情感及書寫的動作，視為「輕挑」、「狎淫」、「不純」等已婚女性不應有的輕率舉動與輕挑情感之放縱。在隔天的日記當中，冷靜下來的安子更進一步反省自身的缺失：她明明隱約察覺瑞文的態度有異狀，卻因「自己本身也有心防不足之處」，才會讓他有機可乘。[63]對於周遭男性未能保持戒備、丈夫出國期間允許其兄弟進出家中、事件發生後對瑞文的憐憫之情等，都是她作為已婚女性，需要反省改進的地方。也就是說，男性作者讓安子遵循《愛彌兒日記》之類男性自我書寫之典範，針對自身的女性身體、情感與日記書寫，進行自我批判。

在歐洲帝國的殖民地論述中，白人女性殖民者為男性被殖民者欲望的對象，卻又與歐洲男性的性慾切離，必須擔負道德守護者（custodians of morality）的任務，不能成為欲望的主體。[64]除了作為男性的臣屬者為家庭犧牲奉獻，她們還必須將丈夫與被殖民者的文化與性的污染隔離開

61 同前註，頁一二一—一二二；中譯本，頁九三。
62 同前註，頁一二二；中譯本，頁九三。
63 同前註，頁一二三；中譯本，頁九四。
64 Ann Laura Stoler, "The Education of Desire and the Repressive Hypothesis," p. 183.

來，守衛歐洲殖民者的名聲與道德。[65]《陳夫人》當中的安子與台灣人通婚，居住在兄弟同居的台灣人大家庭當中，直接成為男性被殖民者欲望的對象。相較於〈南方的語言〉中的李金史與花子沒有小孩，清文與安子生下混血女兒清子，小說最後陳家分家，清文構想著南洋爪哇島的農園，意圖在擺脫中國傳統的束縛後，向南方前進，進行擴大帝國版圖的移墾事業。安子為旁系女性血統，其異族通婚所生產的混血下一代，對於日本原生家族與民族血統帶來的「污染」相對較小，但能帶領台灣人被殖民者實踐大東亞共榮圈的理念。然而，安子作為「陰性帝國」促進民族融合的溫柔與包容等特質，同時也被建構為女性的情感特質，有可能使其無法完全守護「日本人女性」忠誠、貞潔等傳統道德的民族與性別邊界。也就是說，〈南方的語言〉的女性作者真杉靜枝用以挑戰日本本國與殖民地父權的女性之性別外部性，在《陳夫人》男性作者庄司總一筆下，則成為日本民族的內在性別他者。

庄司總一於八歲時來到台灣，與任職台東公立醫院的父親相聚，三年後舉家遷往台南居住，直至十八歲回日本念大學定居為止。在《陳夫人》當中，作者藉由充滿民族歧視的日本人男性，以及性格、道德與文化低劣的台灣人被殖民者，賦與安子所代表的「陰性帝國」合法性。但同時又藉由安子的女性生理缺陷與情感，對比出有理念、自律的日本人男性之性別優越性。藉由小說中民族與性別的帝國內在他者，庄司總一將自身因殖民地經驗造成的文化血統異質性，「翻譯」

為「純正」的日本帝國主體，轉化為實現「大東亞共榮圈」的正面特質。

四、太平洋戰爭下的「大東亞」精神血液：川崎傳二〈十二月九日〉（一九四四）

有異於前面討論的各篇小說，川崎傳二〈十二月九日〉[66]中的異族通婚為台灣人女性與日本人男性的性別組合。小說主角碧霞罹患傷寒而陷入昏迷，經派出所的日本警察中川和夫輸血，得以脫離險境，以此為契機，兩人發展出感情。中川隨即調往對岸廈門租界工部局擔任副總巡，碧霞以拜訪在廈門開貿易公司的叔父為由前往廈門，兩人訂下結婚誓約。然而，叔父為了增加船隻載貨空間而行賄，被領事館的經濟警察監禁。在中川協助下獲得釋放後，叔父主動提供十萬元的謝禮。中川大為憤怒，要求碧霞先回到台灣。回台後，在哥哥與姊夫的協助下，碧霞的父親考慮答應兩人的婚事。然而，珍珠港事變爆發，隔天清晨，暴徒潛入廈門市內四處縱火，前往處理的中川受到攻擊，傷重身亡。

---

65 Ann Laura Stoler, "Carnal Knowledge and Imperial Power: Gender and Morality in the Making of Race," in *Carnal Knowledge and Imperial Power: Race and the Intimate in Colonial Rule* (Berkeley: U of California, 2002), pp. 61, 71.

66 川崎伝二，〈十二月九日〉，《台湾文芸》（一九四四年六月），頁二三—四七。

小說全篇以碧霞橫跨一整年的日記進行情節鋪陳，從一九四一年一月八日知道自己獲救於中川巡查的輸血，到一九四二年一月九日記錄中川一個月前的死亡為止。相較於《陳夫人》的男性作者透過日本人女性等帝國內在他者建構帝國主體想像，〈十二月九日〉的日本人男性作者則直接以日本人男性中川警察作為小說主角，透過台日通婚的國族與性之跨界實踐，建構男性帝國主體。然而，小說中的中川警察與台灣人女性訂定婚約，最後因公殉職，兩人沒有真正結為夫妻。本節將著眼於這篇小說如何藉由日本人警察「未完成」的台日通婚，進行帝國邊界重劃與主體建構，協商太平洋戰爭下「大東亞」的民族與性別認同。

首先，小說中藉由輸血的情節設定，突破在地封建社會的民族與性別界線，製造異族婚戀關係的契機。一開始，中川巡查來探病時，碧霞的心情相當複雜：

> 正當我們聊著種種話題時，我在自己的血流當中感受到中川先生的血流，為之一驚。中川先生輸給我的血，究竟在我身體的何處流動著？因為血液而對中川先生感到親近的我，不知為何開始令人感到厭惡，就好像失去了自己的純潔一般。
>
> 這讓我對中川先生感到很抱歉，心中很難過。中川先生是我的救命恩人。可是，這是兩件事，我希望能夠只有我自己的血液就好——我太任性了嗎？那是身體某處受到偷窺的羞恥

厭惡感。[67]

面對中川巡查，碧霞感謝其救命之恩，但一想到他的血液在自己的血管當中流動，卻有受到侵犯的感覺。小說中碧霞的父親與叔父分別經營煤炭與礦山，碧霞畢業於三高女，[68]哥哥、姊夫、嫂嫂、弟弟也都有東京留學的經歷。作為未出嫁的大家閨秀，碧霞的女性身體受到嚴格保護，卻在失去意識的病重之際，讓陌生男性之血液，直接進入自己身體內部。進入身體內部的男性血液，讓碧霞覺得自己「蒼白的手腕靜脈令人毛骨悚然地鼓動著，手腕上的細毛看起來就像可怕的猛獸毛髮一般」。[69]更甚者，因為血液的混合而對中川先生產生親近感的自己，身心兩方

---

67 川崎伝二，〈十二月九日〉，頁二六—二七。

68 三高女為日本在台灣成立的第一所女子學校，一八九七年設置於士林，當時稱作「國語學校第一附屬學校女子分校」，次年改稱「國語學校第三附屬學校」，為中山女高前身。三高女專收台灣人女性，與幾乎只收日本人女性的台北第一高等女學校（一九〇四年成立）形成對比。一九一九到一九二二年，該校先後改稱為「台北女子高等普通學校」、「台北第三高等女學校」（簡稱「三高女」），就學年數從三年延伸到四年。一九三七年遷移到長安東路現址。游鑑明，〈日治時期台灣人女性的中學教育〉，（來源：拓展台灣數位典藏計畫，《數位典藏Blog Collection Room》，二〇一二年五月十五日，檢索日期：二〇一三年五月二十五日）。

69 川崎伝二，〈十二月九日〉，頁二七。

面都對之撤防，更顯得「好像失去了自己的純潔」。然而，碧霞對中川巡查血液的侵入感與厭惡感，隨著兩人的互動，逐漸轉變為愛慕之情。中川巡查健壯的身材、寬闊的胸膛、充滿理智光芒的容顏，就像是個健康年輕的少年航空兵一樣。碧霞受到中川充滿男子氣概的外表與氣質所吸引，血液的相混，反而成為兩人跨越民族差異、互相結合的基礎。

碧霞日記中關於中川的記載，呼應著日本帝國的戰況與戰時的意識形態。首先，碧霞開始對中川警察「少年航空兵」的英凜形象產生愛慕之情，是緊接著日記中對於戰爭時局的記載：日本在中國與東南亞的戰況、經濟管制、父親的礦業公司股票上漲、校友雜誌中的戰爭口號等。其次，隨著故事舞台從台灣移動到廈門，小說中的異族通婚書寫更超越了兒女私情，先後呈現作者隨著帝國版圖的擴大，重新劃定民族與帝國邊界的政治性過程。

在此過程中，中川的警察身分扮演了關鍵性角色。中川以東京帝大畢業生的學歷，屈就殖民地警察職務，是為了調查父親當年的獄死事件。然而，歷經兩年的警察工作，他轉而判斷父親當年真的有罪，確認了日本警察制度的完善與嚴謹。中川的警察身分除了確立日本帝國的法治與正義，並在碧霞面前以有擔當的男性形象出現。碧霞的哥哥雖然也是東京帝大出身的菁英，但回台後直接進入叔父的礦山公司擔任社長祕書，耽溺於跳舞、騎馬等紈絝子弟娛樂，常跟妻子吹噓他在舞廳中很有女人緣，讓碧霞覺得他不夠有擔當。相較於沈溺於西方享樂文化的殖民地摩登青年，中川有理想有擔當的警察形象，揭示理想的男性主體，並標榜著日本基於正義與法治，邁向東亞盟主之路的民族與國家優越性。

中川調職為廈門工部局警察之後，小說進而透過種種帝國他者——西洋人、具日本人身分的台灣人、中國居民——來凸顯日本的民族優越性。工部局正式名稱為市政委員會（Municipal Committee），為外國租界中管理行政事務的市政機構。一八五四年上海租界組成工部局進行治安管理、擬定衛生章程、賦稅徵收等行政管理活動，自此其他的租界都仿照該制度，部分租界甚至有常規外國軍隊入駐。[70]小說中出現的廈門工部局指的應該是成立於一九〇二年的鼓浪嶼工部局。一九〇二年，英、美等外國駐廈領事和清政府地方官員為了防範日本獨占廈門的野心，簽訂《廈門鼓浪嶼公共地界章程》，把鼓浪嶼劃為公共租界，並於一九〇三年一月，成立「鼓浪嶼工部局」作為行政管理機構。[71]一九三〇年廈門的英國租界被中國政府收回後，鼓浪嶼公共租界單獨存在，當時鼓浪嶼的人口為外國人五六七人、中國人二〇、四六五人。重大的變化發生於一九三八年五月日軍占領廈門之後，未被占領的鼓浪嶼租界湧進十萬人難民，廈門市政府各機關也

---

70 費成康，《中國租界史》（上海：上海社會科學院，一九九一年），頁一九—二〇。

71 同前註，頁四九—五一。

撤往鼓浪嶼。日本為了控制廈門情勢，要求在廈門派駐總領事、工部局任用日本人為警官、警探等。一九三九年十月，日本與英美法三國完成協商，規定工部局以日本人為監督與警察部長，日本警察與工部局警察一起查禁抗日活動。一九四一年十二月八日太平洋戰爭爆發後，日軍進入鼓浪嶼拘禁英美人士，鼓浪嶼租界實質上成為日軍占領地，直到一九四三年日本為了「大東亞共榮圈」的發展，將鼓浪嶼租界歸還汪兆銘親日政權為止。[72]

一九四四年六月〈十二月九日〉小說發表時，鼓浪嶼共同租界已畫上句點。然而，小說的情節停留在太平洋戰爭爆發的時間點，呈現中日戰爭爆發後日本在鼓浪嶼租界與英美列強之間的角力關係。作者在小說當中將故事舞台轉移至英美在中國的租界，使得在殖民地台灣戰時宣傳中作為抽象概念存在的「西洋人」、「白人」得以具體「現身」，藉由租界裡只知享樂，不將東洋人當人看待的英美白人，對比出日本人在廈門異鄉之地的犧牲奉獻。小說中並透過對西洋人卑躬屈膝的中國居民、仗勢日本人身分唯利是圖的台灣人，對比出日本人作為「大東亞」領導者的民族優越性。碧霞叔父利用日本人身分的特權，仰賴金錢與權勢牟取暴利，毫無法治觀念。相對之下，中川主動申請調往廈門租界的工部局，為日本與英美勢力的抗衡進行準備，代表著充滿理想抱負、潔白正直的「真正」日本人。中川表示，像碧霞叔父那種「舊時代的人」已經沒有希望，只有「新時代的青年」，才能共同實踐「大東亞共榮圈」的理念，開創東亞美好的未來。如本書

第三章的討論所示，日本提出大東亞「民族」而非大東亞「人種」的集體範疇，以建立一個維持民族差異與權力關係的亞洲區域主體想像。〈十二月九日〉對於中國租界多重種族關係的文學再現，進一步顯示出日本建構自身為「大東亞」盟主，帶領其他大東亞「民族」，抵抗西方白色「人種」侵略的種族與區域「認同」與「差異」之政治性切換。

在中川帶領下，兩人之間的婚約成為大東亞政治理念之隱喻。碧霞日記中，記載兩人一同造訪戰死者墓地時的情景：

> 中川先生完全不談情說愛，所談論的都是青年日本的話題。雖說如此，我感到完全的滿足。因為，在我們談論青年日本的前途時，受到淨化的男女關係，為我們帶來喜悅與期待。這裡沒有月亮也沒有花朵，但有著足以抵抗暴風的清高意志。面對前所未有的國難，我等青年的戀愛正是在這樣的基礎上，才產生了存在的價值。中川先生厚實的胸膛，從來沒有像此刻這樣令人感到足以依靠。[73]

72　同前註，頁二九五—二九七。

73　川崎伝二，〈十二月九日〉，頁三九。

就在這政治化的婚約關係當中，碧霞在中川的要求下開始學習北京話，希望早日跟中川一樣說得一口流利的北京話。她也決心跟中川結婚後住在廈門，善盡「日華親善」的任務。在此，台灣在「大東亞」民族與區域地理上的中介性質，使得受過現代教育的碧霞得以在日本人警察帶領下，成為「大東亞」區域主體建構的媒介。

然而，在中川帶領下邁向「大東亞」理念的碧霞，本身仍是帝國男性主體建構中不可或缺的女性「他者」；她與中川之間民族與性別的差異受到維持，以對照日本人男性的優越性。小說中，父親來信要求碧霞回台灣，碧霞詢問中川的意見，中川很乾脆地表示應該遵照父親的意思，完全沒有挽留。碧霞感到非常傷心：「在浴缸中盡情伸展開身體，支撐頭部的磁磚之觸感，強力地碰擊我的神經，讓我陷入恍惚狀態。無意間將熱水潑在左腕之瞬間，我想起遺忘已久的靜脈血液的事，甚至都快發狂了」。[74]與《陳夫人》中安子的日記一樣，碧霞私密的日記書寫呈現女性容易受到外在刺激而耽溺於感官之脆弱身體與情感，對比出理性而自律的日本人男性主體。此一理性而自律的男性帝國主體，進而以具有男子氣概的崇高日本民族精神，成為「大東亞」區域主體建構之帶領者。

在歐洲帝國的殖民統治中，對於男性殖民者的性關係進行多方控制，以免有損帝國男子氣概的形象，因為「被殖民者代表過度的性慾，被視為是削減男性雄風的威脅，可能導致陰性化、耗竭與衰弱」。[75]殖民當局尤其擔心異種族之間毫無節制的混交，將會帶來種族差異的崩解，且歐洲血液的稀釋，可能造成歐洲喪失優越性與獨特性，終致威脅帝國的存滅。[76]因此，歐洲帝國關於性的論述主要藉由中產階級自律道德的性觀念與性行為，來防備帝國的內在與外在他者，以致力於種族血液的「純化」。[77]

相對地，太平洋戰爭下「大東亞共榮圈」意識形態與戰爭動員的需求，使得日本必須主動推進亞洲不同民族的混血融合。儘管一九四二年日本戰局失利以後，雜誌書籍等印刷媒體上的日本混合民族論述幾乎消失無蹤，記紀神話的復活與和辻哲郎的風土論都以單一民族論述為前提，以訴諸日本國民的團結一致。但由於日本開始對朝鮮、台灣進行異民族軍事動員，報章雜誌不便公然提出單一民族論，以致在戰爭後期的日本帝國，「民族」成為曖昧抽象的口號。[78]〈十二月九日〉中的輸血與未完成的異族通婚，使得維持日本國族認同與建構大東亞意識形態這兩個互相衝

---

74 同前註，頁四三。
75 Philippa Levine, "Sexuality, Gender, and Empire," in Levine ed., *Gender and Empire* (Oxford: Oxford, 2004), p. 137.
76 Ibid, p. 154。
77 Ann Laura Stoler, "The Education of Desire and the Repressive Hypothesis," p. 193.
78 小熊英二，《単一民族神話の起源》，頁二七一—二三八。

突的要求，得以同時達成。中川與碧霞的戀愛由輸血開始，終結於中川的為國犧牲，始終停留在形而上的精神層次與婚姻誓約，沒有實際結為夫婦。在整個交往過程中，中川表現得非常紳士，兩人完全沒有身體接觸。既然是不伴隨性關係的民族血液交融，也就不會有削減殖民者男性雄風、或是造成殖民者民族血液稀釋的威脅。作者透過輸血、精神上的結合以及日本人男性死亡等間接的方式，在不污染日本民族血液純粹性的狀況下，完成日台民族融和，以作為「大東亞」民族建構之基礎。

結語：國族與性別邊界的協商與重劃

一九四一年，〈十二月九日〉小說背景的珍珠港事變導致太平洋戰爭爆發，日本與歐美國家正式進入交戰狀態。因應海外戰爭的全面擴大，日本為了補充不足的兵員，分別於一九四二年與一九四三年開始在台灣實施陸軍與海軍志願兵制度，並於一九四五年四月展開全面徵兵，比朝鮮晚了四年的時間。中日戰爭爆發後，因漢人民族屬性而受到日本懷疑其忠誠度的台灣漢人男性，在太平洋戰爭下，也必須主動成為「皇民」上戰場，藉由「流血」、「換血」擺脫低劣的民族血液，成為「真正」的日本帝國主體。同時，台灣為日本最老牌的殖民地，日本在台灣的種族融合經驗，也被視為未來「大東亞」民族融和之典範。〈十二月九日〉發表之時，台灣正處於戰爭口號鑼鼓喧天的狀態，小說中中川警察象徵的形象與其異族婚約，正回應著太平洋戰爭下日本作為「雄性帝國」，透過與歐美的戰爭建構「大東亞」之使命。不管是日本人殖民者或台灣人被殖民者，男性或女性，都必須依照民族與性別的分工，共同建構充滿陽剛氣概的「大東亞」民族主體，以抵抗歐美白人的入侵。然而，超乎作者意圖地，在太平洋戰爭下同時受到日本帝國收編與排除的民族、性別與階級等他者，不斷在小說中以其異質性，揭露此一區域主體多重「翻譯」的過程與內在矛盾。

同樣地，朱點人〈脫穎〉當中的養子制度、語言、服裝、姓氏等民族表徵，一方面呈現「日本人」的建構性，但作者用來加以抗拮的台灣父系家族與民族「血統」及「本質」，同樣也是在此帝國民族知識／權力下的建構產物。真杉靜枝〈南方的語言〉中的台語誤譯、日本國內地方腔調與殖民地日語，彰顯出以東京腔標準日語建構「純正」帝國主體的痕跡。庄司總一《陳夫人》中的種種帝國內在他者，呈現日本本國男性帝國主體想像中民族與性別的差異建構。川崎傳二〈十二月九日〉中的種族、性別與階級他者，則揭露「大東亞民族」主體多重建構的過程。也就是說，本章討論的小說當中，不同民族與性別的作者進行的帝國邊界重劃實踐，反而暴露出日本帝國下國族與性別邊界的人為建構性與內在矛盾：帝國邊界並非截然二元劃分的嚴密界線，而是充滿多義性與變動性的流動場域，以戰爭動員為目的的國族與性別邊界的協商與重劃，反而凸顯出日本「帝國」、「大東亞」作為一種「翻譯機制」的多重建構性與內在矛盾。

第五章

性別化的國族「血統」想像

殖民地台灣小說中的台日混血兒

在男性中心的家父長制社會與國家當中，父系系譜成為家族、民族與國家歸屬的認定標準。雄性精子進入雌性體內與卵子結合後，著床子宮孕育生命的生物再生產模式，被轉化為國族與文化認同之性別意涵。父系系譜作為「種」的概念，決定了個人先天性的家族與民族「血統」、以此為基礎的國家歸屬。相對地，母系系譜則與孕育生命的土地結合，作為孩童照養與家庭教育的後天環境提供者，涵養下一代的品格、道德與文化感性。

此一奠基於性別制度的國族與文化系譜概念，也延伸至帝國殖民論述的場域。彼得・休姆（Peter Hulme）對於早期歐洲殖民論述的研究指出，在西歐語言當中，土地被視為女性，必須藉由男性發現者的命名，才能具有正統性。例如，美洲大陸「America」就是來自於其發現者Americo Vespucci姓名的女性形。[1]這些土地還沒有被歐洲人「發現」之前，其實已經有原住民的稱呼，但一直要到歐洲人的命名之後，該土地才真正「存在」。日本人類學者今福龍太據此指出，在歐洲的殖民地支配過程中，歐洲人男性以父親的姿態賦予女性土地正統性，成為其在該土地行使父權政治權力的重要步驟。然而，在殖民地的現實中，原住民女性受到歐洲人男性的性剝削，大多數混血兒根本無法明確認定父親是誰；即使知道，很多時候也都處於被歐洲人父親拋棄的狀態。在這樣的狀況下，混血兒傾向於有意識地「遺忘」父親，與提供照養的母親及在地土地相連結，因而產生挑戰「祖國／父之國」（fatherland）的父系系譜之可能性。[2]

史托蕾針對法屬越南與荷屬印尼的研究也指出，混血兒因其身體、文化感性與政治傾向三方面的混雜性，成為殖民當局同時加以收編與排除的對象。具體而言，這些混血兒的母系在地血統使其得以適應殖民地的熱帶氣候，父系的歐洲血統與文化傳承，又使他們被期待成為效忠殖民母國的優良殖民地國民。然而，他們曖昧的定位、分裂的歸屬與無根性具有潛在的危險性，有可能暴露種族界線、家父長婚姻制度、中產階級家庭秩序、孩童教養規範等社會制度與界線的恣意性，進而動搖以這些社會劃分為基礎的殖民地二元對立與國族認同。[3]也就是說，混血兒的多重跨界性質使其成為帝國與殖民地的內在邊界（**interior frontier**），對於「歐洲性」的界定、公民權的賦與、國族屬性的認定基準等提出質疑，並揭露個人的國族認同如何在國族本質的道德絕對性之下受到維持，無視於國族邊界外部的殖民地空間、以及內部的各種異質性。[4]

---

1 Peter Hulme, "Polytropic Man: Tropes of Sexuality and Mobility in Early Colonial Discourse," in Francis Barker et.al. (ed.), *Europe and Its Others, vol.II* (Colchester: University of Essex, 1984), pp. 17-32.

2 今福龍太，《クレオール主義》（東京：青土社，二〇〇一年），頁一三三—一三五。

3 Ann Laura Stoler, *Carnal Knowledge and Imperial Power: Race and the Intimate in Colonial Rule* (California: University of California Press, 2002), pp. 90-110.

4 Ibid., p. 80.

在日本帝國，混血兒同樣因其對殖民權威的潛在威脅，在日本本國與殖民地受到歧視。本書第四章提到，日本的優生學派勢力反對殖民地的同化政策與混血，主張大量導入日本移民，漸次取代被殖民者，以保持「優越」日本血統的純粹性。一九四三年日本厚生省（衛生署，一九三九年成立）研究所人口民族部的政府內部機密資料《以大和民族為中心的世界政策探討》（大和民族を中核とする世界政策の検討）當中，對於日本帝國下的混血兒有諸多負面批評，認為混血兒缺乏適應力與疾病抵抗力，將會逐漸變成在地原住民或是成為另外一種民族，在性格上具有依賴、趨炎附勢、缺乏責任感、意志薄弱、虛無主義、人格缺陷之傾向。[5]四〇年代日本的優生學思想中，尤其對混血兒的愛國心與國民精神，抱持懷疑的態度。[6]然而，日本保持血統純粹性或單一民族想像的欲望，必須與帝國內異民族戰爭動員的時代需求相互協商，有必要設法消弭、轉化混血兒對殖民地種族二元對立與國族認同的可能威脅。

本書第二章與第四章的討論分別顯示出，日本人與台灣原住民、日本人與台灣漢人之間的異種族通婚，分別在親密與仇恨關係交錯、國族與性別邊界重劃下，進行種族「差異」與「認同」的建構。相較於白人男性殖民者與原住民女性的混血兒搖擺於父系血統與母系鄉土之間，台日混血兒的雙親種族與性別組合更為多元，凸顯日本帝國種族論述的種種內在矛盾。本章將聚焦於殖民地台灣小說中台日通婚的第二代混血兒，藉由黃氏寶桃〈感情〉（一九三六）、庄司總一《陳夫人》（一九四〇／一九四二）與〈月來香〉（一九四二）、小林井津志〈蓖麻的成長〉（一九四四）中台灣漢人與日本人的混血兒，以及坂口䙥子〈時計草〉（一九四二）中台灣原住民女性與日本人警察的混血兒，討論不同種族的台日混血兒書寫之國族與性別認同建構與內在矛盾。星名宏修的先行研究指出，這些混血兒書寫背後，有著戰時下日本帝國將國民與殖民地人民視為戰爭人力資源，在優生學與殖民地軍事動員之間拉鋸的歷史過程。[7]同時，這些小說暴露出日本殖民統治中「一視同仁」口號與民族歧視的密不可分，以及殖民地混血兒的存在，如何被利用來「證明」日本人的優越性與大東亞戰爭的正當性。[8]本章進一步關注殖民地台灣混血兒帝國主體建構過程中的內在矛盾，探討以下問題：在這些小說當中，台日混血兒威脅殖民地二元對立與國族認同的「不純粹」性，如何被「翻譯」為性別化的「純正」國族與帝國主體？殖民地台灣的混

5　小熊英二，《単一民族神話の起源》，頁二五三—二五四。
6　星名宏修，〈「血液」の政治学——台湾「皇民化期文学」を読む〉，《琉球大学法文学部紀要　日本東洋文化論集》第七號（二〇〇一年三月），頁三〇—三一。
7　星名宏修，〈「血液」の政治学——台湾「皇民化期文学」を読む〉，頁五—五四。
8　星名宏修，〈植民地の「混血児」——「内台結婚」の政治学〉，收於藤井省三、黃英哲、垂水千恵編，《台湾の「大東亜戦争」》（東京：東京大学出版会，二〇〇二年），頁二八九—二九〇。

血兒協商其血統混雜性與認同分裂的過程，如何凸顯混血兒作為殖民地交混產物的「不可譯性」（untranslatability），進而揭露種族、國族與性別主體建構的「本質化」與「純正化」過程？

一、父系國族認同的展演：黃氏寶桃〈感情〉（一九三六）

黃氏寶桃為日治時期少數的台灣人女性作家之一，在小說與詩作當中展現對於女性議題的關注，但在一九三六年因為作品〈官有地〉刊載事件憤而封筆，[9]作品數量有限。〈感情〉[10]為少數台灣人作家處理日台混血兒之文學創作，加上設定為日本人男性與台灣漢人女性的少見組合，使得這篇日文小說雖然篇幅短小，在日治時期的文化生產中具有獨特意義。小說描述太郎的父親為日本人，因來台視察時與太郎母親相戀，生下太郎。然而，父親藉故返回日本內地後，再也沒有回到太郎母子身邊。母親獨立撫養太郎十七年後，在太郎叔父安排下決定再婚。太郎對於母親的再婚表示理解與接受，但當母親要求他將衣著從日本服改為台灣服時，太郎很憤怒地表示拒絕。

在小說當中，太郎從來沒有見過父親，也沒有去過日本。但小時候母親睡前常跟他說「父親的國家」的故事，讓他對於日本人父親及父親所在的日本，產生孺慕之情。太郎生平最大的希望，就是到日本與未曾謀面的父親見面，「這是因為他想要逃離身邊只要看到本島人就稱之為『リヤ』，認為他們是劣等人種的人們，同時也是因為他對於叫作『內地』、生活樣式完全不同的國家之好奇心」。[11]這段敘述呈現太郎作為台日混血兒，在殖民地社會建構日本「祖」「國」（fatherland）父系血統與土地認同之心理機制。首先，太郎對於日本人父親的認同，來自於母親從小的灌輸。在歐洲殖民地，受到歐洲父親拋棄的混血兒成為一個社會議題。相較於棄嬰可能因受到雙親拋棄而造成身體死亡，被逐出歐洲教養與文化環境的混血兒成長於殖民地在地環境，在性放縱的原住民母親的「不道德」影響下，等於被宣判「社會死亡」（social death）。[12]然而，〈感情〉當中太郎的母親被塑造為堅守婦德的台灣女性，一心一意等待太郎父親歸來，並灌輸太郎對於日本人父親的認同，使得太郎雖被遺棄於殖民地母方環境，仍能在想像的國度中，認同於

9 一九三六年黃氏寶桃的小說〈官有地〉與吳濁流〈どぶの緋鯉〉（泥沼中的金鯉魚）等作品一同入選《台灣新文學》小說徵選，但後來其他作品刊載於《台灣新文學》第一卷第五號與第六號，唯獨〈官有地〉沒有刊出。黃氏寶桃在《台灣新文學》第一卷第七號發表詩作〈詩手（最後的作品）〉，副標題為「寫於歷史小說〈官有地〉被拒絕發表的那一天」，之後便從文壇上銷聲匿跡。呂明純，《徘徊於私語與秩序之間：日據時期台灣新文學女性創作研究》（台北：國立編譯館，二〇〇七年），頁二二七—二三〇。

10 黃氏寶桃，〈感情〉，《台灣文藝》三卷四、五期合併號（一九三六年四月），頁二二一—二二六。

11 同前註，頁二二三。

12 Ann Laura Stoler, *Carnal Knowledge and Imperial Power*, pp. 87-90.

未曾謀面的日本人父親與日本土地。其次，太郎平常穿著和服，以日本人的外表出現，但他仍然感受到在殖民地民族權力關係下，他的母系台灣人血統受到日本人歧視。太郎想到日本與父親見面，正是為了藉由父親對他的承認，確認他的日本人血統「正統性」，以克服殖民地的民族歧視。太郎對於日本人父系血統與土地之嚮往，進而建立他對日本國家的認同。太郎強硬要求母親在他床邊懸掛日本國旗，顯示出他對父系血緣與祖國土地之歸屬感如何進一步形構出與父系系譜密切相關的「愛國」（patriotic，字根patri來自拉丁文與希臘文，意指父親）情感。

然而，太郎在母親引導下建構的日本國族認同，由於母親與台灣人男性的再婚，面臨斷裂的危機。對於太郎的母親而言，穿著和服的太郎不斷喚起她被日本人拋棄的創傷，新任台灣人丈夫也不會樂見於太郎心向著日本人生父，因而要求太郎換下和服。母親與台灣人男性的再婚，使得太郎的日本人父系血統認同與在地父權產生了衝突。太郎支持母親的再婚，但他認為，「自己從父親那一邊接受了更多，很明顯地是內地人的小孩」，不願意轉而認同新的台灣人父親與台灣民族身分。[13] 然而，在以父系血統為中心的漢人社會，可以想見太郎終究必須妥協，除了換下和服，還必須丟棄懸掛床邊的太陽旗，與日本的父系血統與國族歸屬完全切斷，跟隨母親進入台灣人繼父的在地父權與民族系譜。

然而，小說中太郎被迫放棄日本人父系認同的過程，反而揭露了父系與國族血統認同的建構性。這尤其展現在小說中作為太郎日本父系血統與國族認同表徵的「和服」上。如前所述，日本人與台灣漢人、朝鮮人之間，膚色、髮色、體型等一般被用來區別種族的身體差異並不明顯，必須透過語言、習俗、服裝等民族與文化差異加以區分。從身體特徵來看，太郎雖具有「本島人特有的面無表情之面貌」，但其混血兒性質並不顯著，服裝（台灣服或和服）成為界定其民族屬性的外在表徵。然而，正如雙語的他可以隨意切換日語與台語，服裝可隨意「穿上」或「脫下」的性質，顯示出太郎以父系血統為基礎的日本國族認同之恣意性與可變性。不管太郎身穿和服、認同於日本人父系血統與祖國，或是換上台灣服、認同姻親關係的繼父與台灣民族身分，其血統與民族「認同」都不是與生俱來的先天性本質，而是藉由「差異」的「展演」建構出來的。同樣地，太郎床邊的太陽旗所象徵的日本國家認同，也不是自然而然的天生情感，而是以父系血統與土地認同為基礎，後天建構與習得的國族想像與展演。

　　更進一步地，太郎藉由外在表徵進行的父系與民族認同「展演」，反而揭露了太郎在民族血統上的「非本真性」（inauthenticity）：他之所以「必須」在日本／台灣的民族認同之間做「選擇」，正是因為他作為殖民地民族交混的產物，無法完全歸類於日本／台灣的任何一方。因此，

13 同前註，頁二二五。

小說中太郎隨著父系系譜的變化，將自己的混雜血統「翻譯」為日本或台灣民族的過程，反而凸顯出太郎作為被日本人父親拋棄的混血兒私生子，他的存在本身逸脫於既有的殖民地民族分類、婚姻與家庭制度，具有多重的「不可譯性」。

〈感情〉發表於中日戰爭前夕的一九三六年，但一九三一年九一八事變以來中日間日趨緊張的關係，已經使得殖民地台灣的中國漢人血統／日本帝國認同間的衝突與矛盾浮上枱面。從生產的時代背景來看，〈感情〉中太郎的認同議題，預示了「皇民化」運動下國族主體「翻譯」的實踐與局限。以下將進而藉由三篇發表於一九四〇年代的小說，探討其中的台日混血兒書寫呈現何種性別化的帝國與國族主體「翻譯」。

二、母系帝國與父系漢人血統的協商：庄司總一《陳夫人》（一九四四）

《陳夫人》[14]第一部《夫婦》出版於一九四〇年，以陳家第一代大家長阿山夫婦、第二代的清文與日本人妻子安子、清文的兄弟與配偶為中心，第二部《親子》出版於一九四二年，焦點轉移到清文與安子的女兒清子等第三代的故事。一九四三年小說獲得「第一屆大東亞文學獎」次獎後，隔年上下兩集經修訂後合併為一冊重新出版。我們在前一章看到作者庄司總一如何藉由台灣人被殖民者、日本人女性等民族與性別的帝國內在他者，建構「純正」帝國主體想像，本章將把焦點放在清文與安子的混血女兒陳清子身上，探討清子如何協商其存在與認同的分裂。

與〈感情〉中的太郎一樣，清子的雙重民族屬性表現在語言與服裝的選擇上。清子年幼時因混血兒身分受到堂兄妹嘲笑，刻意不使用日語以免受到大家排擠。長大之後，她感受到日本人同學對台灣人與台灣文化的歧視，因而對自身的台灣人血統感到排斥，常與父親鬧彆扭。例如，清子邀請同學到家中慶生，母親建議她穿剛訂做好的台灣長衫，既適合她高挑的身材，又能讓父親開心。清子意識到，台灣漢服跟和服一樣都只適合一半的自己，明明知道台灣長衫最能凸顯她的個性，但因不想取悅父親，故意唱反調選了和服。相較於〈感情〉中的太郎藉由和服展演自身的日本人父系血統認同，清子對於受日本人歧視的台灣人父系血統有所抗拒，刻意迴避表達父系認同的台灣長衫。諷刺的是，參加喜宴後穿著中式長袍回到家裡的父親，反而襯托出清子的和服盛裝無法否定的台灣人血統。敘事者表示，「如果她是內地人，反而會很單純地穿上長衫吧！在那樣的狀況，可以說是一種慰藉或品味，或者是一種消遣吧！」[15]也就是說，服裝與民族屬性之間

14 庄司總一，《陳夫人》（東京：通文閣，一九四四年；復刻版：庄司總一，《陳夫人》〔東京：大空社，二〇〇〇年〕；中譯本：庄司總一著，黃玉燕譯，《陳夫人》〔台北：文經社，二〇一二年〕）。

15 庄司總一，《陳夫人》，頁二四四；中譯本：庄司總一，《陳夫人》，頁三九三。

的關係並非固定不變，對於在台日本人而言，穿著台灣服裝反而成為一種民族跨界的展演，作為個人的品味或消遣，慰藉每天都要嚴守民族界限的沉重氛圍。然而，清子因為同時具有台灣與日本血統，服裝的展演反而被賦與民族認同「選擇」之意涵。

針對清子彆扭的個性，親子三人分別歸因於不同的先天或後天因素。父親清文認為，清子的個性不全然是先天的性格缺陷，也是由於後天的特殊境遇所造成。安子不願意承認自己的異族通婚造成後代的不幸，主張清子是因為身體不健康，才會造成她彆扭的個性。至於清子自身，則歸因於父親的不良遺傳。她對母親表示，父親「是個偏狹的人，具有強烈的名譽欲望，想要變得偉大或變得幸福而不斷掙扎，卻無法達成願望，總是焦躁不安而易怒」，[16]在父親的遺傳下，自己才會將事情往不好的方向解釋。至於身體的不健康，清子則私下認定是因為自己的身體不適合台灣的熱帶氣候，並認為「她對於自已出生的這個殖民地具有異樣的反感，似乎這樣的生理因素也是原因之一」。[17]也就是說，作者將清子的性格缺陷歸因於父母雙方的「先天性」遺傳：台灣漢人父親汲汲營營的不滿足「血統」，以及來自日本寒帶地區的母系身體對於在地熱帶「鄉土」的不適應。這也呼應著前一章討論到的，作者在建構清文與安子為帝國的民族與性別內在他者時，清文好強、充滿物欲與野心的缺陷性格來自於「南支那人」的民族血液，安子則受制於女性易受生理影響的非理性身體與情感。除了父母雙方的先天性遺傳，敘事者還提示，清子的性格缺陷是因為分裂於日本與台灣兩個不同的血統與文化之間，產生認同歸屬的無所適從。整體而言，作者對於清子混血兒性格提出的不同歸因顯示出，民族與性別認同如何在血統、身體的「先天」遺傳與殖民地的「後天」環境論述中受到建構。

然而，小說中試圖將清子缺陷性的殖民地混雜與帝國的「南進」大業加以連結，轉化為扮演中日媒介的正面意義。小說快結束時，清子與愛慕她的堂哥明一起到赤崁樓。明靠著赤崁樓的欄杆，望著魚塭、鹽田、安平與遠方的台南市區，帶出墓地遷移[18]之後，台南舊市街逐漸發展為現代化都市，隨著現代住宅、學校、公園、賽馬場的建設，原有的台灣人墓地不斷向南遷移的

16 同前註，頁二二二；中譯本，頁三七七。

17 同前註，頁二四〇；中譯本，頁三九一。

18 「台南墓地移轉事件」起因於一九二八年台南州廳為了舉辦昭和天皇即位的「天皇御大典記念事業」相關活動，選定大南門外的台灣人墓地興建大典紀念運動場，引發台灣人一連串激烈的抗議，許多相關人士被逮捕。後來台南州當局感受到台灣人的輿論壓力，加上此事件是由台灣民眾黨與台灣文化協會結合各團體抗議，最後台南州當局決定中止此計畫。然而，隔年州當局再度提出「大台南市計畫」，欲開發墓地所在地的大南門一帶，雖一度引發民眾黨的反彈，但此次牽涉者較少，也沒有大規模的反對運動，此區遂逐漸被開發。至一九三九年時，此處已具備棒球場、運動場、賽馬場、市營游泳池、公園等設備。曾馨霈，《民俗記述與文學實踐：一九四〇年代台灣文學葬儀書寫研究》（台北：台灣大學台灣文學研究所碩士論文，二〇一〇年），頁八六—八七。

狀況。然而，感覺上，台灣人的墳墓仍堅持「與現代性抗爭」，無止盡地延伸到台灣最南端的鵝鑾鼻。敘事者接著鋪陳：「站在那鵝鑾鼻的海角望著黑潮厚重的起伏，這個島不過是一個番薯大小。以前曾是這個台灣的支配者的鄭成功，曾經懷抱著遠征呂宋的雄心壯志」。[19]這段情節的政治寓意相當明顯。正如本書第三章所述，太平洋戰爭爆發後，日本因應「大東亞共榮圈」的政治口號，調整激進的皇民化政策，轉而提倡地方文化的復興。在這樣的政策轉換下，台灣漢人民族文化不再是皇民化運動必須完全剷除的對象，而是有助於日本理解中國敵性文化、以及東南亞、南洋華人的民族性與文化。更重要的是，隨著日本南進政策的帝國版圖擴大，台灣產生了地政學位置的轉變：從日本的南方邊陲領土，轉化為帝國南進的前鋒。小說中藉由鄭成功以台灣為據點，抵抗滿清異族政權、向南方擴張版圖的雄心壯志，將台灣漢人抵抗日本及其殖民現代性的民族認同，轉化為日本「南進」政策中的正面特質。

在此一政治操作過程中，清子的混血血統為帝國「南進」政策下日台「生命共同體」的政治寓言，提供了物質性基礎。明對清子說：「日本與台灣——不，日本與中國互為協和體的命運，早在三百年以前就已經決定了……，清子，妳就是鄭成功喔！」[20]根據張文薰的研究，自十八世紀初期，鄭成功的事蹟即透過淨琉璃通俗戲劇等，流傳於日本文人與庶民之間。日本殖民統治台灣後的鄭氏史事書寫則強調陳永華、鄭克臧的經營台灣與放眼南洋，以合理化日本帝國對台灣的殖民統治。[21]尤其是，鄭成功象徵反清復明的民族正朔與精神，在日治時期持續受到台灣民眾愛戴，日本官方與非官方的殖民論述因而藉由其日本人母系血統，建構鄭成功與日本之間的歷史關聯。[22]同樣地，《陳夫人》當中刻意忽視鄭成功延續明朝漢人正朔，抵抗異族統治的漢人民族意識，單方面強調其日本人母系血統，以宣傳台日一體的政治意識形態。作者以清子作為殖民地台灣之隱喻，將其父系漢人民族血統納入母系日本帝國，協商中日戰爭下台灣在「祖」（漢人父系家族系譜）「國」（日本帝國）之間的不一致，並將鄭成功攻略呂宋的志業與日本帝國的「南進」政策相連結。

在堂哥的引導之下，清子開始透過赤嵌樓從原住民番社所在地、荷蘭人建城到鄭成功攻占的過往，將自身與台灣的歷史與土地互相連結：「清子是從這塊土地出生的。她感覺到自己的父

19 庄司總一，《陳夫人》，頁二八七；中譯本：庄司總一，《陳夫人》，頁四二三。

20 同前註。

21 張文薰，〈歷史小說與在地化認同——「國姓爺」故事系譜中的西川滿《赤崁記》〉，《台灣文學研究學報》一四期（二〇一二年四月），頁一〇五—一三一。

22 江仁傑，《日本殖民下歷史解釋的競爭——以鄭成功的形象為例》（桃園：中央大學歷史研究所碩士論文，二〇〇〇年），頁四二—六一。

親、祖先在這塊土地上，將血液綿延不絕地流到自己身上。我是台灣人——清子現在可以毫無保留地這樣說」。[23]藉由歷史與地理的時空延續想像，清子的漢人民族血統與土地情感成為其台灣認同的基礎。表面上看來，清子的台灣認同與〈感情〉中太郎的日本國族認同形成對比。然而，清子的台灣人在地認同並非回溯鄭氏遙望的父祖之國中國，而是作為「中日協同」之基礎，同樣被連結到日本國族認同，與〈感情〉中的太郎殊途同歸。[24]小說結尾，清文在陳家分家之後，提到移居爪哇島經營農場的構想，清文在殖民地台灣的現代化農園工廠事業，成為日本帝國南進的經濟勢力擴張之參照點。[25]從日本到台灣再到爪哇，《陳夫人》當中的台日混血家族具現了日本帝國以台灣作為中介，連結「大東亞」不同民族血統與地理鄉土之勢力擴張過程。

然而，殖民地台灣在民族與地理空間上的中介性，卻也造成了在台日本人在民族文化認同與鄉土歸屬上的不確定性。相較於未曾到過日本的灣生同學，清子曾在小學時跟母親一起回日本東北老家。雖然是個沒有任何娛樂的鄉下地方，清子仍感到親近，想要一直待在那裡。然而，那是母親的故鄉，而不是清子的故鄉。雖然清子從小在「陳家祖父阿山的葬禮、大廳懸掛的新娘燈、寺廟的祭典與胡琴的聲音」[26]當中成長，但她也不覺得陳家及台灣傳統文化是她的故鄉，正如她對台灣人父親的抗拒。不管是遙遠而親近的母親故鄉，或是近在身邊但令人抗拒的父親故鄉，清子在血統上承繼了兩個民族與家族的原生空間，結果反而沒有一個真正屬於自己的「故鄉」。

同樣的「故鄉喪失」問題，也出現在灣生的角色身上。清子的灣生同學為日本人第二代與第三代，家族已經完全定居台灣，甚至在台灣建造墳墓。即使台灣已經成為她們事實上的故鄉，民族血統（日本人）與鄉土空間（殖民地台灣）的不一致，使得她們忍不住想像在遙遠的地方，有個自己「真正」的故鄉，因而在感情上變得「卑屈」。敘事者評論道，她們所思念的故鄉「其實不是東京也不是大阪，而是更為空泛的，恐怕是想要回歸殖民地化以前的自身原本樣貌之潛意識反抗吧」。[27]作者本身為灣生，小說中敘事者分析灣生想要回歸的「故鄉」為「殖民地化以前的自身原本樣貌」，呈現作者對於「純正性」與「本真性」的想像與欲望，凸顯了日本在西化、現代化與海外領土擴張下，追求「失落」的「純粹」民族與鄉土之曲折現代性欲望。

23 庄司總一，《陳夫人》，頁二八九；中譯本：庄司總一，《陳夫人》，頁四二四。
24 星名宏修，〈植民地の「混血児」——「内台結婚」の政治学〉，頁二七四—二七五。
25 關於清文經營的鳳梨農園工廠如何成為台灣殖民現代化的政治寓言，請參照朱惠足，〈帝國下的漢人家族再現——滿洲國與殖民地台灣〉，《中外文學》三七卷一期（二〇〇八年三月），頁一六六—一六七。
26 庄司總一，《陳夫人》，頁二五二；中譯本：庄司總一，《陳夫人》，頁三九九。
27 同前註，頁二五一；中譯本，頁三九八。

三、殉國英魂與軍國之母的誕生：庄司總一〈月來香〉（一九四四）

庄司總一另一篇以台日混血兒為主題的小說〈月來香〉[28]在《旬刊台新》連載共計八回。小說描述在日本人醫生家中幫傭的台灣人女性龍氏滋美懷了雇主梶井的小孩，被解雇後生下男孩，一週後小孩卻被雇主的太太強行帶回，母子分離。小孩梶井次郎中學時無意間得知自己為私生子，且生母為台灣人。一開始次郎很難接受這樣的事實，但在他到東京念航空士官學校、回台成為飛行員後，逐漸擺脫負面思考，坦率與滋美重建母子關係。然而，太平洋戰爭爆發，次郎在某次出擊馬來半島執行任務時戰死，傷心欲絕的滋美隨即提振精神，決定作為「永遠的母親」，堅強地活下去。

與前面各篇小說最大的不同在於，〈月來香〉當中的台日混血兒主角在日本人家庭中成長，一直到高中時期，才無意間得知自己出身的祕密，因而產生自我與國族認同危機。整篇小說關注於次郎如何協商其台灣人母系血統的心路歷程。首先，太郎對於台灣人母親的抗拒，呈現殖民地社會建構民族「本質性」差異的心理機制。次郎初次與滋美見面時，雖然不至於將生母想成纏足老嫗，但想像她是個綁台灣髮髻、穿台灣服、因嚼食檳榔而牙齒污黑的台灣人女性。出人意料地，滋美是個身穿洋裝，操持幾乎沒有台灣腔的清脆動聽日語之現代女性。小說前幾回的故事情節，已經先鋪陳滋美如何在殖民現代性的規訓過程中脫胎換骨。出身貧苦農家的滋美先後在日本人的家庭、幼稚園與醫院工作，在雇主的太太、幼稚園園長等日本人女性的調教下，學會打掃、奉茶、裁縫等現代家庭的女性家務勞動技能，並在台北醫院婦產科擔任護士後，取得產婆執照自行開業。

日治時期沒有受過現代醫療訓練的台灣傳統產婆常被認為迷信無知，造成嬰兒的高死亡率。然而，傅大為從性別與醫療的角度探討台灣現代婦產科興起過程的研究指出，日治時期台灣嬰兒的高死亡率原因很複雜，不直接是因為台灣產婆的個人問題。在殖民政府介入建構台灣婦女生命政治，對台灣的人口素質與數量進行間接管理的過程中，台灣產婆受到污名化，相對建構出新式產婆「代表科學、醫術、甚至文明」的現代新女性權威。[29]〈月來香〉當中多次強調，滋美在現代醫院的婦產科實習，通過考試取得執照，與台灣社會傳統「拾囝婆」的不衛生、迷信與危險，形成極大對比。滋美的產婆職業作為性別化的現代生命政治與治理之象徵，賦與其「現代新女性」的正面形象。從服裝、日語到舉止，滋美歷經殖民現代性改造的身體，「超越了內地人、本

---

28 庄司總一，〈月來香〉，《旬刊台新》一卷五期至一卷一三期（一九四四年九月至十一月）。

29 傅大為，〈近代婦產科的興起與產婆的故事〉，《亞細亞的新身體：性別、醫療與近代台灣》（台北：群學，二〇〇五年），頁八二——一一七。

島人的區別框架，就只是作為生下自己的一位女性，直接吸引了次郎的心」，讓次郎幾乎忘了她是台灣人。[30]

然而，此時突然有台灣人來訪，打斷了次郎超越民族區別對滋美產生的孺慕之情。次郎聽到滋美以台語跟客人應對，瞬間回到現實——自己的生母為台灣人。雖然次郎對台灣人摯友葉金平表示，重點不在於生母的台灣人身分，而是在於他同時有兩個母親，「就好像由雞孵育的鴨蛋一樣」。[31]然而，雞鴨的動物比喻反而透露出次郎對於民族「血統」的拘泥。對於次郎來說，滋美接受殖民現代性規訓改造的「可視性」現代身體，終究無法超越其「不可視」的台灣人血統本質。這也呼應著日本的殖民論述中，透過「文明」象徵的洋裝、日語、舉止等外表上的差異建構日本的優越性，並將這些差異建構為無法改變之種族「本質」，以合理化殖民地的不平等種族權力關係與同化政策。

在小說中，滋美作為母親的「生理性」身體，受到民族與性別的雙重歧視，成為體現被殖民者低劣民族「本質」的物質性存在。小說一開始，敘事者便將滋美未婚生子的過去，定義為她人生中永遠無法消弭的過錯、失敗與不幸。敘事者鋪陳梶井太太不近人情的嚴格，對照於梶井不拘小節的開朗性格，強調兩人婚姻生活的不美滿，規避梶井醫師讓懵懂無知的滋美懷孕之道德責任。藉由這樣的方式，次郎作為台日混血私生子的不幸出身，完全成為台灣人幫傭滋美的罪過，複製了殖民統治下民族、階級與性別的多重權力關係。接著，相較於梶井醫師關心與協助滋美，梶井的第二任太太直子則表現露骨的民族歧視。她得知次郎前往滋美家後臉色大變，「那種震驚的方式，就彷彿可愛的兒子去了妓女處回來似地」。[32]次郎沒考上海軍官校，直子前往滋美住處興師問罪，要求她不要再跟次郎見面，甚至對滋美表示：「妳或許生下了那孩子。但是，只是生下小孩應該沒有任何意義吧！即使是動物，也會生小孩啊！」[33]將滋美的身體貶抑至「動物」的層次。本書第二章已經提到，將人類與非人類動物加以區分與層序化為種族主義的基礎，「動物」的比喻例示了不同民族之間的生理性「差異」如何被建構。殖民地社會對於民族血統的「本質性」與「生理性」界定，使得太郎在第一次與台灣人生母相認時，產生了上述認同化與差異化之複雜切換。

不僅如此，次郎得知自身台灣人血統後，對他的自我與國族認同造成強烈影響。次郎一開始想要從醫，但在台灣人好友葉金平的影響下，轉而立志成為海軍。葉金平渴望藉由從軍，擺脫傳

30 庄司總一，〈月來香〉，第六回，頁三三。
31 庄司總一，〈月來香〉，第七回，頁三二。
32 庄司總一，〈月來香〉，第六回，頁三四。
33 庄司總一，〈月來香〉，第八回，頁三一。

統大家庭制度的落後守舊，但一九四二年台灣實施志願兵制度以前，從軍為日本人的專屬「權利」，身為台灣人的葉金平無法如願以償。次郎因而發現自己身為日本人享有從軍權利之意義，立志報考海軍學校。但他在得知自己的生母為台灣人之後，開始認為自己因具有台灣人血統，沒有資格成為帝國軍人，頓時失去自信心而落榜。次郎對於自身台灣人母系血統之「發現」，以及此一不為人知的「隱性」血統對於他的個人與民族認同帶來的戲劇性影響，逆說式地揭露殖民地民族血統「本質」論述之建構性與強迫觀念。

除了對台灣人血統感到自卑，共生基礎的缺乏，也使得次郎難以對台灣人母親產生親子情感。在小說中，滋美因急性肺炎陷入昏迷，原本應該給予抽血，但梶井醫師基於情感因素，反而對虛弱的滋美進行輸血。原本應保持客觀冷靜的醫生依照情感行事，展現「科學的超越、理論的跳躍」，[34]卻使得滋美奇蹟式地獲救。輸血的場景成為西方科學與個人情感拉鋸的場域，呼應著當時日本藉由「超越現代性」（近代の超克）克服日本西化的現代性、與西方國家相抗衡的戰爭意識形態。當時，同血型的次郎主動表示願意輸血，在進行輸血時，連不知情的旁人都感受到這對醫生父子與滋美之間，有著犧牲奉獻的感情。然而，敘事者分析次郎的心境如下：

但是，那並不是將血液歸還給創造自身生命泉源之類的滿足感或是神祕情感。在親子關係當中，血液的連繫確實是基礎所在。然而，若要將那種親近感具體化，還必須要有一起生活與交談、分享喜怒哀樂、互相接觸等時間上的條件。滋美並沒有與次郎一起生活。不過，對於滋美來說，自己生下的小孩卻一直生活在她的內心當中，呼吸著。[35]

相較於滋美受到自然化的「母性」身體經驗與情感，次郎對於生母的認同則受到相對化——即使母子之間有著「血液的連繫」，但因沒有一起生活，無法產生真正的親子情感。

後來，重新振作的次郎報考航空士官學校並成為飛行員，得以超越民族血統的劣等感，並與台灣人生母重建母子關係。小說中提到，一九三七年世界航空史上各項嘗試跨洲、跨洋、環繞世界或北極圈等創舉，帶來飛行熱潮。敘事者尤其強調，日本也不落人後，製造出國產飛機「神風」，成功完成亞歐飛行壯舉，帶動日本全國人民的航空熱。次郎受到這樣的時代風潮影響，加上寄居處的日本叔父為海軍中佐，帶他參觀霞之浦航空隊時，有機會搭乘飛機，因而決定報考航空士官學校。小說中特別強調太郎受到日本武士道自由開闊的精神薰陶，使得他在決心成為飛行

34 庄司總一，〈月來香〉，第八回，頁三〇。
35 庄司總一，〈月來香〉，第七回，頁三四。

員之際，超越西方式的個人主義與功利主義。比起海軍的軍艦船隻，跨越國家、洲際與海洋等疆界的航空飛行，帶來更廣闊的世界想像，使得次郎得以超越個人民族血統與認同的局限。畢業歸台時，次郎除了在身體上鍛鍊成鋼鐵般強壯，在精神上的變化更是顯著：不再有陰暗曲折的彆扭性格，而是開朗明亮、精神飽滿。同時，次郎因台灣人母系血統而產生的身分認同困擾也隨之煙消雲散，坦誠與滋美重建母子關係。

在次郎的母子關係重建中，台灣寺廟到日本神社的空間置換，寓示了皇國認同超越母系在地血統的過程。太郎第一次到台灣人聚集區域造訪滋美時，在南國的日暮時刻來到台灣寺廟前：「近日來，寺廟廢止之聲浪不斷，果真不見縷縷輕煙或蠟燭之焰，如廢屋般模樣的幽暗內殿，彷彿亡靈般的蝙蝠出入著」。[36]在中日戰爭下，神社參拜與寺廟廢止為「皇民化」運動的重點之一。[37]藉由日暮、廢屋、亡靈與蝙蝠的意象，作者視覺性地呈現台灣人傳統文化在皇民化運動中沒落與凋零的命運。雖說如此，台灣人血統與其民族遺產（ethnic heritage）仍然如亡靈般地束縛著次郎，讓他喪失成為日本軍人的自信。相對地，次郎成為準士官後與滋美共同參拜台灣神社的場景，則呈現截然不同的光線與氛圍：「柔和的秋日陽光落在神社廣場的白色沙粒上。蒼鬱的榕樹樹林深處，清爽的涼風隨著綠繡眼清爽的聲音一起傳來」。[38]柔和明亮的陽光、白色沙粒、蒼鬱的榕樹、綠繡眼等富生命力的明亮意象，與台灣寺廟的黑暗衰亡成為強烈對比，彰顯日本政教合一的皇國精神與認同的充滿希望。次郎回到軍隊後音信全無，滋美開始每天穿著和服前往台灣神社，花費許多時間虔誠地祈求次郎武運長久。這樣的空間置換視覺性地寓示了次郎的混雜民族血統被「翻譯」為日本父系國族認同之過程：次郎藉由成為皇國軍人，超越台灣寺廟中陰魂不散的台灣人民族血統與遺產，進而在天皇之父的精神感召下英勇戰死，成為被供奉在靖國神社的英靈，召喚更多的帝國男性繼承其遺志。

小說中數次以擬戀愛關係比喻次郎與台灣人生母之間的母子互動，彰顯次郎作為帝國軍人的英姿煥發。次郎身穿飛行員的純白軍服，胸襟別著金絲羽翼徽章的瀟灑英姿，讓母親滋美也為之傾倒。昇為準士官的次郎與滋美參拜台灣神社後，一同到相館拍照，次郎微笑表示，將貼身帶著母親的照片出擊，毫無矯飾的愛與慰勞之情，「就好像在耳邊訴說甜美愛情的話語」，讓滋美嬌羞得面紅耳赤。回到家中，次郎幫滋美鬆開和服腰帶，碰觸到滋美的腹部，「彼此的血液發出聲音地流著」，喚起兩人血液相連、哺育母乳的記憶。次郎接著慰勞滋美多年來的辛勞，並表達自

36　庄司總一，〈月來香〉，第六回，頁三一。

37　請參照蔡錦堂，《日本帝国主義下台湾の宗教政策》（東京：同成社，一九九四年）第四章與第七章。

38　庄司總一，〈月來香〉，完結篇，頁三一。

身「與其醜惡地活著，不如美麗地死亡」之信念，留下裝有遺髮的小盒子給滋美。[39]透過與台灣人生母的擬戀愛關係，次郎一方面重建血乳交融的母子關係，感謝生母賦予他生命與身體，讓他能夠為日本帝國英勇捐軀，同時建構與展演自身作為帝國軍人的男子氣概。

太平洋戰爭的爆發，進而使得次郎的軍國主體成為「大東亞」區域主體，超越日本／台灣的民族與空間二元對立。小說中描述中日戰爭陷入膠著，隨著戰事的延長與日常化，日本國民逐漸出現鬆懈與無力感。然而，一九四一年夏天以來，日美關係日趨緊張，整個台灣呈現肅殺氛圍。小說最後太平洋戰爭爆發，隔年，被派往馬來半島出擊的次郎戰死。小說開始連載前，作者在預告中發表這篇小說的創作意圖：「現今日本面臨巨大國難，有待一億國民充滿鬥魂擊滅仇敵。不過，邁向勝利之路，需要大東亞民族的融和與竭盡全力，也就是所謂的血液的總和。岡倉天心的『亞洲是一體的』必須從『亞洲的血液是一體的』當中，尋求最後的解決」。[40]從作者自身的定位即可窺知，次郎在太平洋戰爭中的英勇殉死，揭示了日本帝國下所有亞洲民族超越血統的差異與共生基礎的缺乏，藉由共同參與「大東亞聖戰」，成為血乳交融的「生命共同體」之帝國想像。

混血兒次郎藉由殉國超越先天血統，並造就台灣人生母滋美昇華為「軍國之母」。小說最後，滋美接獲次郎戰死的消息，正好有台灣人家庭要她去接生。傷心欲絕的她原本要拒絕，但想到這可能是次郎投胎轉世，改變主意前往接生。在滋美的想像當中，次郎並沒有完全死去，而是作為軍魂，翱翔於天空，自己也不能耽溺於個人的悲傷，而是必須作為「永遠的母親」，有尊嚴地活下去。[41]滋美給予次郎的身體雖然已經消逝，但次郎的殉國英魂帶領她超越個人的悲傷，透過台灣「皇民化」的努力，迎接更多未來帝國軍人的台灣人之誕生。

綜合以上的討論，〈月來香〉當中藉由生產、母性、產婆、輸血等現代醫學中的身體政治，將內在民族「本質」加以可視化，進而透過混血兒主角為國捐軀成為護國之「魂」，超越身體與血液的肉身「先天」局限。然而，次郎藉由從軍與殉國超越台灣人血統的實踐，反而揭露了民族血統並非不可改變的先天性「本質」，而是為了合理化殖民地權力關係與異民族戰爭動員之目的，建構、想像出來的人為「差異」。不管是「發現」自身不為人知的母系血統的次郎，或是作為「軍國之母」傳承次郎殉國精神的滋美，他們被「翻譯」為性別化的帝國主體之種族或文化交

---

39 庄司總一，〈月來香〉，完結篇，頁三二一。

40 庄司總一，〈連載小說予告〉，《旬刊台新》一卷四期（一九四四年八月二〇日），頁一九。

41 台灣實施全面徵兵制度前，官方媒體《台灣時報》中的文章特別呼籲台灣人女性應積極提供協助，除了協助推動日語使用、衛生改善等家庭領域的皇民化，並應以作為英勇皇軍的妻子或母親為榮，激勵丈夫或兒子為天皇犧牲奉獻。竹內中佐，〈徵兵制施行に当り本島婦人に望む〉，《台灣時報》一九四四年九月，頁九—一〇。藤谷芳太郎，〈徵兵制実施に当り言を本島女性に寄す〉，《台灣時報》一九四四年九月，頁七〇—七三。

混的身體，反而標示出該「翻譯機制」的建構性與強迫觀念。

四、灣生與混血兒的「皇民化」之路：小林井津志〈蓖麻的成長〉（一九四四）

〈蓖麻的成長〉[42]描寫日本人敘事者到台北探望已逝姑姑的小孩育夫，育夫為姑姑與台灣人姑丈的混血小孩，中學二年級時母親去世，前陣子又受到妹妹去世的打擊，原本就內向的他更加意氣消沉。育夫與父親之間的相處也出現問題，父親以醫治病人為由，總是不在家，讓育夫一個人孤獨在家。敘事者開導育夫，並帶他到南部海邊老家與山上他任教的學校，讓他感受台灣孩童真誠投入戰爭協力的精神。小說最後，台灣總督府公布將於昭和二十年（一九四五年）開始施行全面徵兵，敘事者透過育夫的來信，想像他的喜悅。

在這篇小說當中，作者小林井津志同樣以戰爭時期台日混血少年之心路歷程為故事主軸，呈現其國族與性別認同上的相互建構過程：藉由戰爭協力的精神與行動展現男子氣概，以超越自身台灣人部分的血統，成為「真正」的日本人。相較於〈月來香〉中的次郎因為父系日本人身分，具有報考軍事學校、成為日本軍人的資格，〈蓖麻的成長〉中育夫的父親為台灣人，日本人母親又早逝，作者在將台日混血少年的個人認同問題轉化為國族論述時，採取了不同的「皇民」鍛造路徑與修辭。

首先，小說中藉由育夫喪母的遭遇，帶出台日混血兒脫離日本的庇護與帶領，自發性成為「皇民」之歷程。與《陳夫人》中的安子一樣，育夫的日本人母親費盡苦心帶領台灣人丈夫，教育兩個子女，以「日本婦人的傳統美德與雄偉」，進行「不起眼但根深蒂固、義無反顧的皇民化努力」。[43]然而，日本人母親早逝，受到台灣人父親忽視的育夫必須自己設法協商民族身分認同的問題。其次，敘事者開導失去家庭溫暖、與父親不和的育夫，帶領他超越自身台灣人父系血統。育夫出身於台北的醫生上層階級家庭，反而使他困在自己的內心糾葛與消極性格當中。敘事者分析，育夫沒有將台灣人父親作為父親看待，而是將父親視為台灣人而加以批判，然而，他對父親的否定，其實也是對於自身某一部分的否定，也就是自己不想面對的「非日本的殘渣」。[44]相較於《陳夫人》的混血兒清子的父系血統被定位為「漢人」民族屬性，可作為日台合作下南進的跳板與基礎，育夫的台灣人父系血統被定位為殖民地台灣內部的「本島人」血統，需要藉由戰爭協力加以克服超越的「非日本的殘渣」。

42 小林井津志，〈蓖麻は伸びる〉，《台湾文芸》一卷五期（一九四四年一一月），頁六四—八一。

43 同前註，頁六九。

44 小林井津志，〈蓖麻は伸びる〉，頁七一。

當育夫因自己的「本島人」身分而自暴自棄時，敘事者開導他，重點不在於究竟是「內地人」或是「本島人」，而在於是否能成為「皇民」：

> 本島人——那不也很好嗎？育夫覺得身為本島人很羞恥嗎？要感到羞恥的不是身為本島人，而是是否為皇民。假設今天我是蝦夷或是熊覆（引用者註：襲）的子孫，我也不會覺得怎麼樣。說不定實際上真的是如此。關於本島人，我也想要這麼看待。日本這個國家應該不會拘泥於那樣的小事，這在日本三千年的可敬歷史當中，已經充分地受到證明。當然多少會有摩擦，育夫心裡面也有那樣的摩擦，那是理所當然的。我們必須要超越它，現在台灣的人們不正勇敢地試圖要超越嗎？[45]

如前章所述，明治時期的日本為了因應海外領土擴張的需求，採取日本混合民族論，以合理化日本對亞洲其他民族的征服。引文中，敘事者以混合民族論中常被提起的蝦夷（愛奴）、熊襲（九州南部的民族）等日本古代原住民為例，強調日本帝國包容不同民族的寬大精神。然而，引文提出的混合民族論以日本民族的優越性為前提，合理化「皇民化」對帝國內部不同民族與文化差異之消弭與收編。

小說當中主要透過戰爭時期學校的勞務動員與軍國主義教育，宣傳「皇民化」運動的意識形態。小說一開始，任教於南部的敘事者利用暑假時間帶領學童種植蓖麻，以蓖麻少年的戰爭美談，勉勵學童克服困難的栽種環境。[46]在台北育夫家中，敘事者轉述這些台灣人學童的勤奮付出，強調學童立志長大之後成為瓜達康納爾島（Guadalcanal）戰役[47]或阿圖島（Attu Island）戰役[48]的日本神兵戰士。敘事者並將育夫帶到台灣南部的老家與任教學校，讓他感受台灣人學童對戰爭宣傳的熱烈回應。在南部的海邊與山上，偶遇的台灣人學童也興致勃勃傾聽敘事者與育夫講述戰爭與軍人英勇事蹟的故事，並表示長大後想要成為軍人。台灣人學童與貧瘠土地奮戰、栽種蓖麻之行動，也被描述為「超越理論的激昂鬥魂」。[49]

這篇小說發表於一九四四年十一月，明顯呼應隔年台灣即將實施全面徵兵的歷史背景。中日

---

45 同前註。

46 高雄州臨時情報部，〈嗚呼　愛國蓖麻少年〉，《台灣地方行政》四卷五期（一九三八年），頁一一三。

47 所羅門群島東南部的火山島，一九四二年八月至一九四三年二月，盟軍與日軍在島上激戰，日軍損失大量兵員（三一、〇〇〇人死亡）、戰艦與飛機之後撤離，為日本從戰略優勢走向劣勢的轉折點。

48 一九四三年五月發生在美國阿拉斯加阿留申群島的阿圖島之日美戰役，為二戰中唯一在美國領土的陸上戰鬥，二、三〇〇名日本官兵幾乎全數戰死或自殺。

49 小林井津志，〈蓖麻は伸びる〉，頁七九。

戰爭後，台灣人成為日本帝國軍伕募集的對象，但並沒有被賦予成為正式軍人的權利。太平洋戰爭爆發後，前線戰地擴大造成日本兵員不足，加上台灣作為日本前進南洋的第一線，日本因而在一九四二年與一九四三年分別實施陸軍、海軍的特別志願兵制度。一九四二年下半年以後，日軍在盟軍反攻下節節敗退，開始預想台灣成為戰場的可能性，於一九四三年九月公布將於一九四五年在台灣實施全面徵兵制。[50]尤其是「大東亞」戰爭爆發後，日本軍部意識到，中日戰爭以來許多日本軍戰死，加上日本國內出生率降低，兵力不足將成為嚴重的問題。為了「極力避免我國人員的國力之消耗」，應設法讓「外地民族」分擔戰場上的兵力與勞力。[51]小說當中，台灣學童投入戰時勞動，藉此涵養軍國主義思想的情節，具體回應全面徵兵制施行的政治宣傳。敘事者表示，「託戰爭的福，台灣的皇民化運動達成了二十年、三十年分的飛躍」。[52]由於服兵役為日本「國民」的義務與榮譽，全面徵兵制的實施，意味著台灣人的皇民化努力受到肯定，獲准作為皇軍上戰場為天皇而戰。更進一步地，敘事者與育夫在海邊眺望著海平線那一端的中國，想像著在中國與更南方的南洋，跟育夫年紀相仿的青年們正努力展現新的力量，藉此，將軍事動員的範圍由台灣全島擴大到「大東亞」的區域想像。

在此一戰爭主體建構的過程中，蓖麻成為貫穿整篇小說的重要比喻。第二次世界大戰期間，精製後的蓖麻油被廣泛用來作為戰艦、戰鬥機等內燃機的潤滑劑。如本書第三章提到的，除了戰時的增產、物資與金錢的提供、公債的消化等，戰爭勞務動員與戰時經濟的協助，也是「皇民化」的重要項目之一。[53]在小說當中，蓖麻的栽種不只是單純的戰時勞動，而是託寓了戰時勞動與戰爭主體建構之密切關聯。栽種蓖麻的土地貧瘠且缺乏水源，台灣人學童必須挖除土中的石塊，並花半小時走坡道到河邊挑水，挑回來的水常只剩下半桶。學童種植蓖麻時，不時有戰鬥機從上空飛過。藉由蓖麻所象徵的戰爭機器鍛造與軍國主義思想，育夫終於得以克服台灣惡劣的「後天」環境，立志成為「皇軍」。小說最後，台灣總督府公布在台灣實施徵兵制的時程，學童種植在路邊與學校的蓖麻也「在這光輝的喜悅中成長茁壯」。[54]

本書第一章提到，「皇民化」不只是「同化」政策在戰爭時期的延續，而是被殖民者從「被動」接受日本語言文化，到「主動」成為皇民之主體與認同建構的方式轉換。[55]在〈蓖麻的成長〉

50 關於台灣人的二戰經驗，請參照：周婉窈，〈日本在台軍事動員與台灣人的海外參戰經驗〉，《海行兮的年代——日本殖民統治末期台灣史論集》（台北：允晨，二〇〇三年）。
51 星名宏修，〈「血液」の政治学——台湾「皇民化期文学」を読む〉，頁三四註五〇。
52 同前註，頁七六。
53 伊原吉之助，〈台湾の皇民化運動〉，頁三〇三。
54 小林井津志，〈蓖麻は伸びる〉，頁八一。
55 荊子馨，《成為「日本人」：殖民地台灣與認同政治》，頁一三七。

當中，不只有台灣人學童透過主動協助戰爭成為「皇民」，台日混血兒育夫同樣也需要超越台灣人父系血統，成為「真正」的日本人。藉由戰時下的勞務與軍事動員，不管是育夫的混血血統，或是灣生敘事者的文化混雜性，都被「翻譯」為「大東亞」戰爭下的「皇民」軍事主體。

五、從霧社事件到高砂義勇隊：坂口䙥子〈時計草〉（一九四二）

相對於前面討論的三個文本均以台灣漢人與日本人的混血兒為主角，本章最後一節將討論坂口䙥子〈時計草〉中的台灣原住民與日本人混血兒再現。坂口䙥子〈時計草〉[56]發表於一九四二年的《台灣新文學》二卷一號，但歷經台灣總督府檢閱制度後，除了第一段與最後一段以外，中間的四十六頁全數遭到刪除。故事描述日本人山川玄太郎在台灣M社當警察，與原住民女性狄娃絲魯道結婚，育有一男一女。婚後十年，山川突然離開母子，回到日本九州老家，與日本人女性再婚組成家庭。但玄太郎與M社的魯道家族多年來保持聯絡，並試圖為混血兒子山川純安排婚事。純兩次來到九州，與父親安排的當地日本人女性結婚，由於純的原住民外表特徵並不明顯，加上他的台北師範學校學歷與教師職業，相親的日本人女性都沒有想到他具有原住民血統。等到新娘跟著純回到M社，發現純的母親為原住民，均指控純父子蓄意欺騙，憤而離去。太平洋戰爭發生後，純再次來到九州相親，因日本媒體大肆報導台灣原住民組成的「高砂義勇隊」在東南亞叢林戰中的英勇事蹟，他的原住民血統反而成為吸引日本人女性的正面性質。

小說中的異族婚姻取材於日本人警察下山治平與泰雅族女性貝克道雷的真實故事。[57]故事主軸環繞著山川純對於自身混血血統的苦惱，該苦惱具有過去與未來兩個相互關聯的面向——日本人父親拋棄純母子的原因，以及純的結婚對象選擇問題，這兩個面向又分別取材於一九三〇年的霧社事件、一九四二年高砂義勇隊這兩個與台灣原住民相關的歷史事件。小說中，純的母親與霧社事件領導者莫那魯道的妹妹、被日本人警察拋棄的狄娃絲同名。但小說中賦與純的日本人父親正面的形象，設定為霧社事件發生時，玄太郎已經回到日本，並強調玄太郎深受當地居民愛戴，當地日本人表示，如果玄太郎還留在霧社的話，應該就不會發生霧社事件的悲劇。純要出發前往日本時，純的祖父托他帶祖傳的刀與伯母親手編織的布給玄太郎，讓他在純的婚禮上使用，呈現

---

56 坂口䙥子，〈時計草〉，《鄭一家》（東京：清水書店，一九四三年；復刻版：中島利郎編，《日本統治期台湾文学日本人作家作品集第五巻坂口䙥子・中山侑・川合三良》（東京：緑蔭書房，一九九九年）），頁一八五—二五五。

57 星名宏修，〈植民地の「混血児」——「内台結婚」の政治学〉，頁二七九—二八〇。關於下山家族的故事，可參照下山一（林光明）自述，下山操子（林香蘭）譯寫，《流轉家族：泰雅公主媽媽、日本警察爸爸和我的故事》（台北：遠流，二〇一一年）。

出玄太郎被視為魯道家族的一分子，連家族耆老都能理解他離開女兒與孫子之苦衷。

小說當中父子間開誠布公的談話，更直接合理化玄太郎離棄原住民母子的行為。純到了九州，第一次正面詢問父親為何與原住民母親結婚，結婚後為何又拋棄母子回到日本。針對兒子的詰問，玄太郎一一解釋當初為何做出這些選擇。首先，他與原住民女性結婚是基於其「理蕃」民族政策之理念：不是作為局外人加以治理與指導，而是深入原住民內部，帶領他們一起成長。主要原因在於，「具有文化的人，具有自己成長之能力，只要正確地給予指導即可。然而，不具有文化的人，就必須要深入他們當中，牽著他們的手使其成長」。為了達到這樣的目的，混血成為唯一的選擇：「以我為源頭的兒子與孫子，在山上的人們當中培育文化人的血統，藉此進行民族經營」。[58]其次，玄太郎在結婚十年後拋棄純母子回到日本，是因為在九州離島天草島經營石灰岩開採的哥哥急逝，當時正值世界經濟不景氣，玄太郎考慮到百名工人的存活問題，忍痛回到日本，繼承哥哥的事業。至於為何沒有將純母子一起帶回日本，除了考慮到原住民妻子在日本必須面對好奇與侮蔑的眼光，同時也因為他希望純兄妹留在台灣山上，完成他自身未能完成的民族經營遺志。

然而，玄太郎將台灣原住民貶抑為「不具有文化的人」，其民族經營理念建立在種族歧視之上。同時，小說中強調玄太郎善待天草島礦工，但如今擁有該島土地權的市政府將把開採權賣給三井關係企業的工廠，玄太郎只是樂天表示，即使改為工廠直接經營，工人的工作狀況不會有什麼改變。也就是說，作者透過台灣原住民之海外種族他者、日本工人之國內階級他者，建構日本男性為具有崇高理念的帝國主體，為霧社事件所暴露的日本人與原住民的種族對立問題進行辯解。

這樣的種族論述回應著霧社事件後台灣總督府「理蕃」體制與政策的方向調整。霧社事件發生的前一年（一九二九年），台灣總督府推動郡警分離，試圖將警察權與地方行政分開（原本郡守具有地方警察權），同時裁撤警務局與各州的理蕃課，將理蕃相關事務分別回歸到郡與警察的一般行政系統。然而，霧社事件的發生使得台灣總督府的理蕃體制面臨空前的危機，郡警分離與理蕃行政廢止的計畫隨之煙消雲散，反而針對理蕃體制加以重建與強化。警務局理蕃課除了強化蕃地的警力，為了因應霧社事件對於理蕃警察造成的衝擊，於一九三二年一月創立《理蕃之友》雜誌，加強分散各偏遠山區的理蕃警察之連繫。同時，公布《理蕃政策大綱》，明確提示理蕃的目標、方法與注意事項。其中，第一項便定義「理蕃的目的在於教化蕃人，設法圖其生活的安定，使其沐浴在一視同仁的聖德之下」，強調理蕃警察不可對原住民帶有「憎惡蔑視的念頭」，

---

58 坂口䙥子，〈時計草〉，頁一八八。

以避免霧社事件這類不名譽的事情再度發生。[59]從對於「野蠻未開」民族的歧視性高壓統治，到施與教化增進其福祉的「一視同仁的聖德」，霧社事件後理蕃體制的策略性轉變，在中日戰爭後與皇民化運動接合，進而導向高砂義勇隊軍事主體的鍛造。

〈時計草〉藉由純與父親的和解為霧社事件進行辯解之後，進而透過純的相親問題，將高砂義勇隊的英勇事蹟，轉化為霧社事件後理蕃政策的成果。之前兩次與日本人女性失敗的結婚經驗，都是因為純的原住民母系血統。然而，一九四二年台灣總督府在軍方要求下，募集高砂義勇隊到菲律賓巴丹半島叢林作戰。當時日本的報紙大幅報導高砂義勇隊的英勇事蹟，在台灣也出現好幾本書大肆宣傳。[60]高砂義勇隊在菲律賓的英勇戰蹟，改變了台灣原住民在日本國內的形象。在小說中，錦子的家庭為武士後裔，錦子的老祖母基於武士家族血統的崇高，原本不贊成孫女與台灣原住民結婚，但在透過廣播得知高砂義勇隊的英勇事蹟後大受感動，不再反對。太平洋戰爭的軍事動員使得原住民的形象產生了戲劇性的轉化——從霧社事件中的凶暴「蠻族」，轉變為英勇善戰的「皇軍」。太平洋戰爭爆發後，被強制移居川中島的殘存賽德克族人為了洗刷抗日的污名，積極參與高砂義勇隊的徵召。〈時計草〉當中不僅迴避霧社事件後賽德克族人在日本人的征伐與第二次霧社事件等血腥報復行動下幾近滅族的歷史事實，也迴避族人參與高砂義勇隊的心理機制，而是直接從霧社事件跳接到高砂義勇隊，彰顯台灣原住民如何在理蕃教化與天皇感召下，蛻變為英勇善戰的皇軍。

小說中同時藉由純的結婚對象選擇問題，針對民族血統的「純粹性」問題進行辯證。純獨自造訪九州阿蘇山，活火山震耳欲聾的山鳴喚起他回歸母系血統與高山鄉土之「本能」欲望，因而決定與台灣原住民女性結婚，以維持血統的純粹性。他向玄太郎夫婦說明他的理念：「民族的血必須要純潔」。[61]玄太郎也贊同純的選擇，從他的「民族經營」理念來看，純跟日本人女性結婚將成為「原地踏步」，跟原住民女性結婚才能「更向前一步」。[62]敘事者以感性的口吻表示：

玄太郎遺落下來的一滴的血，經由純傳承給純的子孫的嚴峻宿命，正是雜婚具有的哀愁孤獨。純對於不屬於任何一方的自身的血，吐露憂鬱的哀愁嘆息。然而，純因身為新的民族

59 近藤正己，〈台湾総督府の「理蕃」体制と霧社事件〉，《岩波講座　近代日本と植民地二　帝国統治の構造》，頁五五—五六。
60 伊原吉之助，〈台湾の皇民化運動〉，頁三二一—三三〇。
61 同前註，頁二〇五。
62 同前註，頁二〇八。

的起點感到自負而興奮顫抖。此一責任之重，讓年輕的純靈魂極度高揚。[63]

正如玄太郎窗邊來自M社的時計草繁茂生長，玄太郎的一滴日本人血統，也將在M社的異鄉土地與異種族當中扎根伸展。「雜婚」造成的混血無法歸屬於任何一方，反而強化了玄太郎與純父子對於血統「純粹性」的執著，希望透過純與原住民女性的結合，生產出具有日本精神且原住民血統更為純粹的子孫。因此，純回歸原住民母系血統與台灣山林，並不意味著他將背離日本人父系認同。小說一開始便提到，即使歷經三十年的日本式生活，純的原住民母親的日本式坐姿仍然不自然。與〈蓖麻的成長〉中的育夫對待台灣人父親一樣，純也對於無法徹底文明化與日本化的母親，投以批判與冷漠的視線。尤其是，母親自我卑下與矮化的態度，更讓純感到相當不滿，認為這是母親被日本人父親拋棄的原因。因此，純在阿蘇山的大自然召喚下，回歸原住民母系鄉土與血統，其實是繼承父親未完成的民族改造志業。更進一步地，九州的阿蘇山與台灣霧社的山林互相呼應，孕育出在東南亞、南洋叢林地帶英勇善戰的高砂義勇隊「皇軍」。

小說最後一幕暗示著，純受到錦子理念的感動，最終將與日本人女性結婚，藉由日本的武士家族血統與傳統，帶領故鄉的原住民同胞前進。錦子不接受純與日本人女性結婚為原地踏步的說法，她表示，讓原住民的文化有機會更接近日本的傳統，進而有所提升，也是一種前進：

> 錦子默默仰望的臉頰滴落一痕淚水。純驀然回過神來。在那瞬間，純聽見數萬在戰鬥之庭前進的強勁步伐聲響。沙沙！沙沙！沙沙！
>
> 再度從忘我之境回過神來的純雙眼閃閃發光。／白色之路！／在殘光中散發亮光的路！／那是延伸到世界盡頭之路，是連接到人們美麗靈魂之路。／現在正是一同行走！／遵循著帝之命令！[64]

正如引文中軍靴在戰場行進的沙沙聲響所象徵的，結合日本精神與原住民肉體的高砂義勇隊軍事主體，藉由效忠天皇的「皇民」精神純粹性，超越與昇華混雜的殖民地異民族血統。

值得留意的是，此一國族認同建構當中呈現複雜的社會性別（gender）認同建構。日本人警察玄太郎被賦予具有男子氣概與決斷力的形象，二十年前他作為「蕃通」得以服人，部分原因是因為他「堂堂正正的精悍體格散發的無言魄力」。[65]然而，這樣的日本人血統傳繼到純的身上，卻被轉化為女性的陰柔特質：「跟穿著官服時不同，純穿著非正式和服時的華麗身體線條，使得

63 同前註，頁二〇八—二〇九。

64 坂口䙥子，〈時計草〉，頁二一九。

65 同前註，頁一七一。

他敏感的性格顯得有點神經質。身高比一般人高大，胸肩卻瘦小的他，有時看起來具有女性的柔和曲線，交混在連女孩都帶著強烈線條的山裡小孩當中，看起來顯得有點柔弱」。[66]從玄太郎的陽剛形象到純的陰柔特質，作者強調日本人的父系血液具有「文明」特質的陰柔與感性，消弭了台灣原住民種族不分性別的強烈性格。[67]歷經文明化與陰性化的「馴化」過程之後，純得以帶領原住民族人，將「原初」蠻力提升為遵循天皇命令的崇高力量。

在此同時，小說中日本帝國下的女性則堅守貞潔，支持男性的效忠行動。純的原住民母親賢淑謙讓，替玄太郎的離棄行為辯護，獨自養育兩個混血小孩長大。錦子拒絕純取消婚約的提議時，更直接告知純，日本女性在身心兩方面堅守「純潔」，一旦認定了託付終身的對象，一生都不會改變心意。有的女性堅持在未婚夫出征前舉行婚禮，並在丈夫戰死後，以處女之身守候亡夫遺照，貞潔度過一生。在日本的戰爭動員下，男性前往戰場為天皇殉死，女性則在大後方照顧家庭，若丈夫戰死則作為戰爭寡婦，受到社會以撫卹之名對其貞潔進行的嚴格監控。也就是說，日本天皇成為絕對的「父」之主體，日本帝國下不分種族的男性以軍事行動忠貞效忠，女性則對效忠天皇的丈夫守貞終生，透過軍事體制下的性別分工，建構「純正」的皇民主體——正如純的名字所象徵的。

坂口䙥子以戰爭時期台灣的日本人農業移民為主題的小說〈曙光〉，也觸及遺傳與優生學的議題。在小說中，女性因為生育的身體機能，而對遺傳等優生學問題特別敏感，男女主角對於優生學的討論，則以「階級」作為血統優劣性之基準，將日本的農業移民視為無知的肉體勞動者，在優生學上比具有教養的知識分子低劣。[68]相對地，〈時計草〉中的異種族混血牽涉到「野蠻」的台灣原住民對於日本天皇民族血統造成「污染」的威脅，作者因而迴避遺傳與優生學的身體層次，將血統論述提升至精神「純粹性」的抽象概念。同時，以「男性性」（masculinity）、「女性性」（femininity）等社會性別作為混血的外顯性質，以帝國下的「性別」分工取代民族「血統」的差異，將天皇與日本帝國下多元的種族與性別之臣屬關係轉化為「忠貞皇民」鍛造的最高指令。

然而，小說中的混血兒帝國主體「翻譯」過程，反而暴露出日本帝國下台灣原住民的種族分類之建構性。依照種族論述，日本人與台灣原住民之間的「人種」分類是基於本質性的「血統」差異，比起奠基於語言、文化差異的「民族」分類更具有決定性。小說當中純非外顯性的原住民

---

66 同前註，頁一五〇。

67 王曉芸，〈坂口れい子の「時計草」を中心に—異民族統治への協力—〉，《天理台湾学報》第一〇號（二〇〇一年七月）。

68 李文茹，《帝国女性と植民地支配：一九三〇—一九四五年における日本人女性作家の台湾表象》，頁一〇二。

母系血統之所以成為他與日本人相親時的障礙，正是基於種族論述對於血統的「本質化」建構。然而，小說當中對於高砂義勇隊的「忠貞」、「純正」皇民主體建構，反而暴露出以下事實：太平洋戰爭下日本帝國的異種族軍事動員之需求，生產出對於血統「純正性」的執著與強迫觀念，以收編帝國下的種族、性別等差異與混雜性。

結語：性別化的「血統」本質想像

綜合以上討論，台日混血兒因其種族、文化的混雜性質，對於帝國的殖民地二元劃分造成威脅，與歐洲殖民地的狀況相當類似。然而，相較於歐洲殖民地混血兒的交混性在外表上顯而易見，本文討論的小說當中的混血兒在膚色、髮色、體型上，與「純粹」的台灣人或日本人差異不大，必須／可以藉由服裝、語言等外在裝扮與文化選擇，來界定、展演其民族性質與認同。同時，他們也不像歐洲混血兒因為受到白人父親拋棄，認同母系的土地情感與文化認同而背離父系帝國系譜，而是因應其性別與雙親民族屬性，在同化、皇民化、「大東亞」共榮圈與太平洋戰爭等不同的時代需求下，協商國族與性別認同。尤其是，本章討論的各篇小說中的混血兒主角均為青少年，凸顯出青少年成長過程中父系國族認同如何與社會性別認同互相強化，透過各種差異的展演，連結到國族與帝國的集體認同之建構。

然而，本章的討論顯示出，小說中日本帝國的各種混血兒分別協商其內部血統的「分裂」，透過有意識的「選擇」，將自身的混雜性「翻譯」為殖民地種族二元對立的其中一方，反而揭露了此一「翻譯機制」的實踐過程，以及其存在本身所具有的「不可譯性」。也就是說，在這些混血兒再現當中，作為不可譯「本質」的殖民地混雜性受到「純化」與「本質化」之過程，逆說式地揭示了血統、種族與性別「本質」的建構與展演性質。尤其是，日本帝國內部「非外顯性」的種族差異與交混性，反而凸顯出西方具普世性宣稱的種族論述之建構與展演性質。正如史托蕾前述研究指出的，當西方殖民政府努力標示出語言、服裝、學校教育與家庭教養等文化特質，讓殖民地的孩童能學習與選擇成為「真正」的歐洲人時，他們教化的對象不只有混血兒，還包含殖民地的「純種」歐洲人孩童。[69]日本的種族論述透過「純粹」血統的欲望與想像，消弭帝國內外的混雜性，以強化既有的種族差異與權力關係，這不只是日本作為黃種人帝國，為了協商單一民族想像與多民族統合需求而採取的「特殊」策略，而是所有帝國主義與國族主義共通的主體「翻譯」過程。更進一步來說，日本帝國為了戰爭軍事動員而採取的「認同」與「差異」之政治性操

---

[69] Ann Laura Stoler, *Carnal Knowledge and Imperial Power: Race and the Intimate in Colonial Rule*, p. 137.

作並非特例，而是揭露了所有帝國與國族主體「翻譯」實踐最終的目的——經濟與戰爭人力資源的生產。就像〈月來香〉中次郎的殉國英魂必須透過肉身的物質性銷毀才能達成，透過生命政治與治理進行的帝國與國族主體「翻譯」，終究以經濟與戰爭人力資源的生產為目的。不管是日本人、其他亞洲民族、日本「外地」出身者、混血兒，都將依照性別分工，分別成為「增產報國」的人力資源。

終章

未進行的去帝國與去殖民

本書分別將殖民地台灣小說中警民、通婚、抗爭、友情、混血等種族關係再現加以歷史脈絡化，分析日本人作家與台灣人作家如何因應不同的時代需求，將日本人、台灣漢人、台灣原住民等不同種族之間的接觸、互動與交混，「翻譯」為具有種族、性別與階級意涵的帝國與國族主體。透過各章的討論可以看到，這些文學再現分別呈現了日台知識分子在日本帝國的種族論述、政策與關係，以及兩性關係、婚姻、混血等生命政治的交錯下，建構「現代主體」想像的過程：殖民地警民關係具有階級與性別意涵的「文明」規訓與教化、種族仇恨與親密關係交錯下的「現代」與「原初」想像、普世性友情與「大東亞」區域主體建構、異種族婚姻中日本國內與海外的「他者」與自我建構、殖民地血統混雜性被轉化為性別化國族主體的過程。

針對歐洲帝國下的種族接觸，前述法農研究學者賽奇悟曾指出：「在殖民者與被殖民者之間，不管開放著何種物質、溝通與情感的交換，不管這些交換主體的階級與性別為何，總是不可避免地存在一個邊界（frontier），禁制著任何類似互惠的關係，更不用說是平等」。[1]從本書的討論可以看到，日本帝國的論述透過各種「認同」與「差異」的政治性切換，將不同種族間的交換與混雜，轉化為文明、血緣、語言、情感、精神等現代主體建構的邊界。然而，殖民地台灣種族關係的文學再現揭露出，這些邊界並非如官方論述所宣稱的那樣堅固穩定，而是充滿了縫隙、歧義與流動性，以及教學指導（pedagogical）與實際操演（performative）之間的不一致性。

日本作為後進的亞洲黃種人帝國，面對中國的漢文化遺產、西方白人帝國的種族與文明論述，展現曖昧歧義的態度。單一民族血統論述與帝國的多民族組成之間的矛盾，帝國擴張的理念與實踐之間的落差，使得日本一方面強化既有的二元對立與權力關係，同時針對帝國下的民族與性別異質性，進行收編（納入內部以建構認同）與排除（基於差異而加以排除），試圖在不污染日本血統「純正」的原則下，進行帝國與國族認同的共構及統合。「西方」白人強國的巨大陰影，也使得日本的主體建構充滿內在矛盾。九一八事變、中日戰爭、「大東亞共榮圈」等軍事動員的需求生產出民族融合的論述與實踐，但日本帝國內部的種族權力關係，日本、中國、台灣共通的漢文化遺產，日本本國內部以及海外殖民地的種族、性別、階級、語言、區域等差異與交混，不斷干擾日本帝國的種族論述、戰爭意識形態以及生命政治的規訓管制。

殖民地台灣則分裂於殖民母國日本的同化、皇民化、戰爭動員，以及中國的民族與文化血統之間，內部又有漢人移民與原住民等多元種族，其地理位置、歷史經驗與民族屬性的中介與交混性質，揭露帝國與民族主體想像中，無法受到化約與收編的內部差異、權力關係與混雜性。台灣人作家回應日本人的種族與殖民論述，試圖透過被壓迫的農工階級、消逝中的漢人民族本質

---

[1] Ato Sekyi-Out, *Fanon's Dialectic of Experience*, p. 92.

等建構台灣「民族」本質，批判日本建構自我民族優越性、合理化殖民權力關係的國族「翻譯機制」。然而，作為此一「翻譯體制」的產物，他們的「民族」主體建構不可避免地複製了文明／落後、現代／前現代等殖民種族二元對立，並因日本帝國下、殖民地台灣內部的性別、階級等差異與權力關係，產生內部的分裂與縫隙。

也就是說，雖然日本帝國宣稱其主體性的「均質」與「純正」，帝國與國族的種種內在他者卻不斷透過其異質性與交混性，標示著多重跨界與邊界重劃下帝國主體「翻譯」過程的痕跡，以及此一過程中的縫隙、不穩定性與內在矛盾。不管是台灣人被殖民者無法消弭的民族血統與認同想像，或是來自日本國內各地、以殖民地式日語推動同化與皇民化的日本人殖民者、分裂於日本與台灣的國族鄉土與血統之灣生與混血兒，均作為「不可譯」的異質性與混雜性，干擾奠基於日本／台灣、殖民者／被殖民者、西方／其他、本國／殖民地、文明／野蠻等種族二元對立的帝國與國族想像。

回顧本文序章，英語圈學界對於西方帝國殖民地種族關係的討論，留意到歐洲中產階級男性如何在殖民母國與殖民地、殖民者與被殖民者、前殖民時期與後殖民時期等多重關係中，建構文明、理性、具有男子氣概的「現代主體」。然而，相關研究多將歐洲「現代主體」的概念視為不證自明，忽略了該主體內部的矛盾、不一致與交混性。本書藉由殖民地台灣的文化生產，凸顯日台知識分子作為「渡越主體」，進行國族「翻譯」的過程與內在矛盾，可將既有西方「現代主體」的概念進一步複雜化與問題化，提供超越歐洲中心主義與二元對立的後殖民觀點。

這樣的討論呼應著印度裔後殖民研究者迪佩什・查卡拉巴提（Dipesh Chakrabarty）對於殖民現代性（colonial modernity）與歷史主義（historicism）的反思。他主張，對於非西方國家的政治現代性而言，歐洲思想既是不可或缺的，也是不適切的。以西方對於「人」的啟蒙理想（Enlightenment ideal of "human"）為例，這樣的理想得以對社會上的不公正提出批判，甚至導向反殖民的思想與行動。因此，對於西方現代性的後殖民批判，不能只是以「在地」、「傳統」來加以抗衡或取代，無視於西方「現代主體」等概念已經滲透於非西方社會當中的現實，也忽略了「在地」、「傳統」本身即為現代性的一部分，而非其對立。也就是說，我們不能只是以歷史主義的觀點，將現代政治主體視為內在統合的事物在歷史中的線性發展，而是應該以歷史過程中的不連續、斷裂與轉變，挑戰歷史主義與其衍生出來的國族主義之支配。[2]

---

2 Dipesh Chakrabarty, "The Idea of Provincializing Europe," in *Provincializing Europe:Postcolonial Thought and Historical Difference* (Princeton and Oxford: Princeton University Press, 2000), pp. 3-23.

對於西方「現代主體」概念的反思，也連接到帝國與國族主體在後殖民時期的延續之問題。羅伯特・楊曾批判後殖民研究將焦點放在論述建構，忽略了殖民統治中的兩個重要因素：殖民主義中關鍵性驅動力量的資本主義，以及殖民統治過程中實際的暴力。[3]左翼學者德里克（Arif Dirlik）也批判後殖民研究只專注於歐洲前帝國的殖民統治，並滿足於心理認知上的去殖民，忽略戰後以美國為首的新帝國主義變本加厲的種族、階級與性別壓迫。[4]然而，戰前到戰後的種族、階級與性別壓迫雖來自於政治、經濟的下層結構，但其行使同時也必須透過現代主體形構與認同想像等上層結構的文化形式。本書的討論勾勒出日本帝國下日本人與台灣人知識分子在「西方」、「日本」與「其他」的本質化想像當中，進行現代國族主體「翻譯」的過程與內在矛盾。本書最後，將概觀這些主體認同建構的歷史與文化遺產，如何具體影響戰後至今日本與台灣的種族、性別與階級的想像與權力關係。

正如其他所有的殖民地一樣，殖民地台灣的社會結構與種族關係以不平等權力關係與殖民統治的敵對、壓迫、歧視與剝削為基礎，也充斥著西來庵事件、霧社事件、台籍日本兵、台籍慰安婦等組織性的種族與性別壓迫。然而，從本書的討論可窺見，在長達半個世紀的殖民統治當中，同化、皇民化、「大東亞」共榮圈、太平洋戰爭等不同歷史階段下跨種族的交流互動，使得台日間的種族敵對關係逐漸轉化為親善、通婚等較溫和的關係或口號，以合理化不平等的種族權力關係與戰爭軍事動員。尤其是，九一八事變後的十五年戰爭期間，日本人、在台日本人與台灣人在「日中親善」、「大東亞聖戰」的口號下受到戰爭動員的歷史經驗，在他們戰後的後殖民認同與關係當中持續發揮影響力。

一九四五年八月十五日日本無條件投降後，在中國國共內戰、歐美國家的種族歧視、美國軍事霸權等因素影響下，日本帝國的殖民與戰爭責任並未獲得應有的追究與懲處。在中國，蔣介石主張對戰敗日本寬大處理，並建言美國保留日本天皇制、反對分割日本、迅速遣返日俘。藉此，國民黨獲得日軍的配合，與蘇聯、中共相抗衡，接收大部分的日軍占領區與軍事物資。[5]美國則在解放日本殖民地與占領區之後，以美國軍事霸權取而代之，並藉由不追究天皇戰爭責任並赦免某些日軍指導者戰犯，打造日本為其冷戰反共防線。亞洲與太平洋地區的「戰後」因而受到日美兩國「跨戰爭暴力」（transwar violence）的持續支配與壓迫。[6]

---

3 Robert J.C. Young, "Colonialism and the Desiring Machine," in *Colonial Desire*, pp. 163-166.

4 Arif Dirik, "The Postcolonial Aura: Third World Criticism in the Age of Global Capitalism," *Critical Inquiry* 20 (Winter 1994).

5 Lisa Yoneyama, *Cold War Ruins: Transpacific Critique of American Justice and Japanese War Crimes* (Durham and London: Duke UP, 2016), p73.

6 Ibid., pp. viii-ix.

在美國與其他歐洲國家主導的二戰軍事法庭中，則明顯延續戰前歐美殖民主義與種族歧視。納粹屠殺猶太人、日軍在印尼對荷蘭人女性的性暴力等對於歐美白人的犯罪受到嚴厲譴責。相對地，美國在廣島、長崎投下原子彈、日軍對亞洲與太平洋地區人民的戰爭侵略、軍事動員、「慰安婦」等罪行，卻未受到同等的追究。[7]

戰後日本隨即從帝國的多民族論述切換為單一民族論述，藉由抹除與否認日本帝國戰前的殖民地異民族統治之痕跡，確立同質性的日本民族認同。[8]在美國主導的冷戰體制下，日本、韓國與台灣作為「反共民主」陣營，失去去帝國與去殖民的契機，無法針對殖民統治與戰爭的責任及其遺緒進行反思與清算。

隨著亞洲各國在戰後的經濟復興與發展，各國國族主義與美日為首的新帝國主義經濟侵略形成共犯關係，延續戰前日本帝國政治、軍事、經濟與文化支配下亞洲的種族、性別與階級權力關係與層序。日本成為美國的軍事殖民地，並迅速達成經濟上的復興。一九六〇年代日本成為世界經濟強國後，試圖與台灣、新加坡、南韓等創造「經濟奇蹟」的其他亞洲國家，克服戰前日本帝國主義與殖民主義遺留的彼此不信任，共同組成亞太地區具有競爭力的經濟區塊。[9]藉由在東亞與東南亞的新帝國主義經濟活動，日本在某種程度上達成了經濟意義的「大東亞共榮圈」，看似在不必苦惱於亞洲／歐洲二元對立的狀況下，完成明治時期的「脫亞入歐」目標。[10]一九六四年日本開放國民出國旅遊，公司獎勵員工到台灣、韓國、東南亞地區進行「性旅遊」。以台灣為例，殖民時期作為「台灣神社」（今圓山）參拜通道的中山北路一帶、台北烏來與宜蘭礁溪溫泉等地的性服務產業，在美軍撤離後，轉而以日本商人為主要顧客。[11]之後，隨著台灣性服務產業價格提高，日本人的團體「性旅遊」轉向東南亞地區，但一直到二〇〇一年，日本還出現《極樂台灣》等詳細介紹台灣性產業資訊的旅遊手冊，在台灣引發爭議。

台灣在美日新帝國主義的支配下，同樣無法進行政治、經濟與認同想像的去殖民。日本投降後，台灣從長達半世紀的異民族殖民統治中解放，回到祖國中國的懷抱。然而，來到台灣接收的國民黨官吏的貪污侵占橫行，加上物價飛漲，台灣本省人很快地便對祖國產生幻滅之感。相對地，在大陸歷經八年抗戰的外省人則在日式建築、從海外歸來的台籍日本兵之軍服與木屐裝扮

---

7 Lisa Yoneyama, *Hiroshima Traces: Time, Space, and the Dialectics of Memory* (Berkeley, Los Angeles, London: University of California Press, 1999), pp.11-12.

8 荊子馨，〈殖民台灣〉，《成為「日本人」：殖民地台灣與認同政治》，頁五八—六一。

9 Arif Dirlik ed., "Introducing the Pacific," in *What is in a Rim? Critical Perspective on the Pacific Region Idea* (Boulder, Colorado: Westview, 1993), p. 8.

10 上村希美雄，〈戦後史のなかのアジア主義〉，《歴史学研究》五六一號（一九八六年），頁五〇。

11 殷寶寧，《情欲・國族・後殖民——誰的中山北路》（台北：左岸，二〇〇六年），頁一六三—一八三。

等，隨處看到日本軍閥的亡靈。戰爭期間歷史經驗的歧異，使得戰後台灣的族群關係從一開始便充滿了緊張與敵對。「狗去豬來」的描述生動呈現出台灣本省人如何因為對國民黨政權的失望，而對日本的異民族殖民統治產生懷念與鄉愁。[12] 歷經國民黨多年戒嚴體制的霸權統治與大中國意識形態壓抑後，解嚴後的民主化與本土化運動以反國民黨的本省族群情緒為驅動力，激發親美、親日、反中國的台灣國族主義，無法對戰後持續支配台灣的美國與日本新帝國主義提出批判。九〇年代日本泡沫經濟破滅後，右翼軍國主義復活，竄改歷史教科書、否認「慰安婦」動員責任等，試圖合理化日本帝國的殖民統治、中日戰爭與「大東亞」戰爭等侵略行為，引發韓國、中國等東亞各國的抗議。然而，台灣政府基於外交考量一貫保持沉默，部分台灣本土派走向台獨親日的「反中國」路線，與日本右派軍國主義者彼此唱和，引起東亞其他國家的不諒解。

在經濟層面，一九七〇年代台灣在國民黨威權政治體制與勞動階級剝削下創造「經濟奇蹟」，八〇年代中小企業進而在中國與東南亞進行個別投資，到八〇年代後期，台灣資本在泰國、馬來西亞與中國廣東已成為第二位，僅次於日本。九〇年代中期，台灣在政府主導下，以國家資本在東南亞建立加工出口區，不僅在當地政府的配合下，對當地勞工進行剝削，並藉由外勞引進政策等，干預東南亞國家的政策。在此過程中，台灣政府、學者與企業家共同倡導「南進」論述，繼承戰爭時期殖民地台灣作為日本「南進基地」的定位，建構以台灣為中心的「次帝國」

想像與實踐。[13]台商利用華人的族群、語言、文化共通性之優勢，在中國、東南亞進行資本主義擴張時，普遍在當地買春、包養「二奶」。在台灣內部，以漢人家父長制度為中心的社會結構下，原住民與女性持續受到邊緣化。九〇年代東南亞與中國的外勞與外傭、外配進入台灣後，面臨台灣排他性的政策與歧視性的對待。

戰後台灣在政治、經濟與認同上的後殖民遺緒、以及與美日新帝國主義的接合，使得解嚴後的台灣主體性建構，承繼了戰前日本帝國的種族、性別、階級論述與權力關係。以二〇〇八年以降在台灣創下票房紀錄的魏德聖電影《海角七號》、《賽德克・巴萊》、《KANO》等片為例，影片中毫無批判地複製日本帝國殖民論述中親日／抗日、文明／野蠻、傳統／現代、本土／外來、男性雄風／娘娘腔等二元對立，以及這些二元對立所支撐的台灣國族想像。為了反思、批判「台灣主體性」建構背後的權力關係與排他性的本質主義，我們必須回溯日本與台灣的現代主體相互建構之起源，以釐清這些論述與權力關係的歷史脈絡、生產運作邏輯與內在矛盾。

---

12 丸川哲史著，朱惠足譯，〈與殖民地記憶／亡魂之搏鬥——台灣的後殖民心理地圖〉，《中外文學》三一卷一〇期（二〇〇三年三月），頁二九—四二。

13 陳光興，〈帝國之眼〉，《去帝國——亞洲作為方法》，頁二七—九六。

更進一步地說，本書討論的帝國與國族主體建構並非日本帝國或殖民地台灣特有的現象，而是現代國族主義形構不可或缺的必要過程。鑑諸近現代世界史，種族主義並非國家在危機下脫離常軌或病態的發展，而是「作為生命權力的運作機制，為基本且不可或缺的統治技術」（as a fundamental "indispensable" technology of rule—as biopower's operating mechanism）。[14] 誠如史托蕾所指出的，歐洲中產階級社會同時透過本國與殖民地的「標準化」過程（process of normalization），生產帝國身體政治的種種「內在他者」（internal enemies），藉以自我確定並自我防衛其生產的內在威脅。中產階級的自我認同並非不證自明或是已經完成，而是帶有種種不確定性、界線區分的縫隙以及因而產生的脆弱性。因此，種族主義並非與國族論述平行發展，而是國族論述的一部分；種族論述不只是如傅柯所說地衍生於生命權力的「過剩」（"excess" of biopower），同時也衍生於國族主義的「過剩」（"excess" of nationalism）。[15] 正如本書的討論結果所示，日本帝國與殖民地台灣位於西方、中國、其他亞洲國家「之間」，在種族、地政學、認同等方面的中介位置，更能夠凸顯種族主義的生命權力作為國家統治技術，「翻譯」帝國與國族主體之「過程」與其「不可譯」性。從這個脈絡來看，本書的討論可作為一個出發點，進而介入戰前到戰後全球在資本主義與國族主義相輔相成的發展歷程中，種族、性別與階級權力關係相互建構下帝國與國族「現代主體」的知識／權力。

14 Ann Laura Stoler, *Carnal Knowledge and Imperial Power: Race and the Intimate in Colonial Rule* (California: University of California Press, 2002), p. 159.

15 Ann Laura Stoler, *Race and the Education of Desire: Foucault's History of Sexuality and the Colonial Order of Things* (Durham and London: Duke UP, 1995), pp. 92-93.

論文出處一覽

第一章

——「文明」的規訓與教化：殖民地台灣小說中的警民關係

原題〈殖民地的規訓與教化：日治時期台灣小說中的警民關係〉，《台灣文學研究學報》第十期，頁七—三六。經作者修訂。

第二章

——異種族「仇恨」與「親密」：日治時期日本人作家的台灣原住民抗日事件再現

原題〈黃種人帝國的異種族「仇恨」與「親密」：日治時期日本作家的台灣原住民抗日事件再現〉，《中外文學》四一卷三期：頁五一—八四。經作者修訂。

第四章

——國族與性別的邊界協商：殖民地台灣小說中的台日通婚

原題〈日本帝國下國族與性別的邊界協商：日治時期小說中的台日通婚書寫〉，《中外文學》四三卷二期：頁五七—九一。經作者修訂。

後記

這是我的第二本書。延續我的前一本書《「現代」的移植與翻譯》，這本書同樣關注日本殖民統治如何形塑台灣的現代性與主體想像，但種族關係的主題使得本書的學術討論增添了生命感與溫度，也對女性、原住民等受到邊緣化的議題進行更多的討論。日本殖民統治結束已過了七十個年頭，歷經、參與日本時代與二戰的日本人與台灣人逐漸凋零，他們在歷史洪流下浮沉的生命經驗與記憶，難以抗拒時間與政治帶來的遺忘。回溯日本殖民統治時期的歷史經驗與論述，希望能邁向更為開放、更具反身性的台灣主體想像。

這本書也刻印著我在中興大學走過第一個十年的軌跡。文學院王明珂、陳淑卿兩位院長給予我學習與發揮的機會，台灣文學與跨國文化研究所同事在工作與情感層面的支持，幫助我轉化困難與挫折為正能量動力。這本書撰寫期間的歷任專任、兼任助理，在蒐集資料與校正等方面提供莫大的協助。感謝王德威老師推薦這本書給麥田出版社，並讓我有機會在靜謐的哈佛思考、沉澱一整年。麥田主編林怡君小姐與編輯、美編的專業與耐心，讓這本書有了最完美的呈現。最後，感謝家人與朋友的關心與包容，讓我在某些黑暗、低落的時刻，還能記得世界的美好。

二〇一七年夏天於查爾斯河畔

國家圖書館出版品預行編目資料

帝國下的權力與親密：殖民地台灣小說中的種族關係／朱惠足著. -- 初版. -- 台北市：麥田，城邦文化出版：家庭傳媒城邦分公司發行，民106.07
面；　公分. --（麥田人文；164）
ISBN 978-986-344-477-0（平裝）

1. 台灣小說　2. 文學評論　3. 日據時期

863.27　　106010383

麥田人文 164

帝國下的權力與親密：殖民地台灣小說中的種族關係

作　　者／朱惠足
責任編輯／林怡君
特約編輯／吳　菡

國際版權／吳玲緯　蔡傳宜
行　　銷／艾青荷　蘇莞婷　黃家瑜
業　　務／李再星　陳美燕　杻幸君
編輯總監／劉麗真
總 經 理／陳逸瑛
發 行 人／凃玉雲
出　　版／麥田出版
10483臺北市民生東路二段141號5樓
電話：(886)2-2500-7696　傳真：(886)2-2500-1967
發　　行／英屬蓋曼群島商家庭傳媒股份有限公司城邦分公司
10483臺北市民生東路二段141號11樓
客服服務專線：(886) 2-2500-7718、2500-7719
24小時傳真服務：(886) 2-2500-1990、2500-1991
服務時間：週一至週五 09:30-12:00・13:30-17:00
郵撥帳號：19863813　戶名：書虫股份有限公司
讀者服務信箱E-mail：service@readingclub.com.tw
麥田網址／https://www.facebook.com/RyeField.Cite/
香港發行所／城邦（香港）出版集團有限公司
香港灣仔駱克道193號東超商業中心1樓
電話：(852)2508-6231　傳真：(852)2578-9337
E-mail：hkcite@biznetvigator.com
馬新發行所／城邦（馬新）出版集團【Cite(M) Sdn. Bhd. (458372U)】
41, Jalan Radin Anum, Bandar Baru Sri Petaling, 57000 Kuala Lumpur, Malaysia.
電話：(603)9057-8822　傳真：(603)9057-6622
電郵：cite@cite.com.my

封面設計／李東記
印　　刷／前進彩藝有限公司

■2017年（民106）7月30日　初版一刷　　Printed in Taiwan.

定價：350元

ISBN 978-986-344-477-0

讀者回函卡

cite城邦媒體

※為提供訂購、行銷、客戶管理或其他合於營業登記項目或章程所定業務需要之目的，家庭傳媒集團（即英屬蓋曼群島商家庭傳媒股份有限公司城邦分公司、城邦文化事業股份有限公司、書虫股份有限公司、墨刻出版股份有限公司、城邦原創股份有限公司），於本集團之營運期間及地區內，將以e-mail、傳真、電話、簡訊、郵寄或其他公告方式利用您提供之資料（資料類別：C001、C002、C003、C011等）。利用對象除本集團外，亦可能包括相關服務的協力機構。如您有依個資法第三條或其他需服務之處，得致電本公司客服中心電話請求協助。相關資料如為非必填項目，不提供亦不影響您的權益。

□ 請勾選：本人已詳閱上述注意事項，並同意麥田出版使用所填資料於限定用途。

姓名：_______________ 聯絡電話：_______________

聯絡地址：□□□□□_______________

電子信箱：_______________

身分證字號：_______________（此即您的讀者編號）

生日：____年____月____日　性別：□男　□女　□其他________

職業：□軍警　□公教　□學生　□傳播業　□製造業　□金融業　□資訊業　□銷售業

□其他_______________

教育程度：□碩士及以上　□大學　□專科　□高中　□國中及以下

購買方式：□書店　□郵購　□其他_______________

喜歡閱讀的種類：（可複選）

□文學　□商業　□軍事　□歷史　□旅遊　□藝術　□科學　□推理　□傳記　□生活、勵志

□教育、心理　□其他_______________

您從何處得知本書的消息？（可複選）

□書店　□報章雜誌　□網路　□廣播　□電視　□書訊　□親友　□其他________

本書優點：（可複選）

□內容符合期待　□文筆流暢　□具實用性　□版面、圖片、字體安排適當

□其他_______________

本書缺點：（可複選）

□內容不符合期待　□文筆欠佳　□內容保守　□版面、圖片、字體安排不易閱讀　□價格偏高

□其他_______________

您對我們的建議：_______________

____